MORD IM FEATHERS & FLAIR

EIN FALL FÜR GINGER GOLD

BUCH VIER

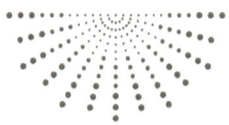

LEE STRAUSS

Übersetzt von
USCH PILZ

Library and Archives Canada Cataloguing in Publication

Title: Mord im Feathers & Flair / Lee Strauss.

Other titles: Murder at Feathers & Flair. German

Names: Strauss, Lee (Novelist), author.

Description: Series statement: Ein fall für Ginger Gold ; 4|

Translation of: Murder at Feathers & Flair.| Text in German.

Identifiers: ISBN 978-1-77409-485-3 (softcover) | ISBN 9781774093443 (EPUB) | ISBN 978-1-77409-486-0 (Kindle) | ISBN: 978-1-77409-488-4 (bookvault) | ISBN: 978-1-77409-495-2 (d2d) Subjects: LCGFT: Detective and mystery fiction. | LCGFT: Novels.

MORD IM FEATHERS & FLAIR

KAPITEL EINS

»Sie sind ein Dieb!«

Der Dieb trat vor und antwortete: »In der Tat. Und Sie, Madam? Die Herrin des Hauses, nehme ich an. Oder am Ende etwa auch eine Diebin?«

Im schummrigen Licht des Abbott Theatre, einem der älteren Schauspielhäuser an der Shaftsbury Avenue, hielt Ginger Gold das Programm in ihrer weiß behandschuhten Hand.

Den Dieb spielte Angus Green, ein gut aussehender, hochgewachsener Mann, dessen Selbstsicherheit geradezu von der Bühne strahlte. Ginger nahm an, dass diese Souveränität nicht nur Teil seiner Rolle war. Dieser junge Mann strotzte vor Elan. Vermutlich stand er noch nicht lange auf der Bühne. Seinen Namen hatte sie jedenfalls bislang nie gehört.

Der Einakter, geschrieben von einem gewissen Stuart Walker, trug den Titel *Sham* und handelte von Täuschungen. Die weibliche Hauptrolle, eine Figur namens Clara, spielte Gingers Schwägerin Felicia.

»Was haben Sie gestohlen?« Felicia artikulierte laut und mit der gebotenen Empörung. »Her damit! Auf der Stelle! Wie können Sie es wagen?« Sie deutete auf den Schauspieler neben ihr. »Charles. Nehmen Sie es ihm weg.«

Neben Ginger saß Haley Higgins, ihre amerikanische Freundin und Hausgenossin. »Felicia hat Schneid«, flüsterte sie in ihrem Bostoner Akzent.

Ginger nickte. Auf der Bühne wie im richtigen Leben.

Laut Programmheft wurde Charles von Geordie Atkins gespielt. Er war blond, etwas kleiner und kräftiger als der attraktive Dieb, und seinem zurückweichenden Haaransatz nach auch um einiges älter.

»Ich muss doch sehr bitten, alter Knabe!« Geordie Atkins wirkte etwas unsicher, aber auch ein wenig amüsiert. »Sie verschwinden besser schleunigst.«

Mit in der Loge auf dem Balkon saß Ambrosia, die Großmutter von Gingers verstorbenem Mann und ihrer Schwägerin Felicia. Die verwitwete Baronin war wenig begeistert von der Theaterleidenschaft ihrer Enkelin. »Alles simple Gemüter, die ihren Pflichten entfliehen«, hatte sie erklärt. Doch jetzt bemerkte Ginger so etwas wie ein Lächeln im Gesicht der alten Dame, und das Schimmern in ihren Augen konnte man beinahe als Stolz deuten.

Das Stück kam mit lediglich vier Rollen aus. Die vierte spielte ein Mann Anfang dreißig, ausstaffiert mit einem Oberlippenbart und einer Brille. Seinen Auftritt als Detective hatte er erst kurz vor Schluss. Er trug einen Hut, und der Mantel hing ihm nachlässig von den gebeugten Schultern. Laut Programm hieß er Matthew Haines. Seit Felicia zum Ensemble gehörte, erzählte sie oft von den anderen Mitgliedern, und Ginger freute sich, den Namen nun auch Gesichter zuordnen zu können.

Am Ende überlistete Felicias Figur den Schurken des Stücks. Als der Vorhang fiel, sprang Ginger auf und applaudierte.

»Bravo! Bravo!«

Die Schauspieler warteten in der Lobby, um die Zuschauer zu begrüßen. Viel zu wenige waren gekommen, dachte Ginger bedrückt. Viel zu viele Plätze waren frei geblieben. Bei einer derart charmanten Vorstellung ein echter Jammer.

»Felicia, Liebes!« Ginger umarmte ihre Schwägerin. »Du warst absolut fabelhaft!«

Jetzt trug Felicia ein Abendkleid aus Chiffon von Jean Patou, das sie in Gingers Modesalon *Feathers & Flair* entdeckt hatte. Drei Lagen Stoff schimmerten in drei verschiedenen Rosatönen. Die Schärpe tief an der Hüfte war einem Kummerbund nachempfunden. Auf Felicias perfekt gelegten dunklen Wasserwellen saß ein funkelnder Kopfschmuck. Das Rosa auf ihren in Clara-Bow-Manier geschminkten Lippen nahm die Farbe ihres Kleides noch einmal auf. Ginger fand, sie konnte es leicht mit jedem Filmstar aufnehmen.

Felicia strahlte. »Danke! Ich freue mich so, dass du gekommen bist.«

Aus Gingers Bob löste sich eine vorwitzige rote Strähne. Sie schob sie sich hinters Ohr. Dabei blitzten ihre mit Smaragden und Brillanten besetzten Cartier-Ohrgehänge aus Paris auf. »Diesen Genuss hätte ich mir um keinen Preis entgehen lassen«, beteuerte sie.

Ambrosia erduldete eine schnelle Umarmung von Felicia. »Es war besser, als ich erwartet habe, Kind«, gab sie widerstrebend zu. »Ich hoffe, du schlägst dir diesen Unsinn jetzt aus dem Kopf.«

Felicias Lächeln ließ die ganze Lobby erstrahlen. »Ach, Großmama! Ich schwebe auf Wolken. Nicht einmal du kannst mir heute diese Freude verderben.«

Haley drückte ihr fest die Hand. »Gut gemacht, Felicia. Wirklich.«

Felicia stellte ihnen die anderen Schauspieler vor. Mr Geordie Atkins und Mr Matthew Haines. Doch ihr Blick und ihr Lächeln hingen an dem Mann, der den Dieb spielte. »Und das ist Mr Angus Green.«

Angus begrüßte die Damen, überschüttete Ambrosia mit Charme und Ginger mit bewundernden Worten. »Was für eine Ehre, Sie zu treffen, Lady Gold. Felicia hat mir so viel Gutes über Sie erzählt.«

Ginger zog eine Braue hoch. »Ach tatsächlich, Mr Green?«

»Oh ja. Wie ich höre, haben Sie ein eigenes Geschäft eröffnet! Sehr beeindruckend. Und man munkelt von einer glanzvollen Gala.«

Ginger lachte. »Sie haben richtig gehört. Dürfen wir mit Ihrer Anwesenheit rechnen?«

Angus Green richtete seine dunklen Augen auf Felicia. »Wenn ich eingeladen bin.«

Felicia flocht ihre Finger zwischen seine. »Das habe ich doch bereits getan, du alberner Kerl.« Die beiden lachten, und Ginger und Haley tauschten einen Blick. Felicia war sichtlich hingerissen von ihrem Kollegen.

Mit strenger Miene, die Augen angesichts dieser öffentlichen Zurschaustellung von Gefühlen missbilligend zusammengekniffen, klopfte Ambrosia mit der Spitze ihres Gehstocks auf den weinroten Teppich. Felicia war klug genug, ihre Hand aus der von Mr Green zu ziehen.

»Lass uns ein Stück zur Seite treten, Großmutter«, sagte

Ginger, um die Situation zu entschärfen. »Hinter uns wartet schon eine ganze Schlange weiterer Bewunderer.«

AM NÄCHSTEN TAG fuhr Gingers Chauffeur Clement, ein stiller, unkomplizierter Mann mittleren Alters, der aus Yorkshire stammte, sie zu ihrem Modesalon in der Regent Street. Ihr alter Daimler TE 30, Baujahr 1913, war in den letzten zehn Jahren wenig gefahren worden und in erstklassigem Zustand.

Zwar saß Ginger lieber selbst am Steuer, doch so musste sie nicht umständlich nach einem Parkplatz suchen und dann auf dem Weg zu ihrem Geschäft den Pfützen ausweichen. Auch für Boss, ihren schwarz-weißen Boston Terrier, war das angenehm. Während der Fahrt saß er auf ihrem Schoß, und sie konnten direkt vor dem Eingang des *Feathers & Flair* aus dem Wagen springen.

»Danke, Clement.« Ginger öffnete die Tür zum Gehsteig.

»Gern geschehen, Madam. Wann soll ich Sie wieder abholen?«

»Das weiß ich noch nicht. Wenn ich hier fertig bin, rufe ich zu Hause an.«

»Sehr wohl.«

Der Daimler tuckerte davon. Mit Boss unter dem Arm eilte Ginger die wenigen Schritte zum Eingang. Dabei drückte sie sich mit der freien Hand den Hut auf den Kopf, damit der Wind ihn nicht fortriss.

Vor dem Eingang ihres Modesalons hatte sich eine kleine Warteschlange gebildet.

»Entschuldigen Sie bitte«, sagte sie. »Bitte lassen Sie mich durch. Ich bin die Inhaberin.«

»Oh! Lady Gold!«, rief eine Dame. »Wie aufregend, Ihren Salon besuchen zu können. Im ganzen Modeviertel redet man von nichts anderem!«

»Vielen Dank. Sehr freundlich!«

Ginger schob sich an der kleinen Gruppe vorbei und schaffte Platz für ein paar Kundinnen, die das Geschäft verlassen wollten. Erfreut registrierte sie das Lächeln auf den Gesichtern der Frauen und ihre prallgefüllten Einkaufstaschen. Die Damen, die draußen geduldig gewartet hatten, beeilten sich, aus der Kälte ins Innere zu kommen.

Sofort eilte Madame Roux, Gingers rechte Hand, an ihre Seite. Die Französin trug ein praktisches, aber modisches Kostüm aus lavendelfarbener Kunstseide. Ihre dunklen Augen mit den tiefen Krähenfüßen blitzten. »*Incroyable!* Die Nachricht von der Gala verbreitet sich wie Federn aus einem zerrissenen Kopfkissen!«

»Um dieses Problem sind wir zu beneiden, Madame Roux«, antwortete Ginger.

Seit Kurzem gehörte neben dem Erdgeschoss auch der erste Stock des Gebäudes zum *Feathers & Flair*. Der Schuhmacher, der oben seine Geschäftsräume gehabt hatte, hatte sich zur Ruhe gesetzt. Beide Stockwerke hatten hohe, cremeweiße Decken mit goldfarbenen Stuckverzierungen. Unten reflektierten die Böden aus poliertem weißem Marmor das strahlende Licht der elektrischen Kristallleuchter, und ein Samtvorhang in tiefem Weinrot verschloss den Türbogen zwischen dem Verkaufsraum vorn und dem hinteren Bereich.

Bevor Ginger Boss auf den Boden setzte, wischte sie seine Pfoten mit dem Tuch ab, das sie eigens zu diesem Zweck bei sich hatte. »In dein Körbchen, Bossy.« Sofort sauste der Terrier zu dem Samtvorhang, schob die Nase zwischen den Bahnen hindurch und verschwand.

Ginger gab Madame Roux ihren Mantel und ihre Handtasche und stieg die hölzerne Treppe hinauf. Die handverlesene Fabrikware im oberen Geschoss inspizierte sie immer genau, und die neueste Lieferung für die Gala verlangte besondere Aufmerksamkeit. Etliche jüngere Kundinnen bewunderten gerade das Sortiment und waren mit Anproben beschäftigt.

»Einfach famos, nicht erst lange auf ein Kleid von der Schneiderin warten zu müssen«, seufzte eine von ihnen.

Ihre Begleiterin nickte. »Und der Preis treibt unsereins nicht gleich in den Ruin.«

Dorothy West, die junge Verkäuferin, eilte mit schnellen Schritten umher. Die Lippen hatte sie zu einer schmalen Linie zusammengekniffen.

»Dorothy«, flüsterte Ginger. »Das Lächeln nicht vergessen.«

Der Kopf der jungen Frau fuhr zu ihr herum wie bei einem nervösen Vogel. Die Muskeln um Dorothys kleinen Mund zuckten, bevor er sich zu einem bemühten Lächeln formte. »Ja, Lady Gold. Ich bin nur ein bisschen aufgeregt. Die meisten Damen aus der High Society, die ich kenne, sind nicht so freundlich wie Sie, Madam.«

Auch Ginger hatte ihre Probleme mit dem Hochmut der Frauen aus der sogenannten besseren Gesellschaft. »Keine Sorge. Nach dem ersten Glas Champagner werden alle recht gelöst sein. Davon gehe ich zumindest aus.«

Dorothys Züge entspannten sich. »Danke, Madam.«

Im Erdgeschoss, wo die Haute Couture präsentiert wurde, hingen die neuesten Stücke aus den namhaftesten Modehäusern Europas und den Vereinigten Staaten. Ginger bewunderte ein eben erst eingetroffenes Kleid. Hauchzartes, transparentes goldfarbenes Gewebe floss über ein blickdichtes goldenes Unterkleid. Die durchsichtige Stofflage war mit glitzernden Pailletten bestickt und von schimmernden Fäden in ägyptisch inspirierten Mustern durchzogen. Sie war eine Handbreit länger als das Unterkleid und reichte etwa bis zur Wadenmitte. Seit Howard Carter im Jahr 1922 das Grab des legendären Königs Tutanchamun entdeckt hatte, waren ägyptische Anklänge groß in Mode. Auch Ginger faszinierten sie sehr.

Emma Miller, eine aufstrebende junge Modeschöpferin, die zu Gingers Belegschaft gehörte, brachte weitere erlesene Stücke aus dem Hinterzimmer, um die Modepuppen neu anzukleiden. Sie lächelte viel und gerne und schien ihre Arbeit wirklich zu lieben.

»Ich sitze gerade an neuen Entwürfen«, sagte sie, als sie Ginger bemerkte. »Die Zeichnungen stehen hinten auf der Staffelei.«

»Die muss ich mir anschauen.« Der Elan der jungen Frau freute Ginger, sie sah viel Potenzial in ihren Ideen. Eines Tages würde Emma Miller vielleicht groß herauskommen, und zu ihrem Erfolg beitragen zu können, machte Ginger glücklich.

Eine elegante Dame in einem Cape aus feinster Schurwolle begutachtete gerade die neuen Kleider aus New York.

»Lady Whitmore.« Ginger hatte sie erkannt. »Willkommen im *Feathers & Flair*.«

»Danke, Lady Gold. Ich bin nicht zum ersten Mal hier, wie Sie vielleicht wissen.« Die Frau beugte sich verschwörerisch näher. »Stimmt es, dass Mr Edward Molyneux zu Ihrer Eröffnungsgala kommt?«

Ginger lächelte strahlend. Als sie den berühmten, aus

London stammenden Modeschöpfer eingeladen hatte, hätte sie sich nie träumen lassen, dass er tatsächlich aus seinem Salon in Paris anreisen würde. Aber Molyneux hatte zugesagt und damit nicht genug. Er hatte versprochen, bei ihrer Gala Teile seiner neuen, noch unbekannten Kollektion zu zeigen.

»Oh ja. Ich freue mich schon sehr darauf.«

»Die Gesellschaftsseiten in den Zeitungen sind voll davon. Auch wenn es ein wenig verwunderlich ist, dass eine solche Veranstaltung in einer Schneiderei stattfindet.«

»Wir sind keine Schneiderei, Lady Whitmore«, entgegnete Ginger. »Wir sind ein Modesalon mit dem Besten, was die Modewelt zu bieten hat. Eine solche Gala passt wirklich sehr gut hierher.«

»Oh ja. Ganz meine Meinung. Ich habe nur wiederholt, was man so hört.«

Ginger lächelte bemüht. Für Tratsch hatte sie wenig übrig.

Lady Whitmore tätschelte ihr den Arm. »Es heißt, Hoheiten aus ganz Europa kämen nach London, um hier ihre Frühjahrsgarderobe zu vervollständigen, aber auch ganz speziell, um Ihren Salon zu besuchen. Also verschwenden Sie keine Minute mit irgendeinem Gedanken an Ihre Neider. Ihr Sortiment ist übrigens großartig. Sie wissen schon, dass die Eigner der anderen Salons völlig außer sich sind? Mit Ihrem *Feathers & Flair* haben Sie sich in kürzester Zeit zu ihrer größten Konkurrentin gemausert. Seien sie also nicht überrascht, wenn einige Ihrer Kundinnen in Wahrheit Spione sind. Schließlich können Ihre Konkurrenten schlecht persönlich hier erscheinen. Nicht auszudenken, was dann geredet würde.«

Ginger ließ Lady Whitmore weiter stöbern, und bald

fand die redselige Dame eine andere, die ihre Begeisterung für Klatsch und Tratsch teilte.

Madame Roux brachte eine Kundin zu Ginger. Den beigebraunen Wollmantel der Frau erkannte Ginger sofort als typisches Stück aus der Kollektion von Jean Lanvin aus Paris. Obwohl für eine Frau sehr hochgewachsen, stand die Dame doch in der perfekt aufrechten Haltung vor ihr, wie sie in Schulen für höhere Töchter vermittelt wurde. Und das trotz ihres üppigen Busens, der sie mit seinem Gewicht sicherlich nach vorn ziehen musste. Ihr ausladendes Hinterteil sorgte für einen leicht watschelnden Gang. Als Schönheit konnte man sie nicht bezeichnen, aber Ginger kam sie mit der geraden Nase, dem kleinen Kinn, den grauen, dramatisch mit viel blauem Lidschatten und Wimperntusche geschminkten Augen und den glänzend roten Lippen bekannt vor.

Madame Roux stellte ihr die Frau als die rumänische Gräfin Andreea Balcescu vor. An die Gräfin gewandt fügte sie hinzu: »Und das ist Lady Gold, die Besitzerin des *Feathers & Flair*.«

Ginger streckte ihre behandschuhte Hand aus. »Wie reizend, Sie kennenzulernen, Gräfin Balcescu. Herzlich willkommen!«

Das Lächeln der Adeligen wirkte bemüht. Die meisten Aristokraten aus dem Osten litten sehr unter den Nachwirkungen des Krieges. Viele waren vor Revolutionen geflohen, hatten von einem Tag auf den anderen Heimat, Erbe und Titel verloren.

»Über Ihren Salon habe ich viel Gutes gehört.« Die Stimme der Frau war leicht heiser, ihr rumänischer Akzent kaum wahrnehmbar. »Ich habe große Teile meines Besitzes zurücklassen müssen und hoffe, hier in London meine Früh-jahrsgarderobe ergänzen zu können.«

»Dabei helfen wir Ihnen sehr gerne. Wir führen brand-neue Stücke aus Paris und New York und haben eine eigene exzellente Modeschöpferin im Haus. Wir können Ihnen jederzeit maßgeschneiderte Kleider ganz nach Ihren Wünschen anbieten.«

»Wirklich beeindruckend.«

Ginger zeigte ihr ein Abendkleid in Türkis und Silber mit aufwendigen silbernen Verzierungen am Oberteil und leichten angeschnittenen Ärmeln aus Chiffon. Sie schaute zu, wie Gräfin Balcescu die Fingerspitzen über das Kleid gleiten ließ. Ihre Hände in den Handschuhen waren groß, berührten den Stoff aber sehr behutsam.

Fast im selben Augenblick krachte hinter ihnen ein Ständer voller Accessoires zu Boden. Kundinnen und Beleg-schaft schreckten heftig zusammen.

»*Mon Dieu*«, japste Madame Roux. Dorothy und Emma beeilten sich, den Ständer wieder aufzurichten und die Handtaschen und Schals darauf zu platzieren.

»Wie ist denn das passiert?«, fragte Ginger.

»Ich habe keine Ahnung«, antwortete Madame Roux. »Heute ist so ungeheuer viel los. Irgendwer muss den Ständer aus Versehen umgestoßen haben.«

Oder mit Absicht. Ginger dachte daran, was Lady Whit-more über die Betreiber der anderen Salons und ihre Spione gesagt hatte. Würde irgendwer ihre Bemühungen mit Absicht sabotieren?

Unsinn. Dass der Ständer umgefallen war, war sicher nur ein kleiner Unfall gewesen.

Die Gräfin schien nicht erbaut. »Vielleicht komme ich

lieber ein andermal wieder, wenn es hier weniger ... hektisch zugeht.«

Ginger seufzte. Eine potenzielle Kundin verließ ihr Geschäft und würde vermutlich bei der Konkurrenz kaufen. Das war leider nicht zu ändern. So etwas passierte nun einmal.

Immer wieder klingelte das Telefon, und Madame Roux nahm die Gespräche an. Diesmal winkte sie Ginger zu sich.

»Für Sie, Lady Gold. Miss Gold möchte Sie sprechen.«

Ginger nahm den Hörer. Anders als bei dem altmodischen Gerät auf Hartigan House waren bei diesem modernen Apparat Hörer und Sprechmuschel in einem Stück verbaut. Wenn das Telefon nicht in Benutzung war, lag dieses Teil waagerecht über dem kastenförmigen Korpus mit der Wählscheibe.

»Felicia?«

»Oh, Ginger. Ich glaube, es ist etwas Schlimmes passiert.«

Gingers Herz setzte einen Moment lang aus. Bei ihr zu Hause? Ging es Ambrosia gut? Die Dowager Lady war zwar zäh, wurde aber nicht jünger. »Was ist denn?«

»Angus Green ist verschwunden!«

Ginger blinzelte verwirrt. Mit Nachrichten aus dem Theater hatte sie nicht gerechnet. Angus Green? Der gut aussehende junge Schauspieler, für den Felicia schwärmte? »Was soll das heißen, *verschwunden?*«

»Er ist heute Nachmittag nicht zur Probe gekommen. Und Geordie Atkins sagt, er sei die ganze Nacht nicht zu Hause gewesen. Die beiden teilen sich eine Wohnung.«

»Vielleicht ist ihm die Lust aufs Theaterspielen vergangen, und er möchte etwas Neues ausprobieren.«

»Das glaube ich nicht. Wir spielen das Stück noch an zwei Abenden. Uns einfach im Stich zu lassen, sieht ihm nicht ähnlich. Außerdem wollten wir nach der letzten Vorstellung zusammen feiern.«

Felicias Stimme stockte, und eine Welle von Mitgefühl erfasste Ginger. »Gibt es irgendwelche Hinweise auf ein Verbrechen?«

»Geordie sagt, Angus' Zimmer sei durchwühlt worden. Offenbar ist Angus sonst sehr ordentlich. Und wenn ich es mir genau überlege, hat er in den letzten Tagen ein bisschen angespannt gewirkt. So als würde ihn etwas beschäftigen.«

»Habt ihr die Polizei verständigt?«

»Ja. Aber dort nimmt man uns nicht ernst. Sie glauben, Mr Green wäre einfach nur ein unsteter junger Kerl, der seine eigenen Wege geht. Ginger, du musst ihn finden.«

»Ich?«

»Mr Haines ist recht wohlhabend. Er möchte dich dafür bezahlen.«

Ginger verschluckte sich beinahe. »Wie bitte? Ich bin keine Privatdetektivin, Felicia.«

»Doch! Das bist du! Seit du aus den Staaten nach England gekommen bist, hast du schon viele verzwickte Fälle gelöst. Bitte, Ginger, nimm diesen Fall an.«

Das Ansinnen ihrer Schwägerin machte Ginger sprachlos.

Du liebe Güte.

KAPITEL ZWEI

*G*inger sagte Madame Roux, sie müsse dringend weg, verließ mit Boss unter dem Arm den Salon und schaute sich nach einem Taxi um. Mit Felicia hatte sie abgemacht, dass sie sich im Abbott Theatre treffen würden. Nach einer vermissten Person hatte Ginger noch nie gesucht, und sie bedauerte bereits, sich darauf eingelassen zu haben. Mit solchen Fällen fehlte ihr die Erfahrung, und sie hatte keinerlei Ahnung, wo sie anfangen sollte. Doch sich kurz mit Angus Greens Schauspielerkollegen zu unterhalten, konnte sicher nicht schaden.

Sie winkte eines der schwarzen Beardmore-Taxis mit geschlossener Fahrgastkabine und kühn geschwungenen Kotflügeln über den Speichenrädern heran.

»Mein kleiner Hund darf doch mitfahren, oder?«

Der Fahrer zuckte die Achseln. »Solange er keinen Dreck macht.«

Ginger setzte Boss auf die lederbezogene Bank, nahm ihren langen Wintermantel um ihre Beine zusammen und schob sich neben ihn. Unter dem Mantel trug sie ein blaues Kleid aus flachem Krepp mit silberfarbenen Zierborten. Ambrosia fand es skandalös, weil es Ginger nur bis knapp unterhalb der Knie reichte.

»Zum Abbott Theatre, bitte.«

»Sehr wohl, Madam.«

In England war der Januar oft feucht und grau, und dieser Januar bildete keine Ausnahme. Der Nebel, der sich über die Stadt gelegt hatte, sorgte für schwierige Sichtverhältnisse. Auf der Oxford Street schoben sich Automobile, Pferdekutschen und wagemutige Fahrradfahrer durch den kühlen Dunst Richtung Theaterviertel. Der Taxifahrer drückte immer wieder energisch den Ball seiner Hupe zusammen.

Als sie endlich vor dem Theater hielten, legte Ginger Boss seine Leine an, bezahlte die Fahrt und eilte in das Gebäude. Die Ensemblemitglieder, die zusammen mit Angus in dem Stück *Sham* mitspielten, erwarteten sie auf der schummrig beleuchteten Bühne. Der Zuschauerraum lag weitgehend im Dunkeln.

Felicia eilte Ginger entgegen und führte sie durch die Tür auf der rechten Bühnenseite. Von hier aus hatte man einen völlig anderen Blick als von dem Logenplatz, auf dem Ginger erst gestern Abend die Vorstellung genossen hatte. Jetzt tat sich vor ihr der leere Orchestergraben auf wie ein gefährlicher dunkler Abgrund. Die steil aufsteigenden Sitzreihen dahinter erinnerten an eine Klippe aus rotem Samt.

Mr Atkins, Mr Haines und ein Unbekannter saßen auf hölzernen Klappstühlen. Den Unbekannten schätzte Ginger auf Ende vierzig. Mit seinem nach hinten frisierten schwarzen Haar und dem gewachsten Oberlippenbart sah er aus, wie man sich einen Buchhalter vorstellte. Der Mann begrüßte sie mit einem festen Händedruck.

»Ich bin Peter Maguire, der Bühnenmeister.«

»Sehr angenehm, Mr Maguire.«

Er warf einen missbilligenden Blick auf Boss. »Ich hoffe, es macht Ihnen nichts aus, dass wir hier zusammenkommen. Das war für uns alle am einfachsten, und im Theater sind wir ungestört.« Er schnalzte mit der Zunge. »Die Situation ist mehr als unerfreulich. Wegen diesem Herumtreiber muss ich nun wohl die letzten Vorstellungen absagen.«

Der Bühnenmeister schien offenbar nicht zu glauben, dass Mr Green etwas zugestoßen war. Seine Hauptsorge galt den ausfallenden Vorstellungen.

Geordie Atkins strich sich durch das bereits etwas schüttere Haar und atmete hörbar aus. Als Ginger auf ihn zutrat, erhob er sich. »Vielen Dank, dass Sie gekommen sind«, sagte er nur.

Matthew Haines rappelte sich ebenfalls hoch, ließ die Schultern hängen und drückte Ginger die Hand. Er war schlank und feingliedrig, seine Handfläche schmal und weich. Die Arbeit als Schauspieler machte die Hände eines Mannes nicht rau und schwielig. Zu einem weißen Baumwollhemd und braunen Hosen trug er einen tannengrünen Wollpullover, wie sie in Mode waren, seit man den Prince of Wales gelegentlich so sah. »Schön, Sie wiederzusehen, Lady Gold. Ich bedaure nur die unschönen Umstände.«

»Glauben Sie wirklich, Mr Green schwebt in Gefahr, oder es könnte ihm gar etwas zugestoßen sein?«, fragte Ginger. »Passt es tatsächlich nicht zu ihm, einfach so zu verschwinden?«

»Ob wir uns Sorgen machen müssen, ist schwer zu sagen«, antwortete Atkins. »Aber er würde uns niemals ohne ein Wort schnöde sitzenlassen. Es sei denn, es gibt einen sehr guten Grund.«

Peter Maguire spielte mit seinem Oberlippenbart und nickte. »Angus ist ein ernsthafter junger Mann und möchte es als Schauspieler zu etwas bringen. Im Sommer wollte er nach New York gehen.«

Felicia machte große Augen. Offenbar hatte Green sie nicht eingeweiht.

»Wer von Ihnen hat ihn zuletzt gesehen?«, fragte Ginger.

»Ich glaube, das war ich«, antwortete Felicia bedrückt. »Nach der Vorstellung gestern Abend sind wir noch ein Glas trinken gegangen. Dann hat er mich nach Hause gebracht. Es muss kurz nach Mitternacht gewesen sein. Weil er heute für die Probe ausgeschlafen sein wollte, hatte er vor, danach direkt nach Hause gehen. Das hat er zumindest gesagt.«

Maguire schnalzte erneut mit der Zunge. »Sieht aus, als könnten wir *Sham* nun tatsächlich nicht mehr aufführen«, wiederholte er. »Für solche kurzen Stücke haben wir keine zweite Besetzung.«

»Ach, Mr Maguire«, sagte Felicia düster. »Ich bin furchtbar enttäuscht. Wenn Angus wieder auftaucht, wird er von mir etwas zu hören bekommen.«

»Vielleicht sollte ich mir seine Wohnung ansehen«, schlug Ginger vor.

Geordie Atkins zog seine Schlüssel aus der Tasche. »Ich fahre Sie hin.«

DIE WOHNUNG, die sich Atkins und Angus Green teilten, lag in der City of London, nicht weit von der eindrucksvollen St. Paul's Kathedrale und ganz in der Nähe der St. George's

Anglican Church. Das Wohnzimmerfenster ging nach Süden hinaus Richtung Themse. Von dort aus konnte Ginger den eckigen Kirchturm sehen, der an einen Schlossturm erinnerte und für den Steinbau zu wuchtig wirkte. Wäre sie in ihrem Daimler unterwegs gewesen, hätte sie dort bei Reverend Oliver Hill vorbeigeschaut, um mit ihm über die Fortschritte ihres Hilfswerks für hungrige Straßenkinder zu sprechen.

Sie befahl Boss, an der Wohnungstür sitzenzubleiben, und schaute sich in der spartanisch eingerichteten Bleibe der Schauspieler um. Im Wohnzimmer standen nur ein Sofa und ein Couchtisch, in der Küche ein Holztisch mit zwei Stühlen. Atkins folgte ihren Blicken. »Wir reisen gern mit leichtem Gepäck. Schließlich wissen wir nicht, wo unser nächstes Engagement uns hinführt.«

Im Badezimmer gab es außer einem kleinen Waschbecken und einer Toilette noch eine rissige alte Emaillebadewanne mit Klauenfüßen. Die Spiegeltür des Medizinschranks stand offen, und Ginger begutachtete den Inhalt. »Gehört irgendetwas hiervon Mr Green?«

Atkins nickte. »Alles, was Sie auf dem unteren Regalbrett sehen. Die Zahnbürste, die Rasiercreme und ein paar Medikamente.«

Dass Green seine persönlichen Toilettenartikel zurückgelassen hätte, bezweifelte Ginger. Selbst bei einem sehr hastigen Aufbruch. »Halten Sie es für möglich, dass Mr Green nicht freiwillig gegangen ist?«

»Wie meinen Sie das?«

»Hat er Feinde?«

Atkins hob die Schultern. »So gut kenne ich ihn ehrlich gesagt nicht.«

»Hat er sich in letzter Zeit irgendwie seltsam benommen?«

»Er wirkte etwas durcheinander. So, als würde ihm etwas Sorgen bereiten, möchte ich behaupten.« Wieder das Schulterzucken. »Aber in unserem Metier sind die Dinge häufig anders, als sie scheinen, Lady Gold.«

KAPITEL DREI

anz London sprach von der exklusiven Eröffnungsgala des *Feathers & Flair*. Im Modeviertel war sie *das* Ereignis des Jahres 1924. Alles, was in der besseren Gesellschaft Rang und Namen hatte, fand sich ein. Allerdings auch Zeitgenossen wie Blake Brown, ein Reporter der *Daily News*. Mit den fünf Zentimeter hohen Absätzen ihrer Schuhe aus silberfarbener Brokatseide war Ginger heute beinahe so groß wie er. Er trug sein dünnes Haar stark geölt und an der Seite gescheitelt. Seine kleinen braunen Augen blickten gelangweilt. Das Jackett spannte über seinem runden Bauch, über seiner Schulter hing eine Sico-Kamera mit lederbezogenem Gehäuse, ein Schweizer Fabrikat.

»Sie wissen, wie man Feste feiert, Lady Gold«, bemerkte er. »Wenn ich mich recht erinnere, war Ihr letztes geradezu zum Sterben schön.« Er gluckste über sein zweideutiges Wortspiel.

»Ich muss doch sehr bitten, Mr Brown«, sagte Ginger

erbost. »Lassen Sie die Scherze. Diesmal wird es keine Toten geben, das kann ich Ihnen versichern.«

»Ich wollte Sie nur ein wenig aufziehen.«

Sie musterte ihn von der Seite. »Sie hier zu sehen, überrascht mich. Über solche Veranstaltungen schreiben Sie normalerweise nicht.«

»Mein Chefredakteur hat mich geschickt.« Brown hob die Hände. »Und es gibt Freigetränke. Ein besseres Angebot hatte ich für heute Abend nicht.«

Ein Kellner trug ein Getränketablett vorbei. Brown leerte rasch sein Glas und schnappte sich ein neues. Einen Moment lang war Ginger versucht, seine Hand wegzuschlagen. Aber wie es sich für eine gute Gastgeberin gehörte, lächelte sie.

»Sie entschuldigen mich.« Seine Antwort wartete sie nicht ab.

Ihre Angestellten hatten den Modesalon ganz wunderbar dekoriert. Kleine Bündel weißer und goldfarbener heliumgefüllter Luftballons und elegante Arrangements aus weißen Rosen in Kristallvasen schmückten die Räume. Von den hohen Decken hingen seidene Bänder. Kellner in schwarzen Anzügen und weißen Handschuhen balancierten Tabletts voller Champagnerflöten zwischen den Gästen hindurch. In einer Ecke gab eine Sängerin populäre Jazzstücke zum Besten.

Ginger trat zu Mutter und Tochter Fitzhugh. Das Duo gehörte bereits zu den Stammkundinnen des *Feathers & Flair*.

»Gütiger Himmel, Meredith. So steh doch aufrecht!«, blaffte Lady Fitzhugh. Ginger fand, dass sie recht ungnädig mit ihrer Tochter umsprang.

Die bedauernswerte junge Frau schob schmollend die Unterlippe vor und nahm die schlaffen Schultern zurück.

Mit Schönheit war Lady Meredith tatsächlich nicht gesegnet. Ihr Gesicht war zu breit, ihr Mund zu klein. Und ihre herrische Mutter trug nicht gerade zur Stärkung ihres unterentwickelten Selbstbewusstseins bei.

»Lady Fitzhugh, Lady Meredith, welche Freude!« Ginger lächelte.

»Aus solchen Veranstaltungen mache ich mir nicht viel, aber ich dachte, vielleicht tue ich Meredith einen Gefallen, wenn wir uns hier zeigen.« Lady Fitzhugh seufzte. »Ich hatte gehofft, dass mehr junge Männer anwesend wären.«

»Mutter, bitte!« Merediths teigiges Gesicht wurde vor Verlegenheit rot.

Ginger versuchte, die Situation zu überspielen. »Frauen scheinen an meinem Modesalon deutlich mehr Freude zu haben als die Herren der Schöpfung«, scherzte sie. »Aber ich hoffe, Sie genießen diesen Abend trotzdem.«

Ein paar Schritte von den Fitzhughs entfernt entdeckte Ginger Prinzessin Sophia von Altenhofen aus Berlin. Mit etwas Glück brauchte die Adelige noch einige Stücke für ihre Frühjahrsgarderobe. Wen sie vor sich hatte, wusste Ginger dank eines Artikels in der *Gazette du Bon Ton,* einer vielgelesenen französischen Modezeitschrift. Der Artikel war zwar bereits vor dem Krieg erschienen, doch die Prinzessin hatte sich seither kaum verändert.

»Prinzessin von Altenhofen«, begrüßte Ginger sie förmlich. Deutschland war inzwischen eine Republik und hatte den Adel so gut wie abgeschafft. Titel waren nur noch ein Namenszusatz. »Ich hoffe, Ihnen gefällt die Musik heute Abend. Mögen Sie Jazz?«

»Ja. Recht wohltuend, diese neuen Töne. Aber ich bin nicht wegen der beschwingten Melodien hier, sondern um Monsieur Molyneux zu treffen.«

»Sie müssen sich nicht mehr lange gedulden. Er ist bereits im Haus.«

Zusammen mit seiner Assistentin legte Edward Molyneux im Hinterzimmer letzte Hand an die Stücke, die er präsentieren wollte. Auf dem Tisch neben seinem Sessel stand eine kleine Karaffe mit Whisky. Gefragt, warum er sich nicht unter die Gäste mischte, hatte er geantwortet, er wolle die freudige Erwartung des Publikums noch etwas steigern.

Lady Isla Lyon und ihr Ehemann Robert Lord Lyon plauderten mit Lord und Lady Whitmore. Lord Whitmore, ein Mann mit rosiger Haut und widerspenstigem strohfarbenem Haar, überragte seine Frau und das andere Paar. Sein Blick schweifte diskret umher. Ginger wusste mehr als die meisten anderen Anwesenden: Lord Whitmore gehörte zum Geheimdienst. Als ihre Blicke sich trafen, nickte er kaum merklich.

Wie versprochen war auch Gräfin Andreea Balcescu zum Galaabend erschienen, und Ginger durchquerte den Raum, um sie zu begrüßen. Die Gräfin trug ein glamouröses mitternachtsblaues Kleid aus paillettenbesetzter Kunstseide, das von der Brust aus gerade nach unten fiel. Allerdings konnte in ihrem Fall auch keine noch so straffe Brustbinde für die derzeit so begehrte knabenhafte Silhouette sorgen.

»Gräfin Balcescu! Wie schön, dass Sie uns beehren.«

»Neue Stücke von Monsieur Molyneux darf man sich nicht entgehen lassen.«

Ginger lächelte. »Da bin ich ganz Ihrer Meinung!«

»Ein Volltreffer, dein Abend.« Gingers amerikanische Freundin Haley trat zu ihnen und hob anerkennend ihr Champagnerglas.

Eine zierliche Frau, die Ginger nicht kannte, steuerte selbstsicher auf sie zu und streckte ihr die mit Ringen geschmückte Rechte entgegen. Das dunkle Haar reichte in perfekt gelegten Wellen exakt bis zu ihrem zarten Kinn.

»Lady Gold. Ich bin Mrs Emelia Reed. Was für eine Freude, Sie endlich persönlich kennenzulernen. Mein Mann spricht in den höchsten Tönen von Ihnen.«

Der gut gekleidete Herr neben Mrs Reed wandte sich um, und unter Gingers Füßen geriet der Boden ins Wanken. »Basil?«

Zum ersten Mal waren Chief Inspector Basil Reed und sie sich im vergangenen Sommer an Bord der SS Rosa begegnet. Der großen Anziehung, die sofort zwischen ihnen bestanden hatte, hatten sie sich beide entgegengestemmt. Er hatte behauptet, seine Ehe sei zerrüttet und eine Scheidung unausweichlich. Sie hatte zu diesem Zeitpunkt noch immer sehr um ihren vor fünf Jahren verstorbenen Mann getrauert.

Widerstrebend hatte der Chief Inspector ihr erlaubt, ihm bei der Untersuchung eines Mordes zu helfen, der an Bord des Schiffs geschehen war. Wenn Ginger sich etwas in den Kopf setzte, konnte sie eine beachtliche Überzeugungskraft entwickeln. In großem gegenseitigen Respekt hatten sie sich nach der Lösung des Falls voneinander verabschiedet.

Doch wie es der Zufall wollte, brachten weitere Verbrechen sie immer wieder zusammen, und durch die gemeinsamen Ermittlungen waren sie Freunde geworden. Gingers Gefühle für diesen Mann gingen über das rein Freundschaftliche allerdings längst hinaus. Sogar das Foto von Daniel, das seit dem Krieg auf ihrem Nachttisch gestanden hatte, hatte sie in die Schublade gelegt. Unter Tränen und Schmerzen hatte sie ihre erste Liebe losgelassen. Aber sie wusste, Daniel würde sich wünschen, dass sie glücklich war und nach vorn schaute. In den Kriegstagen hatte er immer wieder gesagt: »Die Lebenden müssen weiterleben.«

Ihre Gefühle hatte Ginger dem Inspector nie offenbart. Doch sie war sich sicher, dass er darum wusste. Dieser Mann verstand es, andere Menschen zu lesen. Das machte ihn zu einem so guten Ermittler. Ginger hatte immer geglaubt, auch sie hätte diese Gabe. Jedenfalls hatte sie ganz fest angenommen, dass auch seine Gefühle für sie mehr als nur freundschaftlich waren.

Offenbar hatte sie sich getäuscht.

»Guten Abend, Lady Gold.« In Reeds blaugrünen Augen lag ein entschuldigender Blick. »Meine Frau hat sich erst in letzter Minute entschlossen, Ihre Veranstaltung zu besuchen. Deshalb konnten wir uns nicht anmelden.«

Eine Anmeldung war nicht erforderlich gewesen. Reed sagte ihr auf diese Weise, dass er keine Möglichkeit gehabt hatte, sie zu warnen und ihr mitzuteilen, dass seine Frau zurückgekehrt war.

Seit der Kriegszeit war Ginger darin geübt, ihre Gefühle selbst unter extremsten Bedingungen und unter den widrigsten Umständen niemals preiszugeben. Damals oft eine Frage von Leben oder Tod.

Jetzt hingen ihre Würde und ihr Selbstrespekt davon ab.

»Es freut mich, Sie kennenzulernen, Mrs Reed.« Obwohl Ginger spürte, wie ihr das Blut in die Füße sackte, setzte sie ein Lächeln auf. Emelia Reed machte eine ausholende Geste. »Basil sagt, Sie hätten ein Auge für Details und wüssten, kluge Entscheidungen zu treffen. Aber ganz offensichtlich sind Sie auch eine gute Geschäftsfrau.«

»Vielen Dank«, antwortete Ginger mit demonstrativer Fröhlichkeit. Sie schaute Reed ins Gesicht. »Vielleicht möchten Sie sich ja etwas aussuchen.«

Er deutete ein Kopfschütteln an. »Ich glaube, ich sehe mich lieber weiterhin in der Savile Row um.«

In diese Einkaufsstraße zog es die männlichen Vertreter der besseren Gesellschaft, wenn sie sich mit erlesener Kleidung eindecken wollten. Für das *Feathers & Flair* also keine Konkurrenz.

Reeds Frau strich über sein Jackett und tätschelte liebevoll seinen Arm. »Ja, ich denke, zu dir passt wirklich nur die Savile Row, Darling.« Sie schaute Ginger in die Augen. »Mein Mann kann sich sehen lassen, finden Sie nicht?«

»Da kann ich nicht widersprechen, Mrs Reed«, antwortete Ginger betont heiter. Ihre theaterverrückte Schwägerin wäre stolz auf ihre Schauspielkünste gewesen. »Ich wünsche Ihnen noch einen schönen Abend im *Feathers & Flair*.«

»Den werden wir ganz sicher haben«, antwortete Emelia. »Ich war eine Zeit lang nicht in London.« Sie flocht die Finger zwischen die ihres Ehemanns und strahlte ihn an. Ginger war ziemlich sicher, dass diese Zurschaustellung von Zuneigung vor allem ihretwegen stattfand. Emelia zog eine dunkle, perfekt geschwungene Braue hoch. »Es tut gut, sich wieder ins Geschehen zu stürzen.«

»Das kann ich mir vorstellen«, sagte Ginger höflich. Energisch kämpfte sie gegen die Tränen an, die ihr in die Augen steigen wollten. Auf keinen Fall durfte sie unangemessene Gefühle zeigen. Reed hatte ihr nie etwas versprochen, und sie konnte ihm nichts vorwerfen. Sie hatte sich in naive Annahmen verstiegen, deshalb war dieser neue Schmerz in ihrer Brust ganz allein ihre Schuld.

»Schön, Sie wiedergesehen zu haben, Chief Inspector«, verabschiedete sie sich mit gespielter Freude. Dann wandte sie sich um und marschierte Richtung Hinterzimmer. Sie spürte, wie sich Reeds Blick in ihren Rücken brannte, und eine Träne glitt über ihre Wange. Heftiger als nötig warf sie den Vorhang zur Seite, der den Durchgang verschloss.

»Mr Molyneux.«

Herrisch und tatenlustig stand der Modeschöpfer im Hinterzimmer. Und gut sah er aus in seinem exquisiten schwarzen Abendjackett. Das braune Haar hatte er sich aus dem angenehmen Gesicht nach hinten frisiert.

»Können wir?«, fragte Ginger.

Er straffte die Schultern und zupfte an den Aufschlägen seines Jacketts. »Ich bitte darum.«

»Es ist alles bereit«, bestätigte seine Assistentin Mademoiselle Bernard eifrig.

Molyneux lächelte Ginger an. »Dann beginnen wir jetzt. Sie dürfen mich ankündigen.«

Dass er inzwischen mit einem französischen Akzent sprach, brachte Ginger zum Lächeln. Immerhin war der Eigner eines berühmten Modesalons in einer der schicksten Gegenden von Paris hier in London geboren. Doch die französische Version von Molyneux hatte das gewisse Etwas, fand auch Ginger.

Sie trat wieder vor den Vorhang zu ihren Gästen. Basil Reed schaute sie dabei ausdrücklich *nicht* an.

KAPITEL VIER

»*L*adys und Gentlemen, mit großer Freude begrüße ich heute Abend zusammen mit Ihnen – Monsieur Molyneux!«

Molyneux trat mit theatralischer Geste hinter dem Vorhang hervor. Die Gäste applaudierten begeistert. Gebannt betrachteten sie die Zeichnungen, die seine Assistentin auf Staffeleien in den Verkaufsraum schob und enthüllte. In einem rauschenden Finale folgten drei Modepuppen in noch nie gesehenen Kleidern. Molyneux' Entwürfe waren modern, mit kühnen Linien und ohne üppige Verzierungen. Der eine oder andere bezeichnete seine Kleider wegen der Rückendekolletés und nackten Schultern als skandalös.

Aus den entzückten Ausrufen ihrer Gäste schloss Ginger, dass sie zum Glück nicht zu dieser Gruppe zählten.

»Fabelhaft!«

»Famos!«

»Einfach göttlich!«

Lady Whitmore erklärte ihrem Gatten weithin hörbar:

»Die modebewusste Dame von heute wählt seine Entwürfe, wenn sie exakt richtig liegen will, ohne allzu berechenbar zu sein.«

»Wann können wir denn heute Abend etwas kaufen?«, fragte eine Stimme.

Ginger lächelte. »Um zehn Uhr öffnen wir die Kasse. Bitte sehen Sie sich bis dahin ruhig ausgiebig um. Meine Angestellten beraten Sie gerne.«

Die Eingangstür öffnete sich und ließ einen willkommenen Stoß frische Luft herein. Eine sagenhaft schöne Dame, vielleicht die schönste Frau, die Ginger je gesehen hatte, trat ein. Stille legte sich über den Raum. Die Frau bewegte sich, als würde sie gar nicht bemerken, welche Wirkung ihre Gegenwart hatte. Ihr atemberaubendes dreilagiges Kleid aus cremefarbenem Chiffon reichte ihr bis knapp unters Knie. Um die schlanken Schultern trug sie einen ägyptischen, kunstvoll mit Silberplättchen beschlagenen Assiut-Tüllschal. An die makellose Alabasterhaut in ihrem Ausschnitt schmiegte sich ein großer blauer, in Tropfenform geschliffener Diamant. Der Anblick des Edelsteins an der schlichten silbernen Kette ließ die Versammelten nach Luft schnappen. Ginger kannte den Diamanten aus einem Artikel im *Boston Herald*. Er trug den Namen *Blue Desire*, galt als unbezahlbar, aber auch als Unglücksbringer. Angeblich hatte das Schicksal all seinen früheren Besitzern übel mitgespielt, und sie hatten den Diamanten, einige sogar ihr Leben verloren. Diesen blauen Stein umgab ein Mythos, und das elektrische Licht verlieh ihm zusätzlich einen geheimnisvollen Glanz. Ginger konnte sich durchaus vorstellen, dass manche Menschen von dem Wunsch, ihn zu besitzen, geradezu besessen waren.

Die elegante Dame schaute sich mit mitternachtsblauen

Augen im Verkaufsraum um, bis ihr Blick auf Ginger fiel. Geschmeidig wie eine Raubkatze bewegte sie sich über die marmornen Fliesen. »Sie müssen Lady Gold sein, die Besitzerin dieses edlen Salons.« In ihrer melodischen Stimme schwang ein leichter russischer Akzent. »Ich bin Grand Duchess Olga Pawlowna Orlowa.«

Ginger wusste nicht genau, was das Protokoll bei der ersten Begegnung mit einer Großherzogin verlangte. Ihr Blick flog zu Haley, die mit den Schultern zuckte. Kurzentschlossen streckte sie die Hand aus. »Ich bin hocherfreut, Sie kennenzulernen, Grand Duchess Orlowa. Willkommen im *Feathers & Flair*.«

»Vielen Dank. Ich freue mich, hier zu sein. Die Briten sind meine neue Familie, in meinem eigenen Land bin ich nicht mehr willkommen.«

»Die Umstände bedaure ich sehr, aber ich hoffe, Sie finden hier in England Trost und Ruhe.«

»Ja, das hoffe ich auch.«

Nach und nach kehrten die anderen Gäste zu ihren Unterhaltungen zurück. Lady Fitzhughs Stimme wurde mit jedem Glas Champagner schriller. »Wenn du doch nur die Hälfte ihrer Schönheit hättest, Meredith.«

Merediths kleiner Mund zog sich zu einem festen Knoten zusammen. Erst funkelte sie ihre Mutter an, dann durchbohrten ihre Blicke Olga Pawlowna wie eisige Pfeile.

Du meine Güte. Lady Meredith tat Ginger leid.

Prinzessin von Altenhofen trat zu Mutter und Tochter Fitzhugh. »Hören Sie einfach nicht hin«, sagte sie zu Meredith. »Bei der Grand Duchess trügt der schöne Schein.« Die Prinzessin ging weiter, um sich mit dem Ehrengast zu unterhalten. Ginger hatte mitgehört und fragte sich, was ihre Bemerkung zu bedeuten hatte.

Mit einem melancholischen Ausdruck auf dem herzförmigen Gesicht gesellte sich Felicia zu ihr. »Ich hoffe, es macht dir nichts aus, wenn ich früher gehe, Ginger. Ohne Angus hier zu sein, bedrückt mich. Nicht zu wissen, ob er womöglich in Gefahr schwebt, ist wirklich quälend.«

»Das verstehe ich, Liebes«, sagte Ginger etwas reumütig, weil sie sich nicht intensiver mit Greens Verschwinden beschäftigt hatte. Nach der Gala würde sie sich ganz auf diesen Fall konzentrieren. »Fahr nach Hause und ruh dich aus. Und bitte, schau nach, wie es deiner Großmutter geht.«

Ambrosia hatte sich mit Kopfschmerzen entschuldigt und war daheim geblieben. Ginger vermutete, dass das Nervenkostüm der alten Dame langen Abenden inmitten fremder Menschen nicht mehr gewachsen war.

Prinzessin von Altenhofen belegte Edward Molyneux mit Beschlag. In ihrem harten deutschen Akzent erkundigte sie sich nach einem privaten Termin in seinem Salon.

»Es wäre mir eine große Freude, Ihnen einen Entwurf auf den Leib schneidern zu dürfen, Prinzessin von Altenhofen.«

»Verbindlichsten Dank.« Die Prinzessin stand mit dem Rücken zum Raum, war offenbar die einzige Person, die sich nicht für die russische Grand Duchess interessierte. Zwar war die bessere Gesellschaft zu höflicher Konversation zurückgekehrt, doch die vielen verstohlenen Blicke verrieten, dass in Wahrheit die schöne Adelige mit dem blauen Diamanten im Zentrum der Aufmerksamkeit stand.

In Gegenwart dieser russischen Göttin kam sich Ginger geradezu unscheinbar vor. Für sie ein sehr ungewohntes Gefühl, doch vermutlich hatte auch die Zurückweisung durch Basil Reed etwas damit zu tun.

Nun strebte die Grand Duchess erhabenen Schrittes zu dem Modeschöpfer und der deutschen Prinzessin und unterbrach ungeniert deren Geplauder. Prinzessin Sophias Missbilligung war nicht zu übersehen. Ganz offenbar mochte sie die Grand Duchess nicht. Sie bedankte sich noch einmal kurz bei Molyneux, dann stürmte sie davon.

Die Grand Duchess schien das nicht aus der Ruhe zu bringen. »Die Deutschen waren noch nie gute Verlierer.«

Molyneux war klug genug, neutral zu bleiben. »Ich bin dankbar, dass der Krieg vorbei ist und wir uns jetzt mit den schönen Dingen des Lebens beschäftigen können. Wie zum Beispiel mit meinen Entwürfen.«

»Für Sie mag der Krieg zu Ende sein, Monsieur. Aber in meinem Land wird weiter gelitten.«

»In der Tat. Vergeben Sie mir meine Taktlosigkeit.«

»Sie müssen sich nicht entschuldigen. Schließlich sind Sie kein Bolschewist.«

»Interessieren Sie sich für eine meiner Roben?«, fragte Molyneux, um einen Themawechsel bemüht.

Die Antwort hörte Ginger nicht, denn hinter ihr ertönte ein Aufschrei. »Lady Whitmore!«, rief Madame Roux.

Ginger fuhr herum und sah, dass Madame Roux die englische Adelige stützte. Sofort eilte sie hinzu.

»Lady Whitmore?«

Die Lider der Frau flatterten, doch sie schien sich bereits zu fangen und schaffte es, wieder sicher auf ihren eigenen Beinen zu stehen. »Entschuldigen Sie bitte. Ich weiß gar nicht, was über mich gekommen ist.«

»Möchten Sie sich setzen?«, fragte Ginger. »Dort drüben ist gerade ein Stuhl frei.«

Lady Whitmore nickte und ließ sich von Ginger und Madame Roux zu dem Platz führen.

»Ich hole Ihnen ein Glas Wasser«, sagte Madame Roux.

Jetzt war auch Lord Whitmore zur Stelle und beugte sich zu seiner Frau. »Sara?«

»Ich fürchte, es geht mir nicht gut. Ich möchte nur ungern schon so früh nach Hause gehen, aber ich glaube, es wäre besser. Eine noch unschönere Szene möchte ich nicht riskieren.«

Lady Whitmore war tatsächlich etwas fahl im Gesicht, fand Ginger. Ihr musste wirklich übel sein, sonst hätte sie sich kaum zum Gegenstand von Tratsch und Klatsch gemacht.

Lord Whitmore wirkte überrumpelt. »Trink doch erst einmal einen Schluck Wasser«, sagte er. »Vielleicht geht es dir dann schon besser.«

»Es ist mir wirklich nicht wohl.«

»Wird es nicht unangenehm auffallen, wenn wir jetzt schon gehen?«

»Wird es nicht noch viel unangenehmer, wenn ich ohnmächtig am Boden liege?«

Ginger beobachtete den Austausch verwundert. Für einen Vorwand, aus einem Modesalon entkommen zu können, hätten die meisten Männer ihren rechten Arm gegeben.

Lady Whitmore zupfte ihren Mann am Ärmel. »Bitte, George.«

Er schnaubte resigniert. »Wie du wünschst.«

»Ich habe Madame Roux gebeten, Ihnen ein Taxi zu rufen.« Ginger trat wieder näher. »Ihr Fahrer ist so kurzfristig vermutlich schwer zu erreichen.«

Lord Whitmore nickte dankend. Madame Roux brachte Lady Whitmores Mantel, und als das Ehepaar ins Freie trat, wartete dort bereits das Taxi.

Die Krise war überstanden, die Gäste plauderten in

kleinen Grüppchen weiter. Aber Ginger konnte es nicht lassen. Immer wieder wanderte ihr Blick zu Reeds Frau, die gerade mit Lady Lyon über irgendetwas lachte.

Worüber redeten diese beiden, um alles in der Welt? Ginger wusste, dass sie das eigentlich nichts anging. Sie nahm eine Champagnerflöte vom Tablett eines Kellners und gesellte sich zu Molyneux, der im Moment ausnahmsweise nicht von Bewunderinnen seiner Kunst belagert war.

»Mr Molyneux! Die Gala ist ein voller Erfolg, und das verdanke ich auch Ihrem Besuch. Ich weiß gar nicht, wie ich mich je revanchieren kann.«

Molyneux lächelte höflich.

»Ich habe zu danken, Lady Gold. Über kurz oder lang möchte ich hier in London ebenfalls ein Geschäft eröffnen, und mein Auftritt bei Ihnen bringt mir Aufmerksamkeit.« Er legte den Kopf schief. »Wir werden also Konkurrenten.«

Ginger lachte. »Konkurrenz gehört zur Demokratie.«

»Und Demokratie ist etwas Gutes?«

»Oh ja.«

»Leider scheinen unsere Nachbarn im Osten diese Ansicht nicht zu teilen.«

Ginger nickte. Ihr Blick fiel auf die russische Grand Duchess. Diese Frau lächelte nie. In ihren tiefen blauen Augen lag Traurigkeit. Ginger ahnte, wie schwer die Zeiten für sie und ihre Familie in ihrer Heimat waren. Wie es sich anfühlte, aus dem eigenen Land fliehen zu müssen, wollte sie sich gar nicht vorstellen. Die Adeligen aus Moskau und Petrograd taten gut daran, nicht dasselbe furchtbare Schicksal zu riskieren, das den Zaren und seine engste Familie ereilt hatte: Alle sieben waren hingerichtet worden.

Ginger wandte sich gerade in dem Augenblick um, in dem eine weitere Aristokratin einen Schwächeanfall erlitt.

Prinzessin Sophia von Altenhofen stützte sich schwer auf dem Tisch mit den Getränken ab und stieß dabei eine Karaffe mit Sherry um. Zum Glück war sie fast leer, und es gab keine Spritzer, die die eleganten Kleider in nächster Nähe hätten ruinieren können.

Olga Pawlowna murmelte etwas auf Russisch.

»Prinzessin Sophia!« Ginger hastete zu der Frau. »Ist alles in Ordnung?«

»Ich weiß gar nicht, wie mir ist. Womöglich nur ein Glas Champagner zu viel.«

Ginger nickte Madame Roux zu. »Vielleicht öffnen wir einen Moment die Tür und lassen frische Luft herein. Aber bitte nicht zu lange.«

Gräfin Balcescu schnalzte hörbar mit der Zunge. »Offenbar haben wir Rumänen eine bessere Konstitution. In der Öffentlichkeit einer Ohnmacht nahezukommen, würde uns niemals einfallen.«

Dass binnen weniger Minuten gleich zwei Frauen einen Schwächeanfall erlitten, kam Ginger merkwürdig vor. Sie dachte an Lady Whitmores Warnung vor den Spionen der Konkurrenz. Sabotierten sie etwa ihre Veranstaltung? Stirnrunzelnd beobachtete Ginger, wie Blake Brown von der Daily News etwas auf seinen Notizblock kritzelte. Auf Presseberichte dieser Art legte sie keinen Wert.

Als sich die Aufregung gelegt hatte, machte Ginger dem Reporter ein Friedensangebot. In einem Kristallglas brachte sie ihm den letzten Rest Brandy, der noch da war.

»Ich hoffe, Sie werden mich nachsichtig behandeln.« Sie hielt ihm das Glas hin, er nahm es entgegen und nippte daran.

»Ich werde nur einen kleinen Seitenhieb über das schwache Geschlecht einbauen und mich ansonsten auf

Ihren Gast, den Modeschöpfer, konzentrieren. Das größte Interesse der Leserschaft gilt sowieso ihm.«

»Vielen Dank für Ihre Diskretion. Und bitte, keine Namen.«

Brown kaute an seinem Bleistift. »Das kann ich Ihnen nicht versprechen. Schließlich sind hier viele bekannte Persönlichkeiten von Rang versammelt. Aber weil ich normalerweise keine Gesellschaftskolumnen schreibe, tue ich Ihnen vielleicht den Gefallen und vergesse die meisten Namen. Sollte allerdings noch einer Dame unwohl werden, garantiere ich für nichts.«

Oh bitte, nicht noch ein dritter Fall, dachte Ginger. Die Leute sollten schließlich nicht wegen solcher Unpässlichkeiten über ihre Eröffnungsgala reden.

Doch der Rest des Abends verlief ohne weitere Vorkommnisse. Bis elf Uhr unterhielt die Sängerin noch das Publikum, dann wurde der Servierwagen mit den Getränken ins Hinterzimmer geschoben. Die Gäste ließen sich von ihren Fahrern abholen, die meisten verließen den Modesalon mit einem Lächeln auf dem Gesicht. Ginger war zufrieden, und Madame Roux berichtete, sie hätte eine lange Liste neuer Kundinnen für private Anproben. Edward Molyneux war bereits vor einiger Zeit in einem Taxi weggefahren. Seine Assistentin packte hinten gerade die Kleider zusammen.

»Das war eine wunderbare Feier, Lady Gold«, beteuerte Mademoiselle Bernard. »Ich wusste, Monsieur Molyneux' neue Kollektion würde einschlagen.«

Madame Roux schloss hinter den letzten Gästen die Eingangstür ab. Nur sie, Molyneux' Assistentin, Ginger und Haley waren noch da.

»Ich weiß nicht, wie du das machst, Liebes«, sagte Haley. »Ich bin von all dem Geplauder komplett erschlagen.«

»Aber unsere kleine Lüge hast du gut verkraftet?«, fragte Ginger verschwörerisch.

»Dass ich deine wohlhabende amerikanische Cousine bin?« Haley lachte. »Offenbar ist Felicia nicht die einzige Schauspielerin auf Hartigan House. Ich war selbst überrascht von den Geschichten, die ich heute erzählt habe.«

Madame Roux machte sich auf den Weg ins Hinterzimmer. »Lady Gold!«, rief sie eine Sekunde später.

Alarmiert vom Tonfall der Frau folgten Ginger und Haley ihrer Stimme. In einer der Anprobekabinen lag mit dem Gesicht nach unten eine Frau auf dem Boden.

»Noch ein Schwächeanfall, Madam?«

Ginger wusste sofort, wer da in dem cremefarbenen Chiffonkleid vor ihnen lag. Ihre Hand flog zu ihrem Mund. »Die Grand Duchess!«

Haley raffte ihren Rock, ging neben der Frau in die Hocke und tastete an ihrem Hals nach einem Pulsschlag. Ginger dankte dem Himmel, dass Blake Brown nicht mehr hier war und fotografieren konnte.

Der Kopf der Grand Duchess lag in einem unnatürlichen Winkel.

»Ist sie ... tot?«, fragte Ginger.

Haley schaute sie düster an. »Ich fürchte, ja.«

KAPITEL FÜNF

G inger schloss die Augen. Wie hatte das passieren können? Sie hatte so viel Zeit, Arbeit und Energie in diese Gala gesteckt, und jetzt war alles ruiniert. Sobald Brown davon erfuhr, würde ihr Modesalon aus den völlig falschen Gründen Berühmtheit erlangen.

Heute Abend hatte hier eine Frau ihr Leben verloren. Beschämt schüttelte Ginger den Kopf. Wie kam sie dazu, sich selbst zu bedauern?

Erst als sie jemanden leise aufschluchzen hörte, fiel ihr ein, dass Molyneux' junge Assistentin noch hier war. »Nicht hinschauen, Mademoiselle Bernard«, warnte Ginger sie schnell. »Vorne bei der Kasse steht ein Telefon. Rufen Sie Scotland Yard. Die Nummer finden Sie in dem blauen Buch in der Schublade.«

Froh, etwas Nützliches tun zu können, wischte sich die Assistentin die Tränen ab.

Madame Roux fand ihre Sprache wieder. »*Quelle horreur!* Was machen wir denn jetzt?«

»Wir warten auf die Polizei«, sagte Ginger.

Haley richtete sich auf und nickte. »Sicher wird eine Autopsie nötig sein, denn wir müssen von einem Mord ausgehen. Der Körper ist noch warm, die Totenstarre hat noch nicht eingesetzt.«

»Ich überlege gerade, wann ich die Grand Duchess heute Abend zuletzt gesehen habe«, sagte Ginger. »Ich glaube, als sie mit Molyneux gesprochen hat.«

»Ich habe sie ins obere Stockwerk hinaufgehen sehen«, sagte Madame Roux. »Aber sie ist offensichtlich wieder nach unten gekommen.«

»Ich fürchte, ich war den ganzen Abend über sehr abgelenkt«, sagte Haley. »Wie spät war es denn bei ihrer Unterhaltung mit Molyneux?«

»Beinahe zehn«, antwortete Ginger. »Das weiß ich, weil ich gleich darauf angekündigt habe, dass wir die Kasse bald öffnen.«

Haley warf einen Blick auf ihre Armbanduhr. »Jetzt ist es Mitternacht. Sie muss seit mindestens einer Stunde tot sein, aber auf jeden Fall weniger als zwei.«

»Wie kann es sein, dass ihr Fehlen niemandem aufgefallen ist?« Nun ging Ginger neben der Toten in die Hocke. »Alle hatten doch nur Augen für sie.«

»Es muss einen Moment gegeben haben, in dem sie ungesehen hinter den Vorhang treten konnte«, sagte Haley. »Aus den Augen, aus dem Sinn.«

»Aber was wollte sie denn hier? Was hat sie hier gesucht?«

»Monsieurs Entwürfe?«, schlug Madame Roux vor.

»Wir müssen Mademoiselle Bernard fragen, ob etwas fehlt.« Ginger richtete sich auf und ging hinaus. Draußen bei der Kasse starrte Molyneux' Assistentin ins Leere.

»Das muss ein riesiger Schock für Sie sein.« Ginger holte

ein Glas Wasser und hielt es der jungen Frau hin. »Trinken Sie das.«

Gehorsam nahm Mademoiselle Bernard einen Schluck.

»Haben Sie die Polizei erreicht?«, fragte Ginger.

Die junge Frau nickte. »*Oui.*«

»Gut. Dann denken Sie jetzt bitte genau nach. Als Sie heute Abend die Sachen zusammengepackt haben, hat da irgendetwas gefehlt? War irgendetwas nicht, wie es sein sollte?«

Molyneux' Assistentin zog ihre Hutnadel heraus, kratzte sich am Kopf, rückte ihren Hut zurecht und befestigte ihn wieder. »Ich glaube nicht, Lady Gold. Aber ich habe auch nicht speziell darauf geachtet. Am besten, ich schaue noch einmal nach.«

In dem Moment, in dem die Mademoiselle hinter dem Vorhang verschwand, klopfte jemand an die Eingangstür.

Durch das Glas hindurch schaute Reed Ginger entgegen. Er nahm seinen Hut ab.

Eine bleierne Müdigkeit legte sich auf Gingers Schultern. Sie hatte all ihre Kraft in diese Gala gesteckt. Dann der Anblick von Reed zusammen mit seiner Ehefrau, und jetzt ein Mord. Sie wusste nicht, wo sie die Energie hernehmen sollte, mit dem Chief Inspector zu sprechen. Seufzend schloss sie die Tür auf.

Mit abgewandtem Blick ließ sie ihn und Sergeant Scott an sich vorbei in den Verkaufsraum. Jetzt trug Reed einen robusten braunen Anzug, über den er einen Trenchcoat geworfen hatte.

»Ginger«, begann er. Doch bevor er etwas sagen konnte, was sie womöglich beide in Verlegenheit brachte, unterbrach sie ihn.

»Gentlemen. Die Tote liegt hinten in einer Anprobekabine.«

Sie führte die Männer hinter den Vorhang, wo Haley und Madame Roux bei der Toten standen.

Mademoiselle Bernard steckte den Kopf herein. »Es fehlt nichts, Madam.«

»Es ist spät«, sagte Ginger zu Madame Roux. »Könnten Sie Mademoiselle Bernard bitte zu ihrem Hotel begleiten?« Sie wandte sich an Reed, schaute aber an ihm vorbei. »Ist das in Ordnung, Chief Inspector?«

Er nickte. »Solange keine von Ihnen London verlässt. Ich muss Ihnen morgen ein paar Fragen stellen«, sagte er an die beiden Frauen gewandt.

Sie versicherten ihm, sie würden zur Verfügung stehen.

»Wer hat die Grand Duchess zuletzt lebend gesehen?«, fragte er.

»Kurz vor zehn hat sie noch mit Mr Molyneux gesprochen«, antwortete Ginger.

»Ich werde den Modeschöpfer befragen müssen.«

»Er ist als einer der Ersten gegangen.«

Reed nickte. Als Molyneux den Modesalon verlassen hatte, waren er und seine Frau noch hier gewesen.

»Madame Roux sagt, sie hätte die Grand Duchess danach noch ins obere Stockwerk gehen sehen. Molyneux kann mit ihrem Tod also nichts zu tun haben.«

»Gut.« Reed schrieb etwas in sein Notizbuch. »Was ist denn dort oben?«

»Dort hängen weitere Kleider. Vorwiegend feine Fabrikware.«

»Und weshalb wollte die Grand Duchess dort hinauf?«

»Ich habe nicht die geringste Ahnung. Aber Kleider von der Stange haben sie ganz sicher nicht interessiert.«

»Vielleicht war sie dort mit jemandem verabredet«, schlug Haley vor.

»Kann ich einen Blick in diese Abteilung werfen?«, fragte Reed. Offenbar hatte er sich während der Gala nicht die Mühe gemacht.

»Selbstverständlich.«

Im Gegensatz zum Verkaufsraum im Erdgeschoss, wo nur wenige Kleider effektvoll in Szene gesetzt wurden, war das Obergeschoss voller Kleiderständer. In langen Reihen standen sie auf dem Holzboden. Die Kleider waren nach Stil und Größe geordnet. An einer Stange hingen Mäntel aus der letzten Saison, die zu einem günstigeren Preis verkauft wurden. Den meisten Platz nahm aber bereits die neue Frühjahrsmode ein, von legeren Blusen und Röcken über Tageskleider bis hin zu Abendgarderobe und Jacken. Ein Hutmacher aus dem Viertel hatte eine Auswahl Hüte geliefert, die nun an den Haken an der Wand hingen.

»Ist Ihnen während der Gala irgendetwas Ungewöhnliches aufgefallen?«, fragte Reed. »Haben Sie vielleicht zufällig ein Gespräch mitgehört, das auf Animositäten gegen die Grand Duchess hingedeutet hätte?«

»Nun ja«, sagte Ginger. »Prinzessin Sophia von Altenhofen hat aus ihrer Abneigung gegen sie keinen Hehl gemacht.«

Reed machte sich eine Notiz. »Die Spannungen zwischen Russland und Deutschland sind noch immer gewaltig. Könnten Sie mir bitte eine Gästeliste zusammenstellen?«

»Selbstverständlich.«

Reed nickte und ging Richtung Treppe. Dann blieb er stehen und fuhr so abrupt herum, dass Ginger beinahe mit ihm zusammenstieß. Nur mit Glück gelang es ihr, die Balance zu halten, ohne ihn dabei berühren zu müssen.

Er schaute ihr fest ins Gesicht. »Ich möchte Ihnen gerne etwas erklären, Ginger.«

Sie wich einen kleinen Schritt zurück. Dafür war jetzt nicht der passende Moment. »Besser, wir beschäftigen uns erst einmal mit dem Fall.«

Er seufzte resigniert. »Wie Sie möchten.«

Unten hatte Sergeant Scott die nagelneue französische Furet-Kamera von Scotland Yard in der Hand und machte aus allen erdenklichen Winkeln Aufnahmen von der Toten. Das grelle Blitzlicht stach Ginger schmerzhaft in die Augen, dann stutzte sie.

Reed bemerkte ihren verdutzten Blick. »Haben Sie etwas entdeckt?«

»Ihre Halskette fehlt.« Ginger schirmte ihre Augen ab. »Sie hat den *Blue Desire* getragen.«

KAPITEL SECHS

*A*m Tag darauf saßen Ginger und Haley recht spät zusammen im Frühstückszimmer. Felicia war bereits vor einiger Zeit von ihrer Großmutter aus dem Bett gezerrt worden und hatte deutlich kundgetan, was sie davon hielt. Schließlich war auch sie am Vorabend erst spät nach Hause gekommen. Die hitzige Diskussion der beiden draußen im Flur war nicht zu überhören gewesen.

»Es geht mir nicht gut! Außerdem bin ich alt genug, um zu entscheiden, ob ich zur Kirche gehen möchte oder nicht«, hatte Felicia geschimpft.

»Um den Kirchgang ausfallen zu lassen, ist man nie alt genug.«

»Ginger geht auch nicht immer.«

»Das hat dich nicht zu interessieren.«

Der gute Clement hatte die beiden schließlich gefahren, und die Köchin, Mrs Beasley, gab sich wieder einmal alle Mühe, Ginger und Haley ein wenig zu mästen.

»Mir will nicht einleuchten, warum junge Damen heutzutage ihre Figur unter Kleidern verstecken, die wie Säcke an ihnen herunterhängen. Männer mögen Frauen, bei denen sie etwas in den Händen haben!« Wie um ihren Worten Nachdruck zu verleihen, rückte die Köchin den Büstenhalter um ihren ausladenden Busen zurecht.

Um nicht loszuglucksen, biss sich Ginger auf die Innenseite der Wange.

Auf dem Weg aus dem Zimmer summte Mrs Beasley einen der neuesten Gassenhauer. *Ausgerechnet Bananen …*

Ginger sang die nächsten Textzeilen des Ohrwurms, und sogar Haley stimmte mit ein. »Ausgerechnet Bananen, Bananen verlangt sie von mir!«

Die Köchin steckte den Kopf noch einmal ins Zimmer. Ihr Gesicht war vor Verlegenheit rot. Sie versuchte, ein Lächeln zu unterdrücken, dann verschwand sie Richtung Küche. Die Freundinnen kicherten los.

»Sehr damenhaft war das nicht von uns«, sagte Ginger, als sie sich wieder beruhigt hatten, und nahm einen Schluck Tee.

»Nein, wirklich nicht.« Haley schlug die *Daily News* auf, strich die Seiten auf dem Tisch glatt und tauchte einen Streifen Toast in ihr weichgekochtes Ei. Diese sehr britische Art, ein Frühstücksei zu essen, *Dippy Eggs with Soldiers* genannt, hatte Ginger ihr gezeigt, und Haley hatte Gefallen daran gefunden.

Als überzeugte US-Amerikanerin hätte sie das vermutlich nicht gerne gehört, aber Ginger fand, dass ihre Freundin im Augenblick sehr englisch aussah.

»Hier steht, Wladimir Lenin sei wieder krank.« Haleys Bostoner Akzent ließ diesen Eindruck sofort wieder verpuffen.

»Den Zeitungen kann man nicht immer trauen«, erwiderte Ginger. Boss saß geduldig neben ihr auf dem Boden und fixierte sie mit einem treuherzigen Blick. Schließlich ließ sie sich erweichen und hielt ihm ein kleines Stück Speck hin, das er gierig verschlang. »Lenin ist noch nicht alt. Erst in den Fünfzigern.«

»Aber weshalb sollten sie eine so wichtige Nachricht erfinden?«

»Die Fakten aufzubauschen, ist auch eine britische Tradition. Die Boulevardblätter leben davon.«

»Die Blätter in New York behaupten dasselbe.«

»Wirklich? Aber ich hoffe trotzdem, dass es nicht stimmt. So schlimm Lenin sein mag, es kommt selten etwas Besseres nach.«

Haley summte. »Stalin und Trotzki bringen sich bereits als Nachfolger in Stellung.«

»Dann wird es wohl wahr sein«, seufzte Ginger. »Die armen Russen. Krieg, Revolution, Diktatur. Was für harte Zeiten.«

»Viele Adelige konnten wenigstens fliehen«, sagte Haley. Ihre Stimme klang neutral, doch Ginger wusste, wie schwer sich ihre Freundin mit den Klassenunterschieden in großen Teilen der alten Welt tat.

»Olga Pawlowna konnte ihre Freiheit nicht lange genießen«, antwortete Ginger.

Haley hob ihre Kaffeetasse. »Was für eine Tragödie.« Sie schaute Ginger über den Rand der Tasse hinweg an. »Ich möchte dir nicht zu nahe treten, aber sehr glücklich hast du nicht ausgesehen, als der Chief Inspector aufgetaucht ist. Du bist sogar ziemlich blass geworden.«

»Schließlich war in meinem Modesalon gerade jemand gestorben.«

»Ja, richtig.« Haley war klug genug, das Thema nicht zu

vertiefen. »Suchst du noch nach Felicias verschwundenem Herzblatt?«

»Ich muss doch sehr bitten, liebste Haley. Zwischen Mr Green und Felicia gibt es sicher nur eine sehr lockere Verbindung.«

Haley grinste. »Ich bitte vielmals um Entschuldigung, *Lady Gold*.«

Ginger schürzte frustriert die Lippen. Dabei wusste sie nicht einmal genau, was sie so irritierte. Dass Haley zu amerikanisch war? Oder sie selbst nicht amerikanisch genug?

»Was ich dich noch fragen wollte«, fuhr Haley fort. »Wer war denn die Dame, mit der der Chief Inspector zur Gala gekommen ist?«

»Welche Dame?« Ginger spürte, wie sich ihr Herz erneut schmerzhaft zusammenzog.

»Die Brünette, die ihm nicht von der Seite gewichen ist.«

Ginger nahm noch einen Schluck Tee, dann stellte sie die Tasse ab. Sie schaute Haley direkt in die Augen. »Das war Emelia Reed. Seine Ehefrau.«

Haley machte ein Gesicht, als hätte man sie geohrfeigt. »Er ist also tatsächlich verheiratet.«

In dem halben Jahr, seit sie Reed kannten, hatte er sich nie mit seiner Ehefrau gezeigt. Deshalb hatte Haley vermutet, er würde seinen Ring nur tragen, um unerwünschter weiblicher Aufmerksamkeit vorzubeugen. Schließlich sah der Mann einfach umwerfend aus.

»Definitiv.«

Haley ließ die Schultern hängen. »Das tut mir sehr leid.«

»Nicht der Rede wert.«

Die junge Amerikanerin kniff die dunklen Augen zusammen. »Oh doch. Das ist keine Kleinigkeit! Dieser Reed ist ein Schuft.«

»Weshalb? Er hat nichts verbrochen.«

»Er hat dich im falschen Glauben gelassen. Mit deinen Gefühlen gespielt.«

Ginger atmete tief durch und straffte die Schultern. »Für meine Gefühle bin ich ganz allein verantwortlich.«

»Wie man's nimmt. Jedenfalls werde ich ihm bei der nächsten Gelegenheit deutlich sagen, was ich von ihm halte.«

»Nein, Haley. Das lässt du schön bleiben. Reed hat sich entschieden. Und es ist gut und richtig, dass seine Wahl auf seine Ehefrau gefallen ist.«

Haley seufzte. »Du bist sowieso zu gut für ihn.« Ihre Miene hellte sich auf. »Was ist denn mit diesem Pastor? Der macht doch einen sehr netten Eindruck.«

»Und ich dachte immer, ich wollte alle Leute verkuppeln!« Ginger schob ihren Teller weg, auf dem nur noch ein paar Krümel lagen, und nahm ihre Tasse. »Sollen wir uns ins Wohnzimmer setzen?«

Genau wie die anderen Räume im Haus war Gingers Wohnzimmer im Winter renoviert worden. Der viktorianische Stil mit seinen schweren dunklen Farben, den zu vielen Möbeln auf zu engem Raum und jeder Menge Gemälde, Zierrat und Krimskrams gehörte der Vergangenheit an. Die Farbpalette war jetzt viel leichter. Rosé anstelle von Weinrot, ein blasses Salbeigrün anstelle von Jade und statt Safran gab es Zitronengelb. Die neuen Möbel hatten klare Linien, avantgardistische Kunst schmückte die Wände. Einzig *Die Meerjungfrau* hing noch wie zuvor über dem gemauerten Kamin. Gingers Vater hatte das Gemälde vor langer Zeit ihrer Mutter geschenkt, und das mythische Wesen darauf erinnerte Ginger mit seinen strahlenden Augen und dem langen roten Haar an die erste Mrs Hartigan. Für eine eher gemütliche Note sorgte Boss, der auf seinem Hundebett in der Ecke neben dem Kamin friedlich vor sich hin schnarchte.

»Und was hast du heute noch vor?«, fragte Ginger ihre Freundin, nachdem sie es sich bequem gemacht hatten.

»Ich habe Dr. Watts angerufen. Er sagt, ich kann ihm bei der Autopsie der Grand Duchess assistieren.«

»Wie nett von ihm.«

Haley nickte. »Er wird mir fehlen.«

Ginger richtete sich auf. »Geht er weg?«

»Er wird sich bald zur Ruhe setzen. Seinen Nachfolger hat er uns kürzlich bereits vorgestellt. Einen jungen Mann, noch neu in diesem Metier.«

»Hast du ihn kennengelernt?«

»Ja.«

»Und?«

»Dr. Watts' Abschied wird für die ganze Forensik-Gemeinde ein großer Verlust sein.«

»Du magst den neuen Pathologen nicht«, stellte Ginger fest.

»Das habe ich nicht gesagt.« Ein paar widerspenstige Locken lösten sich aus Haleys falschem Bob und fielen ihr ins Gesicht. Sie schob sie sich hinter die Ohren. »Es ist nur … Er ist jung.«

»Jünger als du?«

Haley schnaubte. »So alt wie ich. Gerade einmal vierunddreißig.«

»Du bist dreiunddreißig.«

»Ich habe bald Geburtstag. Aber darum geht es nicht.«

Ginger neigte den Kopf. »Worum denn dann?«

»Dr. Watts blickt auf jahrzehntelange Erfahrung zurück.«

»Und jetzt bekommst du es mit jemandem zu tun, der gerade einmal so alt ist wie du.«

Haley stieß den Atem aus. »Das klingt ein bisschen verbohrt, ich weiß.«

»Vielleicht wird er dich ja positiv überraschen.«

»Vielleicht.«

»Und wie heißt der neue Doktor?«, fragte Ginger.

»Manu Gupta.«

Ginger hob die Brauen. »Das ist ein indischer Name. Interessant. Wann hört Dr. Watts denn auf?«

»In einem Jahr. Im Moment ist Dr. Gupta noch sein Assistent.«

»Dann musst du dir ja noch keine Sorgen machen.«

Aus der Eingangshalle drangen Geräusche, gefolgt von einer erbosten weiblichen Stimme. Kurz darauf stürmte Felicia ins Wohnzimmer.

»Ich weiß nicht, weshalb ich mich von Großmama zur Kirche schleppen lasse«, schimpfte sie. »Wirklich nicht. Andauernd stellt sie mich irgendwelchen langweiligen Einfaltspinseln aus gutem Hause vor. Und ich dachte immer, wir gehen wegen Jesus zur Kirche.«

»Deine Großmutter meint es nur gut«, beschwichtigte Ginger. »Auch wenn es manchmal vielleicht nicht so scheint.«

Felicia setzte sich neben Haley aufs Sofa und zog ihre Handschuhe aus. »Ja, vermutlich. Gibt es Neuigkeiten?«

»Was denn für welche?«, fragte Haley.

Gestenreich und blumig, wie es ihre Art war, führte Felicia noch einmal aus, wie sehr sie sich um ihren verschwundenen Schauspielerkollegen sorgte.

»Felicia, Liebes«, seufzte Ginger. »Weißt du, ob Angus mit jemandem Streit hatte? Hatte er vielleicht Schulden?«

Felicias Züge verdüsterten sich. Sie sprang auf, nur um sich gleich darauf in einen der Sessel fallen zu lassen. »So nahe, dass er mir so etwas anvertraut hätte, standen wir einander ehrlich gesagt nicht. Hast du in seiner Wohnung etwas gefunden, was uns weiterbringt?«

»Seine Toilettenartikel sind noch dort.«

»Um solche Dinge machen sich Männer wenig Gedanken«, warf Haley ein. »Eine neue Zahnbürste bekommen sie überall.«

»Seine Medikamente standen auch im Badezimmer.«

Felicia stöhnte gequält auf.

Haley legte die Stirn in Falten. »Das ist nun wirklich ein wenig besorgniserregend. Erinnerst du dich noch, was es war?«

»Aspirin und Ergotamin.«

Haley summte. »Klingt, als litte er unter Migräne.«

Ein Hoffnungsschimmer trat in Felicias blaue Augen. »Vielleicht gab es einen Notfall in seiner Familie, Angus ist sofort hingeeilt und hat darüber seine Medizin vergessen.«

»Ich habe Atkins nach Greens Familie gefragt«, entgegnete Ginger. »Er hat den Vater angerufen. Angus hat sich dort nicht gemeldet.«

Clive Pippins oder Pips, wie Ginger ihn gerne nannte, trat ins Wohnzimmer. Der treu ergebene Butler arbeitete bereits seit dreißig Jahren bei der Familie Hartigan. Gingers ganzes Leben lang.

»Ein Anruf für Miss Higgins«, sagte er.

Haley sprang auf. »Das ist sicher Dr. Watts.«

»Halte mich auf dem Laufenden!«, rief Ginger hinter ihr her.

»Wie immer.«

Eigentlich hatte Ginger gehofft, der Anruf wäre für sie.

Sicher würde Reed sie informieren, wenn es in dem Mordfall neue Erkenntnisse gab. Oder doch nicht?

Vielleicht waren diese Zeiten ja vorbei.

»Ich gehe wieder ins Bett.« Felicia folgte Haley durch die Tür. »Ich bin völlig erschlagen.«

Ginger verbrachte den Nachmittag mit Lesen, oder vielmehr mit dem Versuch. Sich auf die Worte zu konzentrieren, wollte ihr einfach nicht gelingen. Immer wieder gingen ihr die Ereignisse bei der Gala durch den Kopf, Reeds unerwartetes Auftauchen mit seiner Ehefrau am Arm, der Mord an der schönen Grand Duchess.

IM DUNKELN FUHR Ginger nur sehr ungern. Aber wenn die Sonne, wie im Januar nun einmal üblich, schon nachmittags um fünf unterging, blieb ihr oft nichts anderes übrig. Der zweitürige Daimler war nicht mehr der Jüngste, aber nur selten gefahren worden und in erstklassigem Zustand. Die tiefblaue Karosserie hatte ein flaches schwarzes Verdeck. Die Sitze waren mit robustem braunem Leder bezogen. Nur die gelben Speichen der Räder strahlten wegen der schmierigen, vom Winterwetter aufgeweichten Straßen im Augenblick nicht ganz so hell.

Routiniert brachte Ginger Zündung, Gashebel und Choke in die richtige Position, bevor sie mit der Spitze ihres grauen Paul-Poiret-Schuhs auf den Startknopf drückte. Sie legte den Rückwärtsgang ein und lenkte das Automobil gekonnt aus der Garage. Dann schlug sie den Weg Richtung Osten zur City of London ein.

Auf den Straßen der Großstadt herrschte das übliche chaotische Treiben. Automobilisten kämpften sich mit ihren

Fahrzeugen zwischen Pferdekutschen und -karren, Radfahrern und Fußgängern hindurch.

Als sie an Atkins' Wohnung vorbeifuhr, sah sie Licht durch das Wohnzimmerfenster in die Nacht fallen. Nur von wenigen, weit auseinanderstehenden Gaslaternen beleuchtet, wirkte die Straße düster und fast bedrohlich. Ginger war dankbar, dass Clement die Scheinwerfer des Daimlers erst kürzlich erneuert hatte.

Vor der Kirche St. George's parkte sie den Wagen. Die Gemeindehalle war hell erleuchtet. Ginger lächelte. Reverend Hill versorgte gerade die Straßenkinder mit einem Abendessen. Das kleine private Kinderhilfswerk hatte sie erst kürzlich ins Leben gerufen, und der Reverend hatte sofort die Ärmel hochgekrempelt. Heute wurde hier die erste Mahlzeit ausgegeben. Erwartungsvoll trat Ginger ein.

Hills welliges rotes Haar war etwas heller als ihres und wogte ihm um den Kopf. Hin und wieder hatte er ein nervöses Zucken um die freundlichen Augen. Doch aus seinem Gesicht sprach Güte. Die gemeinsame Haarfarbe war ihr erster Anknüpfungspunkt gewesen, und manchmal lachten sie über die Herausforderungen, die nur Rotschöpfe kannten.

»Unauffällig in einer Menge zu verschwinden, ist so gut wie unmöglich.«

»Ich kann kein Rosa tragen.«

»Diese Haarfarbe lässt mein ganzes Gesicht rosa leuchten!«

»Oh ja. Besonders, wenn mir heiß ist oder ich verlegen bin.«

Vor einigen Wochen war Ginger mit weher Seele vom Besuch des Grabs ihres verstorbenen Ehemanns aus Hertfordshire nach London zurückgekehrt. Und sie war überzeugt, dass die Vorsehung sie zu Reverend Hill in die St. George's Church geführt hatte. Auf dieses Gotteshaus war sie gestoßen, als sie ganz in der Nähe einen Jungen namens Scout entdeckt hatte, den sie kannte. Doch noch bevor sie nach ihm hatte rufen können, war er wieder verschwunden. Beinahe wäre sie weitergefahren. Aber irgendetwas an der Kirche mit ihrem Garten und ihrem Friedhof hatte sie neugierig gemacht. Ganz ungeplant hatte sie sich in einer der hinteren Kirchenbänke wiedergefunden. Nach einer Weile hatte sich Reverend Hill zu ihr gesetzt und ihr geistigen Beistand angeboten.

Seither hatte ihr der Reverend durch viele schwere Tage geholfen. Zwar war ihr geliebter Daniel bereits vor fünf Jahren gestorben, doch Ginger hatte nicht die Kraft gefunden, sich wirklich aus der Trauer um ihn zu lösen. Dass sie es nun doch versuchen wollte, hatte auch etwas mit Chief Inspector Basil Reed zu tun gehabt. Offen zugegeben hätte sie das nie, aber Haley wusste dennoch Bescheid.

»Lady Gold!« Reverend Hill lächelte. »Wie schön, dass Sie es einrichten konnten.«

»Die erste Speisung unserer Schützlinge wollte ich um keinen Preis verpassen.« Ginger schaute sich im Saal um. Die heute eigens aufgestellten Tische waren von aufgeregten Kindern umlagert. »Sieht aus, als hätten wir großen Zulauf.«

»Wenn es etwas zu essen gibt, kommen die Kinder gerne zur Kirche.« Hill strahlte zufrieden. Ihm lag das Wohl jeder einzelnen Seele am Herzen.

Zu ihrer Freude entdeckte Ginger unter all den Jungen und Mädchen zwischen etwa sieben und sechzehn Jahren ihre jungen Freunde, die Cousins Scout und Marvin Elliot.

Scouts struppiger blonder Schopf war kaum zu übersehen. Sie lächelte. Der Junge schien ihren Blick zu spüren, denn er schaute von seinem Teller auf, hob das spitze Kinn und sah ihr direkt ins Gesicht. Er grinste sie mit einem Mund voller schiefer Zähne an. Seine bleibenden Zähne brachen bereits durch, schienen aber keinerlei Interesse daran zu haben, in Reih und Glied zu stehen.

»Missus!«, rief er über den Lärm hinweg, mit dem die Kinder hier gemeinsam ihren Brei löffelten.

»Scout!« Mit wenigen Schritten war Ginger bei ihm. Er sprang von der Bank und streckte ihr seine schmutzige kleine Hand entgegen. Ohne zu zögern griff sie danach. Weißer Seidenhandschuh hin oder her.

»Freut mich, Sie zu sehen, Missus.«

»Ich freue mich auch, Scout. Ich glaube, du bist gewachsen.«

»Wirklich?«

»Wirklich.« Das war nicht gelogen. Der Junge war tatsächlich größer geworden, wenn auch nicht viel. Er war klein für sein Alter, denn ihm fehlte nicht nur nahrhaftes Essen, sondern auch eine Mutter, die für regelmäßige Mahlzeiten sorgte.

Sein älterer Cousin Marvin, der neben ihm saß, begrüßte Ginger mit der Schüchternheit eines Jungen an der Schwelle zum Erwachsenwerden. »Madam.« Er nickte.

Ginger kannte die beiden von der Überfahrt von Boston nach Liverpool auf der SS Rosa. Die Jungen hatten unter Deck gearbeitet und Scout hatte sich um Boss gekümmert.

Als hätte er ihre Gedanken gelesen, fragte er: »Wie geht's denn unserem alten Knaben?«

»Ganz gut«, antwortete Ginger. »Nur das schlechte Wetter macht ihn ein bisschen träge. Ich fürchte, den Winter mag er nicht.«

»Ich auch nicht, Missus.« Scout wischte sich mit dem Ärmel die Nase ab.

Marvin räusperte sich und schaute Ginger verlegen an. »Sie hätten nicht zufällig ein bisschen was zu tun für uns?«

Manchmal hatte Ginger eine kleine Aufgabe für die Jungen, mit der sie sich ein paar Shilling verdienen konnten. Das war keine milde Gabe, es half ihr so sehr wie ihnen. »Ja, ich hätte tatsächlich etwas für euch. Ich suche jemanden.« Sie zeigte ihnen ein Foto von Angus Green. Die beiden hatten ihn noch nie gesehen. Aber wie auch? Theatervorstellungen besuchten sie ganz sicher nicht.

»Er wohnt hier in der Gegend. In der Nähe von St. Paul's. Ihr könntet mir einen Gefallen tun und die Augen nach ihm offenhalten.«

»Und Bescheid geben, falls uns was Verdächtiges auffällt«, fügte Scout mit dem Selbstbewusstsein eines Jungen hinzu, der die Gesetze der Straße kannte.

»Genau.« Ginger nickte und gab jedem der beiden drei Shilling. »Wenn ihr Mr Green seht oder jemanden über ihn reden hört, sagt es Reverend Hill. Er ruft mich dann an. Aber sprecht Mr Green nicht persönlich an, und auch niemanden, den ihr etwas über ihn sagen hört. Auf gar keinen Fall.« Ginger lag sehr daran, die Jungen nicht in Gefahr zu bringen. »Habt ihr das verstanden?«

»Ja, Missus!« Scout strahlte.

Marvin fügte hinzu: »Verstanden. Wir passen auf.«

»Ich glaube, euer Essen wird kalt.« Ginger zauste Scout das verfilzte Haar. »Lasst es euch schmecken.«

Ein paar Minuten später begleitete Reverend Hill Ginger zum Ausgang.

»Vielleicht haben Sie davon gehört, Reverend. In meinem Modesalon gab es gestern Abend einen Vorfall.«

Hills stets so freundliches Lächeln verschwand. »Nichts allzu Ernstes, hoffe ich?«

»Doch, leider sehr ernst. Es ist jemand ums Leben gekommen.«

»Du meine Güte.«

»Viel mehr kann ich im Moment nicht sagen. Die polizeiliche Untersuchung läuft.«

»Verstehe. Ich werde für Sie beten, Lady Gold.«

»Ich danke Ihnen, Reverend. Von Herzen.«

Mrs Davies, die Gemeindesekretärin, eilte zu ihnen. »Entschuldigen Sie bitte, Reverend. Jemand möchte Lady Gold am Telefon sprechen.«

Ginger war überrascht. »Mich?«

»Ja, Madam.«

»Wer ist es denn?«

»Er sagt, er sei ein Chief Inspector von Scotland Yard. Es tut mir leid, Madam, aber seinen Namen habe ich nicht verstanden.«

Offenbar hatte Reed auf Hartigan House angerufen und erfahren, wo sie sich aufhielt. Was war so dringend, dass er ihr hinterhertelefonierte?

»Ich verabschiede mich hier von Ihnen, Lady Gold«, sagte Reverend Hill. »Ich muss zurück zu den Kindern. Mrs Davies begleitet Sie zur Küche.«

»Vielen Dank, Reverend. Auf bald.«

In der Küche nahm Ginger den Hörer.

»Lady Gold? Chief Inspector Reed hier.«

»Guten Abend, Chief Inspector.« Die förmliche Anrede gab ihr einen Stich. Bis zur Gala im *Feathers & Flair* hatten sie sich beim Vornamen genannt. Jetzt, wo Emelia Reed auf der Bildfläche erschienen war, stand eine unsichtbare Barriere zwischen ihnen. »Was kann ich für Sie tun?«

»Möchten Sie mich morgen zu den Befragungen begleiten? Ihr Wissen könnte nützlich sein, schließlich ist die Tat
in Ihrem Modesalon geschehen. Außerdem ist es oft hilfreich, wenn bei der Befragung von Damen eine Dame anwesend ist.«

Ginger fand, dass sie und Reed ein gutes Ermittlerge-
spann abgaben. Doch sie war sich unschlüssig. Die beste
Medizin gegen ihren Gefühlstumult war doch wohl, sich von
dem Mann fernzuhalten, der die Ursache dafür war. Andererseits stand der gute Ruf ihres Modesalons auf dem Spiel,
von ihrem eigenen ganz zu schweigen. Für ihr Geschäft und
für ihr Ansehen in der besseren Gesellschaft war es wichtig,
den Fall so schnell wie möglich zu lösen.

»Ja, gerne.«

Dass sie streng genommen auch zum Kreis der Verdächtigen gehörte, schien Reed nicht zu stören.

»Prima«, sagte er. »Ich hole Sie morgen früh ab.«

Ginger schoss durch den Kopf, wie erbost Haley war,
dass er ihre beste Freundin verletzt hatte. Eine unschöne
Szene wollte sie nicht riskieren. »Können wir uns bei Scotland Yard treffen?«

KAPITEL SIEBEN

$\mathcal{A}$ ls Ginger auf den Parkplatz hinter New Scotland Yard einbog, wartete Reed dort bereits in seinem tannengrünen Austin 7 auf sie. Er stieg aus und öffnete ihr die Beifahrertür. Um sich zu wappnen, atmete sie tief durch. Basil Reed war eine elegante Erscheinung, intelligent und außerdem ein Gentleman. Aber verflixt, wen interessierte das schon?

Sie würde sich ganz und gar professionell verhalten. Eine Frau lag tot in der Pathologie, und der Mörder lief frei herum. Da hatten ihre persönlichen Gefühle zurückzustehen.

»Guten Morgen«, begrüßte er sie.

»Guten Morgen, Chief Inspector.«

Ginger schob sich auf den Beifahrersitz. Eine Sekunde lang blitzten ihre Seidenstrümpfe unter ihrem Mantel hervor. Reed hatte den Anstand, so zu tun, als würde er es nicht bemerken. Sanft schloss er ihre Tür, schob sich hinters Steuer, ließ den Wagen an und schaltete die Heizung ein.

»Wohin fahren wir?«, fragte Ginger.

»Zu Lady Isla Lyon und anschließend zu Prinzessin Sophia von Altenhofen.«

Dass die Prinzessin aus Deutschland auf der Liste der Verdächtigen stand, leuchtete Ginger ein. Die Frau hatte ihre Abneigung gegen die Grand Duchess deutlich gezeigt. Aber Lady Lyon?

Basil kam ihrer Frage zuvor. »Lady Lyon ist für die Polizei keine Unbekannte.«

Ginger verbarg ihre Verblüffung nicht. »Wie das?«

»Ich fürchte, sie hat einen Hang dazu, Dinge an sich zu nehmen, die ihr nicht gehören.«

»Sie stiehlt?«

»Ihr Gatte tut alles, um sie zu schützen. Er gibt das Diebesgut zurück und entschädigt die rechtmäßigen Besitzer.«

»Du meine Güte.«

Lord und Lady Lyon bewohnten ein imposantes Stadthaus direkt an der Themse in Westminster. Ein kleiner, rundlicher Butler öffnete die Tür.

»Ich bin Chief Inspector Basil Reed, und das ist Lady Gold. Lady Lyon erwartet uns«, erklärte Reed.

»Wenn Sie mir bitte folgen möchten, Sir, Madam.«

Lord und Lady Lyon saßen im Salon. Isla Lyon war eine attraktive Frau mit schönen Augen und einem Bob wie frisch aus dem Friseursalon. Und sie war ein gutes Vierteljahrhundert jünger als ihr Gatte. Mit einem Buch in der Hand lag sie halb auf einem luxuriösen Sofa, als hätte das Leben sie auf Rosen gebettet. Der Lord beugte sich mit einer in Tinte getauchten Feder über einen monströsen dunklen Walnussschreibtisch. Ein älterer Herr, der sich offenbar noch nicht zur Benutzung eines Füllfederhalters durchgerungen hatte.

Der Butler verließ den Raum, Lord und Lady Lyon erhoben sich.

»Es ist sehr freundlich von Ihnen, uns aufzusuchen«, begann der Lord, als hätte er eine Einladung ausgesprochen. Er war groß und massig und hatte den festen Händedruck eines Mannes, der es gewohnt war zu bekommen, was er wollte. Lady Lyon bot lächelnd Tee an. Genau wie ihr Mann tat sie so, als handelte es sich um einen Höflichkeitsbesuch.

Ginger fing einen Blick von Reed auf. Er wirkte alles andere als amüsiert.

Er setzte sich und begann: »Ich hoffe, Sie missdeuten nicht den Grund unseres Besuchs.«

»Ich nehme an, er hängt mit dem traurigen Ereignis um die Grand Duchess zusammen, von dem wir gehört haben.« Lord Lyon nahm eine Pfeife aus einem Ständer und zündete sie an. »Bestürzend, diese Sache. Ganz besonders, weil diese Dame so schön war.«

Ginger biss sich auf die Zunge. Der Tod der russischen Adeligen war tragisch, aber sicher nicht trauriger, als wenn ein armer, unscheinbarer Mensch sein Leben verlor.

»Ja, deshalb sind wir hier«, bestätigte Reed. Er trank einen Schluck Tee, stellte die Tasse zurück auf die Untertasse und dann beides auf den Couchtisch. Sein Blick ging zwischen dem Lord und dessen Gattin hin und her. »Meine Fragen könnten etwas unangenehm sein, doch ich werde so behutsam vorgehen wie nur möglich.«

»Fahren Sie fort.« Lord Lyon nickte, als bräuchte der Chief Inspector dazu seine Erlaubnis.

»Ich fürchte, ein Schmuckstück ist verschwunden.«

Lady Lyons schlanke Finger fuhren an ihre Kehle, fanden dort keinen Zierrat und kehrten in ihren Schoß zurück.

»Was wollen Sie damit sagen?« Jetzt klang der Lord eindeutig ruppig.

»Der Halsschmuck der Grand Duchess mit dem *Blue Desire* fehlt«, erklärte Ginger ruhig. »Ein berühmt-berüchtigter blauer Diamant in Tropfenform an einer silbernen Kette.«

»Berühmt-berüchtigt, sagen Sie«, knurrte Lord Lyon. »Der Mörder wird ihn wohl an sich genommen haben.«

Reed schaute ihm fest ins Gesicht.

Dem älteren Mann dämmerte, was dieser Blick sagte. »Sie wollen doch nicht etwa andeuten …«

»Ich suche nach Hinweisen jeglicher Art, Lord Lyon. Möglicherweise hatte die Grand Duchess die Halskette bereits verloren, bevor sie zu Tode kam.«

»Sie glauben, ich könnte sie haben«, stellte Lady Lyon kläglich fest. Sie schaute Ginger an. »Ich habe eine wirklich schlechte Angewohnheit. Manchmal kommt es einfach über mich, und ich kann mich nicht dagegen wehren.« Sie wandte sich an Reed. »Aber den *Blue Desire* habe ich nicht genommen. Das schwöre ich.«

Ginger fiel auf, dass sich Lady Lyons Versicherung lediglich auf den blauen Diamanten bezog. Sie würde Madame Roux bitten nachzuschauen, ob im Modesalon etwas fehlte.

»Um welche Zeit haben Sie beide die Gala verlassen?«, fragte Reed.

Lord Lyon hob die Schultern. »Das wird wohl kurz nach elf gewesen sein. Zur selben Zeit wie die meisten anderen Gäste.«

Reed machte sich ein paar Notizen. Ginger bezweifelte, dass es etwas aufzuschreiben gab. Vermutlich wollte er Lord und Lady Lyon nur ein wenig verunsichern.

Er trank seinen Tee aus und erhob sich. »Wir möchten Sie nicht länger aufhalten. Vielen Dank für Ihre Zeit.«

Lord Lyon rief den Butler, der sie hinausbrachte.

»Ich glaube nicht, dass die beiden etwas mit der Sache zu tun haben«, sagte Ginger draußen.

»Spricht da wieder Ihre Intuition?«

Sie blieb ihm die Antwort schuldig. Als sie im Wagen saßen, fragte sie: »Haben Sie die Finanzen der beiden überprüft?«

»Lord Lyon ist so reich, wie er vorgibt. Ihm gehört nicht nur dieses Stadthaus in London, sondern auch ein großer Landsitz. Zudem besitzt er einige Unternehmen.«

»Dann ist Geld also kein Motiv.«

Basil schüttelte den Kopf. »Nein.«

»Lady Lyons Drang ist krankhaft. Ähnlich wie bei Leuten, die dem Glücksspiel verfallen sind. Sie mag eine Kleptomanin sein, aber dass sie Gewalt anwendet, traue ich ihr nicht zu.«

»Den blauen Diamanten kann sie trotzdem genommen haben.«

Reed steuerte seinen Wagen durch den Westen des St.-James-Parks Richtung Piccadilly. »Prinzessin Sophia von Altenhofen residiert im Ritz.«

»Fabelhaft! Ich liebe das Ritz!«

Sie hielten vor dem fünfgeschossigen Hotelgebäude aus Sandstein mit den griechisch anmutenden Arkaden an der Straßenseite. Die Zimmer hatten allesamt hohe Fenster mit dekorativen schmiedeeisernen Gittern an den schmalen Balkonen.

Reed überließ dem Parkdienst die Wagenschlüssel, dann erklommen sie die Stufen zur Drehtür am Haupteingang. Dort hieß sie ein Angestellter in einem langen schwarzen

Jackett, glänzenden schwarzen Schuhen und Zylinder willkommen.

In der hohen Kuppel der runden, mit prächtigen Orientteppichen ausgelegten Eingangshalle hing ein gewaltiger Kronleuchter. Ein tiefroter Teppich bedeckte die geschwungenen Stufen hinauf zum ersten Stock.

Reed trat an den bogenförmigen Empfangstresen, der sich perfekt in die runde Halle fügte und mit elektrischem Licht gut beleuchtet war. Den Angestellten dort bat er, Prinzessin von Altenhofen anzurufen.

»Sagen Sie ihr bitte, wir warten in der Lounge.«

»Sollen wir etwas bestellen?«, fragte Ginger, als sie sich dort einen Platz gesucht hatten.

»Ich nehme ein Glas Club Soda. Im Dienst trinke ich keinen Alkohol«, antwortete Reed.

Ginger bestellte sich Kaffee mit Milch.

Die deutsche Prinzessin, die ihren Adelsstand verloren hatte, betrat die Lounge wie ein Hollywoodstar. Blondes, perfekt frisiertes Haar umrahmte ihr eckiges Kinn. Ihre Augen waren nicht übermäßig geschminkt, wirkten unter den exakt nachgezeichneten Brauen aber dennoch dramatisch. Kräftiges Rouge betonte ihre Wangen. Sie warf sich ihre Federboa über eine Schulter, bevor sie mit hocherhobenem Kopf quer durch den Raum schritt. Ihr Gang und ihre Haltung waren noch immer majestätisch. Doch Verbeugungen und Kniefälle vor der Dame aus Deutschland gehörten nicht länger zum Protokoll, und Ginger unterdrückte den automatischen Reflex.

»Guten Tag, Chief Inspector, Lady Gold.« Die Prinzessin setzte sich an den letzten freien Platz an ihrem runden Tisch. »Welchem Umstand verdanke ich das Vergnügen?«

»Prinzessin Sophia«, sagte Reed. »Vielen Dank, dass Sie sich Zeit für uns nehmen.«

Ginger war klar, dass die Frau keine andere Wahl hatte, und die Prinzessin wusste das mit Sicherheit auch. Doch der höfliche Schein wollte aufrechterhalten werden.

Ein Kellner brachte ein Getränk, das die Prinzessin noch gar nicht bestellt hatte. Offenbar kannte man hier ihre Vorlieben und wusste auch, dass sie immer durstig war. Sie nahm eine Zigarette aus einem goldenen Etui und steckte sie in eine Spitze aus Elfenbein. Dann lächelte sie Reed an, der sofort sein Feuerzeug zückte.

»Danke.«

Er lehnte sich zurück und schlug die Beine übereinander. Zu Gingers Verwunderung zündete er sich ebenfalls eine Zigarette an. Dass er rauchte, wusste sie. Das taten die meisten Männer, und, wenn man genau hinschaute, auch sehr viele Frauen. Sie hatte ihn nur noch nie bei einer Befragung rauchen sehen.

Rauchte er jetzt, wo er wieder mit seiner Frau zusammen war, etwa öfter? Ginger beschloss, nicht darüber nachzudenken, was das womöglich bedeutete.

»Prinzessin Sophia«, begann sie. »Sicher haben Sie schon vom Tod der Grand Duchess Olga Pawlowna Orlowa gehört.«

»Es stand in den Zeitungen.«

»Haben Sie die Grand Duchess gekannt?«, fragte Reed.

»Nein.«

»Aber bei meiner Gala haben Sie mit ihr gesprochen«, sagte Ginger. »Und Sie schienen verärgert.«

Prinzessin Sophia stieß eine lange Rauchwolke seitlich aus dem Mund und nahm ihr Glas. »Sie haben sich getäuscht.«

»Ich habe es gesehen.«

»Schön. Sie hat mein Gespräch mit Monsieur Molyneux unterbrochen. Das war sehr unhöflich und der Grund für meinen Ärger, Lady Gold.«

»Nicht Abneigung oder Verachtung?«

Die Prinzessin machte eine Schulterbewegung und zog an der Zigarettenspitze aus Elfenbein.

»Ich habe gehört, wie Sie zu Lady Meredith gesagt haben, bei der Grand Duchess trüge der schöne Schein«, sagte Ginger. »Wie haben Sie das gemeint?«

»Trifft es nicht auf jeden zu, dass der Schein manchmal trügt? Sie zum Beispiel sind Engländerin. Und doch haben Sie etwas sehr ... Wie soll ich sagen? ... Amerikanisches an sich.« Sie wandte sich dem Chief Inspector zu. »Und Sie tragen einen Ehering. Und doch hängt Ihr Blick ...«

Reed richtete sich auf. »Sind Sie der Grand Duchess vor der Gala schon einmal begegnet? Vielleicht in Deutschland oder Russland?«

»Ich habe die Grand Duchess an dem Abend zum ersten Mal gesehen. Das kann ich Ihnen versichern.«

»Sammeln Sie wertvollen Schmuck?«, fragte Reed.

»Wenn es sich ergibt. Aber seit dem Krieg ist das schwierig.«

»Wie gefiel Ihnen denn der Halsschmuck der Grand Duchess, der *Blue Desire?*«, fragte Ginger.

Die Augen der Prinzessin blitzten amüsiert. »Warum?«

»Er ist verschwunden«, antwortete Reed.

Prinzessin Sophia lachte. »Nun, der Dieb kann einem fast leidtun.«

»Weshalb sagen Sie das?«, fragte Ginger.

Die Prinzessin wirkte weiterhin belustigt. »Weil dieser Diamant eine Fälschung war.«

KAPITEL ACHT

»*D*uplikate oder Kopien ihrer wertvollen Stücke zu besitzen, ist unter den Reichen nicht unüblich«, sagte Ginger, während Reed den Wagen um die nächste Ecke lenkte. »Die Gefahr eines Diebstahls ist schließlich immer gegeben.«

Er nickte. »Schweres, transparentes Flintglas, auch bekannt als Strass.«

»Ja. Diese preiswerten Steine brechen das Licht beinahe wie echte Juwelen. Der blaue Diamant der Grand Duchess war jedenfalls sehr überzeugend.«

Reed hielt an, damit eine Gruppe von Fußgängern die Straße überqueren konnte. Sie befanden sich in Whitechapel und waren auf dem Weg zum London Royal Free Hospital. Haley war gestern gebeten worden, die Autopsie der Grand Duchess mit vorzubereiten, die heute Morgen durchgeführt worden war. Ginger war gespannt auf die Ergebnisse.

»Prinzessin von Altenhofen weiß irgendetwas, macht aber ein Geheimnis daraus«, sagte sie.

»Fragt sich nur, ob es für uns wichtig ist, oder ob sie mit

uns spielt. Wir brauchen mehr Informationen über all die Adeligen aus dem Ausland. Was wissen Sie zum Beispiel über Andreea Balcescu, die Gräfin aus Rumänien?«

»Leider nicht viel. Kurz vor der Gala war sie schon einmal in meinem Modesalon, aber bis dahin hatte ich noch nie von ihr gehört.«

»Ich fürchte, da sind Sie nicht die Einzige. Bei meinen Nachforschungen über unsere aristokratischen Gäste gab es keinerlei Hinweise auf eine rumänische Gräfin.«

»Glauben Sie, sie ist heimlich eingereist?«

»Möglich.«

»Sie könnte unsere Mörderin sein.«

»Oder auch nur unsere Diebin. Weil die Gelegenheit gerade günstig war. Die ominöse Gräfin könnte die Tote entdeckt haben. Und anstatt das Verbrechen zu melden, hat sie den blauen Diamanten gestohlen.«

»Aber das Schmuckstück ist gefälscht.«

»Was bedeutet, dass wir womöglich nach einer sehr enttäuschten Aristokratin oder Hochstaplerin suchen.«

Ginger behielt die Gehsteige im Blick, als könnte die Gräfin dort plötzlich wie durch Zauberhand erscheinen. »Wo haben Sie denn bis jetzt nach ihr Ausschau gehalten?«

»Es gibt nur eine Handvoll Hotels, in denen der Adel hier absteigt.«

»Das Ritz, das Savoy und das Brown's.«

Reed nickte. »Das sind die drei vornehmsten.«

Der Londoner Verkehr war wieder einmal mörderisch, und einen Parkplatz in der Nähe des Hospitals zu finden, dauerte länger als üblich. Sie gingen direkt ins Untergeschoss zur Pathologie und fragten nach Dr. Watts.

»Kommen Sie herein.« Dr. Watts war ein untersetzter

Mann mit vollem weißem Haar und freundlichen Zügen. »Wir haben Sie schon erwartet.«

»Wir?« Ginger sah sich nach dem Lockenkopf ihrer Freundin um. Doch anstelle von Haley drehte sich ein Mann in einem weißen Kittel zu ihr. Der überaus gut aussehende Unbekannte hatte karamellfarbene Haut, akkurat geschnittenes, lackschwarzes Haar und Augen wie aus poliertem Messing.

»Gestatten Sie mir, Ihnen meinen neuen Kollegen vorzustellen. Dr. Manu Gupta.«

Ginger schluckte. *Du meine Güte.* Die arme Haley. Kein Wunder, dass sie dreinschaute wie ein halbwelkes Mauerblümchen, wenn sie von Gupta sprach. Von der Schönheit eines Mannes in den Schatten gestellt zu werden, schätzte keine Frau. Selbst Ginger, die sich für recht attraktiv hielt, fühlte sich von dieser Erscheinung ein wenig eingeschüchtert.

Reed räusperte sich. »Gibt es schon einen Bericht, Dr. Watts?«

»Ja, in der Tat.«

Dr. Gupta stellte seine Effizienz unter Beweis, indem er das gewünschte Dokument bereits zur Hand hatte. Er reichte es Reed.

»Todesursache war ein Genickbruch.« Dr. Gupta fixierte die Besucher. »Zwischen dem ersten und zweiten Halswirbel. Die Hämatome am Hals deuten darauf hin, dass der Mörder in der linken Hand viel Kraft hat.«

»Der Mörder ist Linkshänder?«, fragte Reed.

Dr. Watts nickte. »Linkshänder sind oft beidhändig sehr geschickt, während Rechtshänder eher die rechte Seite einsetzen, wenn es um Kraft oder Geschicklichkeit geht. Jemandem auf diese Weise das Genick zu brechen, erfordert beides. Und die Spuren deuten auf einen linkshändigen Täter hin.«

»Sie meinen, diesen Mord hat ein Mann begangen?«, fragte Ginger. »Bei meiner Gala waren nur sehr wenige Männer.«

»An Ihrer Stelle würde ich mit jedem von ihnen sprechen«, empfahl Dr. Watts.

»Selbstverständlich könnte auch eine geübte Frau auf diese Weise töten«, sagte Dr. Gupta.

Ginger dachte an die Verteidigungstechniken, die sie beim Secret Service während des Kriegs gelernt hatte. Dass eine Frau mit der entsprechenden Ausbildung ein Genick genauso leicht brechen konnte wie ein Mann, hatte sie mit eigenen Augen gesehen.

»Gibt es noch weitere aufschlussreiche Spuren?«, fragte Reed.

»Unter den Fingernägeln des Opfers haben wir Hautreste gefunden«, sagte Gupta. »Wer immer die Frau umgebracht hat, hat sicher Kratzer an Händen oder Unterarmen. Die aber wohl bereits heilen.«

Mit diesen Worten begann das Rennen gegen die Zeit. Reed und Ginger tauschten einen Blick. Sie mussten sich beeilen.

»Bitte melden Sie sich, falls Sie noch etwas entdecken.« Reed tippte an seinen Hut. »Guten Tag, Gentlemen.«

Zurück im Austin legte er die Hände ans Steuer und stieß einen Pfiff aus. »Ein linkshändiger Mörder mit Kratzern an Händen oder Unterarmen.«

»Prinzessin von Altenhofen hat während unseres gesamten Gesprächs die Handschuhe anbehalten«, sagte Ginger. »Ich weiß nicht, ob sie unsere Mörderin ist. Aber irgendetwas stimmt nicht mit ihr.«

»Lady Lyon hat ihre Handschuhe ausgezogen, als sie den Tee eingeschenkt hat«, sagte Reed. »Sind Ihnen irgendwelche Kratzer aufgefallen?«

Ginger schüttelte den Kopf. »Nein. Aber Lord Lyon hat seine Lederhandschuhe die ganze Zeit nicht abgelegt. Ist das nicht ein wenig seltsam?«

»Handschuhe gehören dieser Tage einfach dazu. Und Lord Lyon legt sichtlich Wert auf ein elegantes Äußeres.«

»Sie haben Ihre Handschuhe ausgezogen«, hielt Ginger dagegen.

»Ja, das stimmt.«

Reed fuhr zurück zu Scotland Yard.

»Was wollen Sie jetzt tun?«, fragte Ginger.

»Ich werde mit ein paar ausländischen Botschaftsvertretern sprechen.« Er warf einen Blick auf seine Armbanduhr. »Und ich warte auf Anweisungen, was mit den sterblichen Überresten der Grand Duchess geschehen soll. Sie ist aus Russland geflohen, und ich nehme an, die Botschaft wird sich darum kümmern.«

Gleichzeitig stiegen sie aus dem Austin und schauten einander über das Wagendach hinweg an. Ginger zwang sich, ganz professionell zu bleiben und sich von ihrem Gefühlstumult nichts anmerken zu lassen. »Bitte melden Sie sich, wenn es etwas Neues gibt, Chief Inspector.«

»Ja, gerne.« Die Zärtlichkeit in seinem Blick ließ ihren Magen Purzelbäume schlagen. »Vielen Dank, dass Sie heute mitgekommen sind, Lady Gold.«

Fest entschlossen, keinen Blick zurückzuwerfen, ging Ginger davon. Sollte Basil doch denken, er wäre ihr einerlei – und er hätte sie nicht zutiefst verletzt.

KAPITEL NEUN

*Z*um kaum verhohlenen Missfallen der Dowager Lady Gold kam die Nachbarin Mrs Schofield inzwischen regelmäßig zu Besuch. Durch die offene Tür des Salons konnte Ginger bei ihrer Heimkehr das lautstarke Gespräch hören, das bis in die Eingangshalle hinausschallte.

»Wussten Sie, dass die Tochter des Earl of Dunsworth im Februar bei den Winterspielen antritt? Wie nennt man die doch gleich? Ach ja – Olympia! In Frankreich.«

»Langley hat mir davon erzählt«, antwortete Ambrosia. Langley war ihre Zofe. »Figurenlauf auf dem Eis oder etwas in der Art. Wirklich sehr ungebührlich für eine junge Dame ihres Standes.«

»Weshalb sollten Frauen nicht genauso Sport treiben wie Männer?«, konterte Mrs Schofield. »Bei all den Vorteilen und Privilegien, die Männer ohnehin schon haben.«

»Ich vermisse die alten Zeiten. Als noch jeder wusste, was sich gehört, war das Leben um so vieles einfacher. Meine Enkeltochter … Verstehe einer dieses Kind. Manchmal denke ich, ich muss ihr Blei in die Schuhe stecken, damit sie nicht davonschwebt.«

Die arme Ambrosia. Der Krieg hatte auch in Großbritannien viele gesellschaftliche Umbrüche mit sich gebracht, und Gingers liebe Schwiegergroßmutter tat sich damit schwer. Zwar hatte auch Mrs Schofield bereits erwachsene Enkelkinder, schien aber im Herzen jünger geblieben zu sein.

»Deutschland ist natürlich nicht eingeladen«, sagte sie.

»Das möchte ich doch sehr hoffen!«

Ginger hielt das für den passenden Moment, den Kopf ins Zimmer zu stecken und die Damen zu begrüßen. Den Salon von Hartigan House hatte sie als Erstes umgestalten lassen. Die schweren dunklen Vorhänge waren genauso verschwunden wie die allzu üppigen Dekorationen. Stattdessen gab es jetzt leichte transparente Gardinen, Tapeten mit einem geometrischen Muster und Gemälde von ihren Eltern, als sie etwa im selben Alter gewesen waren wie Ginger jetzt. In einer Ecke stand ein leider viel zu selten gespielter Flügel, und dass Ambrosia den freundlichen, einladenden Raum benutzte, freute Ginger. Vielleicht würde sie, wenn der Mordfall gelöst war, hier ein Fest geben.

»Wie schön, Sie zu sehen, Lady Gold«, sagte Mrs Schofield. »Heute kommt Alfred zum Dinner. Falls Sie Zeit haben, könnten Sie mit uns essen.«

Ginger lächelte die ältere Dame an, die ständig versuchte, sie mit ihrem Enkel zu verkuppeln.

»Ich fürchte, für heute Abend habe ich bereits Pläne. Aber vielen Dank für das freundliche Angebot. Bitte grüßen Sie Alfred von mir.«

Alfred Schofield war zu Gingers letzter Soiree gekommen und hatte einen tiefen Eindruck hinterlassen. Allerdings keinen guten. Er hatte schamlos mit ihr und

Felicia geflirtet, obwohl er bereits eine Freundschaft zu einer Dame pflegte. Ginger hatte keinerlei Absicht, mit Alfred zu Abend zu essen. Weder heute noch sonst irgendwann.

Auf dem Weg die geschwungene Treppe hinauf streifte sie ihre Lederhandschuhe ab. In ihrem Schlafzimmer, das sie bereits als Kind bewohnt hatte, zog sie ihre Hutnadel heraus, legte den breitkrempigen schwarzen Filzhut mit der roten Feder ab und verstaute ihn in seiner Hutschachtel. Mit den Fingern lockerte sie ihre Frisur, wo sie ein wenig plattgedrückt war.

Das Rosa und Hellblau ihres Kinderzimmers war edlen Gold- und Elfenbeintönen gewichen. An der Wand stand ein Bett mit aufwendig geschnitzten Kopf- und Fußstützen. Vor den hohen Fenstern waren zwei Sessel mit gestreiften Bezügen in Gold und Elfenbein platziert. Hier ließ sich gut eine Tasse Tee trinken, und sie hatte das perfekte Licht für einen neuen Eintrag in ihr Tagebuch. In der Ecke stand ein großer, reich verzierter Spiegel neben dem dazu passenden Schminktisch und einem alten Grammophon.

Am Fuß des Betts lag Boss. Er beobachtete sie interessiert. Ginger ging lächelnd zu ihm und kraulte ihn hinter den Ohren. »Wenn ich das Spannendste bin, was du heute gesehen hast, führst du ein ziemlich langweiliges Leben. Das muss sich dringend ändern.« Sie hob ihn hoch wie ein Baby und drückte ihn an sich. »Ich muss dich wohl öfter mitnehmen.« Der Terrier liebte sie aus ganzer Hundeseele und war ihr treu ergeben. Und sie war ihm dankbar dafür. Besonders jetzt, wo ihr Herz so schwer war. Immer wenn ihre Gedanken zu Basil wanderten, würde sie sich anstatt seines Gesichts lieber das ihres Boston Terriers vorstellen. Vermutlich würde sie in den nächsten Tagen ziemlich häufig an Boss denken.

Ginger küsste ihn auf den Kopf und setzte ihn wieder aufs Bett. Sie legte ihre Sachen ab, schlüpfte in ein schlichtes Teekleid aus weicher Seide und Slipper aus grünem Satin. Zusammen mit ihrem Hund verließ sie das Zimmer. Draußen traf sie auf Ambrosia und Langley.

»Wie war denn der Besuch von Mrs Schofield?«

»Anstrengend. Ich wüsste zu gerne, wo diese Frau so viel Energie hernimmt. Ach, wo wir gerade davon sprechen: Hast du Felicia gesehen? Ständig ist dieses Kind unterwegs.«

»Ich glaube, sie ist im Theater und probt für eine neue Rolle.«

»Du lieber Himmel«, seufzte Ambrosia resigniert. »Langley, bringen Sie mir eine Kanne Tee.«

Die gertenschlanke Zofe knickste und ging wieder hinunter. Ginger und Boss folgten ihr bis zum Wohnzimmer, wo Ginger sich ein Glas Wein einschenkte. Einen französischen Merlot, Jahrgang 1921. Sie trug das Glas an den offenen Kamin. Jemand hatte gerade frisches Holz aufgelegt und die Flammen loderten hell. Ginger machte es sich bequem und sog die Wärme in sich auf.

Bald hörte sie, wie sich die Eingangstür öffnete und jemand ins Haus trat. Sie nahm an, es war Haley, die nun ihre Wintersachen ablegte. Einen Augenblick später bestätigte sich ihre Vermutung. Ihre Freundin kam ins Zimmer und lächelte sie an.

»Hier lässt es sich aushalten.«

»Bitte setz dich zu mir.«

Haley schenkte sich an der Anrichte etwas zu trinken ein und ließ sich auf dem Sofa nieder. Wie zuvor Ginger legte sie ihren Hut ab und zog die Haarnadeln heraus, die ihren falschen Bob hielten. Ihr langer, welliger Pferdeschwanz fiel ihr über eine Schulter. Um es ein bisschen bequemer zu haben, zog sie den Rock ihres wollenen Kostüms ein wenig höher. Mehr als einmal hatte Ginger versucht, sie zu etwas kürzeren Rocksäumen zu überreden. Aber Haley winkte jedes Mal ab. »Medizin und Eitelkeit passen nicht zusammen«, antwortete sie immer nur.

»In der Pathologie haben wir dich heute vermisst«, sagte Ginger.

»Ich hatte eine Vorlesung, die ich nicht verpassen wollte. Über die forensischen Aspekte der Ballistik. Eine noch sehr junge Wissenschaft.« Haley grinste. »Aber ich konnte gut folgen. Anders als die meisten anderen Zuhörer habe ich schon gelegentlich eine Waffe abgefeuert und Patronen und Hülsen eingesammelt. Dank des zweiten Artikels unserer amerikanischen Verfassung.«

»Klingt interessant.«

»Jedes Geschoss kann der Waffe zugeordnet werden, aus der es abgeschossen wurde. Jede Waffe hinterlässt charakteristische Spuren.«

»Spannend«, sagte Ginger ganz und gar aufrichtig. »Das würde ich mir gerne einmal anschauen.«

»Kein Problem. Besuch mich doch einfach an der medizinischen Fakultät.«

»Gute Idee.«

Haley schaute sich suchend um. »Wo ist der Boss?« Sie nannte Gingers Hund gerne ›den Boss‹, als würde er hier das Kommando führen. Und Boss hätte ihr sicher zugestimmt.

»Ich dachte, er liegt in seinem Hundebett. Vermutlich sucht er irgendwo etwas zu fressen.« Ginger musterte ihre Freundin. »Fehlt dir Boston?«

»Dein Hund oder die Stadt?«

Ginger lachte. »Die Stadt.«

»Manchmal. Baseball vermisse ich. Und Erdnussbutter.«

»Wirklich?«, fragte Ginger. »Ich wusste gar nicht, dass du dich für Sport interessierst.«

»Und nicht nur fürs Zuschauen. Ich habe auch gerne selbst gespielt.«

Ginger beugte sich vor. »Das ist mir neu.« Sie lächelte. »Aber dass du ein kleiner Wildfang warst, überrascht mich nicht.«

»Ich bin immer noch einer und stolz darauf. Das kommt davon, wenn man als einziges Mädchen mit drei Brüdern aufwächst.«

»Das kann ich mir vorstellen.«

»Aber genug von mir. Wie war dein Tag?«

Ginger berichtete von den Befragungen von Lord und Lady Lyon und Prinzessin Sophia.

»Ich weiß nicht, was ich schockierender finden soll«, sagte Haley. »Dass Lady Lyon eine Kleptomanin ist, oder dass der blaue Diamant der Grand Duchess eine Fälschung war.«

»Schockierend ist beides.«

Haley hob eine Braue. »Und Basil?«

»Was soll mit ihm sein?« Ginger hätte niemals zugegeben, dass allein die Nennung seines Namens ihr einen Stich ins Herz versetzte.

»Ist es nicht seltsam, mit ihm unterwegs zu sein, als wäre zwischen euch nichts geschehen?«

»Es *ist* nichts geschehen. Und ja, es ist seltsam. Aber wir sind beide sehr professionell.«

»Verstehe.«

Ginger drehte den Spieß nur zu gerne um. Sie schaute ihre Freundin über ihr Glas hinweg an. »Heute habe ich Dr. Gupta kennengelernt.«

Haleys Blick flog zu Ginger und dann zurück zu ihrem

Getränk. »Und?«

»Netter Mann.«

»Sehr«, bestätigte Haley.

»Überaus intelligent.«

»Ihm kann man nichts vormachen.«

»Du hattest vergessen zu erwähnen, dass er ein griechischer oder vielmehr ein indischer Gott ist.«

»Grundgütiger, Ginger!« Haley ließ den Kopf in den Nacken fallen. »Hast du eigentlich eine Ahnung, wie schwer es ist, mit ihm zusammenzuarbeiten? Meine physischen Reaktionen verraten mich. Trockener Mund, erhöhte Herzfrequenz und eine überaus irritierende Röte auf den Wangen. Sobald er in der Nähe ist, habe ich Konzentrationsstörungen.«

»Du liebe Güte, Haley.«

»Völlig idiotisch, ich weiß. Ich bin wie ein Besen neben der Statue des David.«

»Ich bitte dich! Sei nicht so ungnädig mit dir. Schön, deine Garderobe könnte ein bisschen modischer sein. Aber du bist eine sehr attraktive Frau.«

Haley schnaubte. »Sei nicht so gönnerhaft, meine Liebe.«

»Das ist nicht gönnerhaft, Haley, es ist wahr. Du bist vielleicht nicht auf alltägliche Art hübsch, aber du hast schöne Züge, faszinierende Augen und herrliche dunkle Wimpern. Und einen anziehenden Mund.«

Haley lachte herzhaft. »Oh Ginger. Ich liebe dich von Herzen! Und ich entschuldige mich für meine Eitelkeit. Aber von der werde ich mich nicht leiten lassen. Ich studiere Medizin, um Ärztin zu werden. Mich in eine Romanze zu verstricken, ist das Letzte, was ich jetzt brauche. Und abgesehen davon ist ein Mann, der so gut aussieht, sicher längst vergeben.«

Ginger hielt das für sehr wahrscheinlich. Seit das Empire sich vor einem Jahrhundert den indischen Subkontinent einverleibt hatte, waren viele indische Familien nach London gezogen. Dr. Gupta hatte vermutlich längst eine hübsche indische Verlobte. Eine Verbindung mit einer so eindeutig weißen Frau wie Haley wäre selbst in einer fortschrittlichen und weltoffenen Stadt wie London schwierig.

KAPITEL ZEHN

*W*eil es in dem Mordfall gerade nicht weiterging, nutzte Ginger die Zeit für einen Besuch bei Angus Greens Eltern.

Vierzig Minuten dauerte die Fahrt über die Albert Bridge nach Battersea, und sie musste unterwegs anhalten und nach dem Weg zu der Adresse fragen, die ihr Peter Maguire, der Bühnenmeister, gegeben hatte.

Das große zweigeschossige Backsteinhaus stand ein Stück von der Straße zurückgesetzt. Eine lange, von Hecken gesäumte Einfahrt führte zum Eingang. Die Familie Green war offenbar recht begütert.

Ginger pochte mit dem Messingklopfer in Form eines Löwenkopfs mit einem Ring im Maul gegen das solide Holz der Haustür. Dabei überlegte sie, wie sie nun vorgehen sollte. Auf keinen Fall wollte sie Mr und Mrs Green unnötig in Angst versetzen.

Ein Mann öffnete die Tür. Er stand aufrecht, stemmte die Hände in die Hüften und schaute recht staatstragend drein. Seine Augenpartie ähnelte der von Angus Green.

»Mr Green?«

»Ja. Und Sie sind?«

»Mein Name ist Ginger Gold. Meine Schwägerin ist mit Ihrem Sohn befreundet.«

»Mit welchem?«

»Mit Angus.«

Mr Green schnaubte. »Und was hat dieser Taugenichts jetzt wieder angerichtet?«

»Hätten Sie einen Moment Zeit? Darf ich hereinkommen?«

Mr Green trat beiseite und winkte Ginger ins Haus.

Er bat sie in ein aufgeräumtes, sauberes Wohnzimmer, aber Ginger hatte das Gefühl, dass es nicht viel benutzt wurde.

»Ist Mrs Green zu Hause?«

»Meine Frau ist vor acht Jahren gestorben.«

»Oh, das tut mir leid.«

Mr Green zuckte die Achseln. »Ich würde Ihnen Tee anbieten, aber …«

»Nicht nötig. Ich bleibe nicht lange.«

»Wie Sie meinen. Also, was hat Angus diesmal verbrochen?«

»Ich weiß nicht, ob er etwas verbrochen hat. Meine Schwägerin Felicia macht sich Sorgen, weil er nicht zu den letzten beiden Vorstellungen des Theaterstücks erschienen ist, in dem sie zusammen auftreten.«

Mr Green lachte auf. »Ein Theaterstück? Sind denn Männer, die sich für so etwas …« Er brach ab, als wäre ihm gerade bewusst geworden, dass sich eine Dame im Raum befand. »Ich hätte seinen Vermögensanteil doch erst freigeben sollen, wenn er fünfunddreißig ist.«

Um die Sicherheit seines Sohnes schien Mr Green nicht

besorgt.

»Ist diese Art von Verhalten bei Angus normal?«

»Was heißt bei Angus schon normal? Normal ist bei ihm gar nichts! Er hätte studieren können. Arzt werden, eine Baroness heiraten. Wenigstens hat sein Bruder Andrew nicht solche Flausen im Kopf.«

»Wann haben Sie zuletzt von Angus gehört?«

»An Weihnachten. Was für ein Zirkus. Seit Maggies Tod gibt es nur noch uns drei Junggesellen. Ich wohne jetzt allein hier. Zum Putzen und Kochen kommt eine Haushaltshilfe.«

Hinter den mürrischen Worten spürte Ginger die Einsamkeit, die der Mann offenbar verzweifelt verbergen wollte.

»Ich möchte Sie nicht unnötig alarmieren. Sicher geht es Angus gut. Ich werde meiner Schwägerin sagen, dass er nun mal ein Freigeist und vermutlich einfach weitergezogen ist.«

»Es tut mir leid, dass mein Sohn sich so ungehörig benimmt. Ständig läuft er irgendwelchen Hirngespinsten nach. Diese Felicia, Ihre Schwägerin, hat sicher etwas Besseres verdient als diesen Idioten.«

»Die beiden waren kein Paar. Nur locker befreundet.«

Mr Greens träges Blinzeln signalisierte, dass er ihr das nicht glaubte. Angus Green war gut aussehend und charmant, und Ginger bezweifelte genau wie sein Vater, dass der junge Mann nur unschuldige Freundschaften mit Frauen suchte.

»Ich möchte Sie nicht länger aufhalten.«

Zum ersten Mal lächelte Mr Green. »Wenn ich ehrlich bin, war mir diese Ablenkung ganz angenehm, Miss …«

»Mrs Gold.«

In seinem Blick flackerte Enttäuschung auf, doch Ginger

korrigierte seine fälschliche Annahme, sie sei verheiratet, nicht.

SIE FUHR in die Regent Street und parkte ihren Wagen in der Nähe ihres Modesalons am Straßenrand.

»Lady Gold!« Die raue Stimme gehörte Blake Brown, dem Daily-News-Reporter. Schnaufend holte er sie ein.

»Guten Tag, Mr Brown«, sagte Ginger. »Ein Morgenlauf?«

»Nein.« Er japste nach Luft und hob eine Hand. »Einen Moment. Gleich geht es wieder.«

Ginger erbarmte sich und blieb stehen. »Ich weiß, weshalb Sie einen Kollaps riskieren, um mich einzuholen. Es geht um den Tod von Olga Pawlowna.«

»Ja! Weshalb haben Sie mich nicht angerufen? Ich dachte, wir hätten eine ... Übereinkunft.«

»Ich wüsste nicht, welche Art von Übereinkunft das sein sollte, Mr Brown. Die Polizei hat die Ermittlungen übernommen. Ich nehme an, auf diese Weise haben Sie davon gehört.«

»Gut. Ja«, gab Brown zu. »Ich habe einen Kontakt bei Scotland Yard.«

»Und was wollen Sie dann von mir?«

»Exklusive Informationen. Der Ruf Ihres Modesalons steht auf dem Spiel – aber auch Ihr eigener, wenn ich das sagen darf. Möchten Sie mir nicht Ihre Sicht der Dinge schildern?«

»Meine Sicht? Für die Gewalttaten anderer bin ich nicht verantwortlich. Genau genommen bin ich sogar selbst ein

Opfer, denn wie Sie sagen, leidet mein Geschäft unter den Ereignissen.«

Mit einem abgekauten Bleistiftstummel machte Brown sich emsig Notizen auf einem abgegriffenen Block. »Darf ich das so zitieren?«

»Nein! Bitte, Mr Brown. Von dem, was ich gerade sage, dürfen Sie kein Wort drucken!«

»Darf ich Ihnen wenigstens ein paar Fragen stellen? Wie lange war die Grand Duchess schon tot, bevor sie entdeckt wurde?«

»Kein Kommentar.«

»Soweit ich gehört habe, wurde auch Schmuck geraubt. Was wissen Sie über den blauen Diamanten, den die Grand Duchess an diesem Abend getragen hat?«

»Kein Kommentar.«

»Gehören Sie zum Kreis der Verdächtigen?«

»Wie bitte? Nein! Mit dem Tod der Grand Duchess habe ich nichts zu tun. Und: Kein Kommentar.«

»Genau genommen war das einer. Der Tod scheint Sie geradezu zu verfolgen. Finden Sie das nicht seltsam?«

Ginger runzelte die Stirn. Seit sie Boston verlassen hatte und nach England umgesiedelt war, war tatsächlich einiges passiert.

»Von Ihnen verfolgt zu werden, Mr Brown, verstimmt mich auf jeden Fall. Und wenn Sie mich nicht in Ruhe lassen, werde ich gegen Sie vorgehen.«

»Nicht nötig. Ich denke, ich habe, was ich brauche.« Brown grinste und tippte an seinen Hut.

Ginger starrte dem Mann düster hinterher. Er schlenderte davon wie eine zufriedene Katze, die gerade einen Vogel verspeist hatte.

Normalerweise wäre der Modesalon bereits gestern

wieder geöffnet gewesen, doch wegen der Befragungen hatte sie das verschoben. Ihre Angestellten hatten die Pause nach dem Schock gut gebrauchen können. Heute waren alle wieder da, und bald würden sie die Türen aufschließen. Ginger trommelte mit den Fingern gegen das Glas, und eine nervöse Dorothy West ließ sie herein.

»Oh Madam. Es ist einfach schrecklich. Ständig sehe ich die arme Frau auf dem Boden der Anprobekabine vor mir liegen. Ganz blau im Gesicht. Wie schaffen Sie es bloß, hier weiterzumachen?«

»Das muss uns allen irgendwie gelingen, Dorothy.« Nicht zum ersten Mal fragte sich Ginger, ob Dorothy die passende Verkäuferin für ihren Salon war. »Sie müssen sich zusammennehmen. Im Lauf der nächsten Stunde wollen wir hier wieder die ersten Kundinnen begrüßen, und wir müssen uns von unserer besten Seite zeigen.«

»Ja, Madam.«

Beim Klang von Gingers Stimme hob Madame Roux hinter der Registrierkasse den Kopf. Sie hatte einen kleinen Stapel Kassenzettel in der Hand. »Leider konnte ich die Abrechnung noch nicht machen. Aber auf den ersten Blick sieht es aus, als wäre die Gala ein Erfolg gewesen. Zumindest was die Umsätze angeht.«

Was das Ansehen des *Feathers & Flair* betraf, konnte der Schuss sehr wohl nach hinten losgegangen sein. Ginger schaute durch die Eingangstür, vor der heute keine einzige Kundin auf Einlass wartete.

»Wegen der Gala hatte ich zusätzliche Reinigungskräfte angefordert«, sagte Madame Roux. »Sie müssten fast fertig sein.«

Dass der Verkaufsraum bereits wieder im üblichen Glanz erstrahlte, freute Ginger. Emma Miller, die junge Modeschöpferin, kümmerte sich gerade um das Schaufenster. Alle Spuren der Gala und des Verbrechens waren verschwunden. Die frisch polierten Böden glänzten, elektrische Lichter setzten die Mode auf den Ständern und an den Modepuppen ins rechte Licht. Nicht das kleinste Staubkorn weit und breit. Selbst die goldenen Stuckverzierungen an den Decken waren abgewischt worden.

»Ach, Madame Roux, bevor ich es vergesse. Bitte sehen Sie nach, ob alle fehlenden Stücke auch abgerechnet wurden.«

Die Französin warf Ginger einen fragenden Blick zu. »Sie glauben, jemand hat etwas mitgenommen, ohne zu bezahlen?«

»Ganz und gar nicht.« Ginger dachte an Lady Lyons Geständnis. »Oder doch. Vielleicht. Mir ist da etwas zu Ohren gekommen, und ich möchte gerne sichergehen.«

»Ich kümmere mich darum.«

Ginger half Emma mit der neuen Ware im Erdgeschoss. Leere Regale und Haken oder Lücken in der Auslage durfte es nicht geben. Ohne den Mord wären diese Arbeiten gestern schon erledigt worden.

»War schon jemand von Ihnen oben?«, fragte Ginger. »Dorothy?«

»Ja. An Kleidern von der Stange hatten die Gäste der Gala wenig Interesse. Oben war alles in Ordnung. Ein wenig aufgeräumt habe ich dort trotzdem bereits.«

Um zehn Uhr schloss Ginger die Ladentür auf und war erleichtert, als sich sofort einige Kundinnen einfanden. Sie sah vor allem junge Gesichter, sicher Frauen, die gleich die Treppe zum ersten Stock hinaufsteigen würden.

»Willkommen im *Feathers & Flair*, meine Damen.«

»Stimmt es, dass es hier am Wochenende eine Tote gegeben hat?«

»Ich habe gehört, es war eine Hoheit aus dem Nahen Osten.«

»Aus Russland, Maggie«, korrigierte eine der jungen Frauen.

»Das ist doch im Osten, oder?«

Ginger legte die Stirn in Falten. Sie wollte echte Kundinnen, keine Schaulustigen. »Wir haben gerade neue Kleider aus New York hereinbekommen. Miss West begleitet Sie gerne nach oben und zeigt sie Ihnen.«

»Ist denn die Frau dort oben gestorben?«

»Es gab tatsächlich einen bedauernswerten Vorfall. Die polizeilichen Ermittlungen laufen. Mehr als das, was Sie bereits aus den Zeitungen wissen, kann ich Ihnen nicht sagen. Aber wenn Sie sich die neueste Mode ansehen wollen ...«

»Zum Sterben gerne!«

»Marjorie!«

»Huch. *Zum Sterben* wollte ich eigentlich nicht sagen. Das wird doch wohl kein Unglück bringen? Ich werde doch nicht etwa ebenfalls hier umkommen?«

»Ich kann Ihnen versichern«, sagte Ginger, deren Geduldsfaden langsam dünn wurde. »Heute wird es hier keine Toten geben.«

Sie erstarrte. Etwas ganz Ähnliches hatte sie bei der Gala auch zu Blake Brown gesagt.

Im Gegensatz zum jüngeren Publikum waren die Damen der besseren Gesellschaft zu taktvoll, um ein Geschäft zu besuchen, in dem vor so kurzer Zeit jemand aus ihren Kreisen ermordet worden war. Ginger versuchte, sich nicht allzu viele Gedanken über die fehlende Kundschaft zu machen, und suchte sich Arbeit im Hinterzimmer. Emma schneiderte dort gerade eine Abendrobe für Lady Fitzhugh und saß konzentriert an der Maschine.

»So ein Kleid zu nähen, ist heute viel leichter möglich als vor dem Krieg«, erklärte sie. »Schon allein, weil man dank der neuen Schnitte viel weniger Stoff braucht.«

»Deshalb können sich jetzt auch etwas weniger vermögende Frauen leisten, mit der Mode zu gehen«, sagte Ginger.

»Einfach fabelhaft!«

»Ja, allerdings.«

Ginger betrachtete Emmas Zeichnungen auf dem großen Skizzenblock auf dem Tisch. Emma war wirklich gut.

Damit die junge Modeschöpferin sich nicht beobachtet fühlte, ging Ginger hinauf in den ersten Stock.

Kein Wunder, dass das Obergeschoss des *Feathers & Flair* so beliebt war. Hier hingen Chiffonkleider von erfrischender Schlichtheit in Magenta, Rosé und Weiß, jedes mit einer großen Stoffblume an der Hüfte. Es gab Kleider aus Georgette mit einem Cape, das zugleich die Ärmel bildete, verziert mit einem Hüftband mit Rosetten in Grün, Marineblau oder Grau. Daneben warteten magentafarbene und graue Abendkleider mit an der linken Schulter angenähten Drapierungen und reich mit Glasperlen und Strass verzierten Oberteilen auf stolze neue Besitzerinnen.

Auf einem der Ständer entdeckte Ginger ein paar schief hängende Stücke. Vermutlich hatten die jungen Damen von vorhin sie sich angesehen. Auch einen Schal schob sie ordentlich zurecht. Dabei stach ihr ein weiterer ins Auge – aus winterweißem Tüll, verziert mit ägyptischen Mustern. Ginger erkannte ihn sofort wieder. Was hatte Olga Pawlownas Schal hier zu suchen?

Sie hielt ihn gegen das Licht und entdeckte an einer

Kante eine dunklere Stelle. Bei näherem Hinsehen erwies sie sich als schmale, in den Saum eingenähte Tasche. Mit dem Fingernagel stocherte Ginger darin herum und förderte ein gefaltetes Stück Zigarettenpapier zutage. Sie entfaltete es und starrte verwundert auf unverständliches Gekrakel. W533o 8h 849h 975 wt90 @$. Doch schon einen Wimpernschlag später hatte sie verstanden. Das vermeintliche Gekrakel war eine geheime Botschaft.

»Lady Gold?«

Sie wandte sich zu Dorothy um. Ihre Entdeckung hatte sie so sehr abgelenkt, dass sie die Verkäuferin nicht hatte kommen hören.

»Ja?«

»Ein Anruf für Sie.«

Ginger steckte das Stück Papier in die Tasche ihres Kleides und ging mit dem Schal über dem Arm hinunter zur Kasse, wo das Telefon stand.

Beim Klang von Basil Reeds Stimme beschleunigte sich ihr Pulsschlag.

»Was kann ich für Sie tun, Chief Inspector?«

»Ich muss Lord und Lady Whitmore befragen. Möchten Sie mich begleiten?«

Denk an Boss, Boss, Boss.

»Ja, sehr gerne.«

»Wunderbar. Ich hole Sie in einer halben Stunde ab.«

»Gut. Ach, und Chief Inspector? Ich habe etwas, das Sie sicher interessieren wird.«

KAPITEL ELF

Sobald Ginger in Reeds Austin saß, zeigte sie ihm das Zigarettenpapier.

Er hielt es vorsichtig zwischen den Fingerspitzen und runzelte die Stirn.

»Das habe ich in einer kleinen Tasche in einem Schal im Obergeschoss meines Geschäfts gefunden«, erklärte sie.

»In wessen Schal?«

»Er hat der Grand Duchess gehört.«

Reed blickte auf. »Tatsächlich?«

»Ja. Aber das muss nicht bedeuten, dass sie ihn eigenhändig nach oben gebracht hat. So ein dünnes Stück Stoff lässt sich leicht verbergen. Zusammengefaltet passt es in jede Handtasche, vielleicht sogar in die Tasche eines Jacketts.«

Die Falten auf Reeds Stirn wurden noch tiefer. »Diese Zahlen und Buchstaben. Was haben sie zu bedeuten?«

»Keine Ahnung. Aber für mich sieht das nach einem Geheimcode aus.«

Er fixierte sie. »Ein Geheimcode? Wie ihn Spione benutzen?«

»Vielleicht.«

»Weshalb war dieser Zettel in Ihrem Geschäft?«

»Jemand hat ihn dort deponiert, und eine andere Person sollte ihn wohl abholen.«

»Und die Grand Duchess wurde umgebracht, bevor sie die Botschaft an sich nehmen konnte.«

»Oder aber, sie selbst hat sie für jemand anderen in meinem Modesalon hinterlassen.«

»Aber wieso sollte dieser andere sie umbringen, wenn sie zusammengearbeitet haben?«

Ginger schürzte die Lippen. »Es muss eine dritte Person geben, die die Übermittlung der Nachricht verhindern wollte.«

»Diesen Zettel muss ich auf der Wache abgeben.« Reed ließ den Motor an. »Und hoffen, dass jemand den Code entschlüsseln kann.«

»Ja, natürlich.« Damit hatte Ginger gerechnet. Die Abschrift, die sie sich gemacht hatte, steckte in ihrer Handtasche.

»Weshalb wollen Sie mit den Whitmores sprechen?« Wusste Reed von Lord Whitmores Verbindung zum Geheimdienst?

»Lady Whitmore hat gestern beim Yard angerufen und um ein Gespräch gebeten.«

»Sie möchte mit der Polizei reden?«

Reed nickte. »Haben Sie irgendeine Vermutung, weshalb sie das will?«

»Sie ist eine Klatschbase erster Güte. Ihre Beiträge schaffen es regelmäßig auf die Gesellschaftsseiten der Zeitungen. Selbstverständlich nur in Form von Informationen aus anonymen, sogenannten gut unterrichteten Kreisen.«

»Sie meinen, die Lady sucht Aufmerksamkeit?«, fragte Reed.

»Durchaus denkbar.«

»So sehr, dass sie dafür sogar töten würde?«

Ginger fuhr zu ihm herum. »Du lieber Himmel. Sie meinen das ernst.«

»Todernst. Wenn Sie das Wortspiel verzeihen mögen. Ich habe schon schwächere Motive erlebt. Wie deuten Sie Lady Whitmores Unpässlichkeit bei Ihrem Galaabend?«

»Sie glauben, der Schwächeanfall könnte eine List gewesen sein, um von der Toten im angrenzenden Raum abzulenken?«

»In gewisser Weise verschafft ihr das ein Alibi.«

Lord und Lady Whitmore lebten nicht weit von Ginger in Kensington in einem ähnlich ansehnlichen Anwesen wie Hartigan House, gleich hinter Mrs Schofields Besitz.

Reed zeigte auf das gepflegte, dreigeschossige Gebäude aus Sandstein. »Ist es das?«

»Ja.«

Er parkte den Austin am Straßenrand. Ginger schaute hinüber zu ihrem Haus, doch dort bewegte sich nichts. Der Mallowan Court lag verlassen da, denn bei diesem nass-kalten Wetter ging man nur vor die Tür, wenn es unvermeidlich war.

Reed betätigte die Türglocke. Die drei melodischen Töne, die Besuch ankündigten, drangen durch die reich mit Schnitzereien verzierte hölzerne Tür zu ihnen hinaus. Ein Butler öffnete.

»Ich bin Chief Inspector Basil Reed. Und das ist Lady Gold. Lady Whitmore erwartet uns.«

Der Butler führte sie zum Salon. Er ähnelte dem von Hartigan House, bevor Ginger ihn umgestaltet hatte. Hier schlugen die Uhren noch im viktorianischen Zeitalter. Aber in dem von warmem Kerzenlicht erhellten Raum war nicht das kleinste Stäubchen zu sehen.

Lady Whitmore erhob sich, um sie zu begrüßen. »Bitte nehmen Sie Platz. Maurice hat bereits Tee und Kekse bereitgestellt.« Sie goss den Tee ein. »Zucker?«

Reed nickte, Ginger lehnte ab.

»Bei diesem garstigen Wetter geht doch nichts über eine Tasse Tee«, sagte Lady Whitmore.

»Ist Lord Whitmore auch zu Hause?«, fragte Ginger.

Lady Whitmore schnalzte missbilligend mit der Zunge. »Nein. Dieser Trottel ist angeln gegangen. Auf Canvey Island. Bei diesem Wetter! Ich hoffe nur, der alte Esel ertrinkt nicht.«

Sie lachte über ihren misslungenen Scherz und nippte an ihrem Tee.

Reed aß einen Keks und machte der Gastgeberin ein Kompliment dazu.

»Jones ist eine hervorragende Bäckerin. Und kochen tut sie auch sehr gut. Wir schätzen uns glücklich.«

»Oh ja«, sagte Ginger, um einen leichten Tonfall bemüht. »Eine gute Köchin bringt Glück ins Haus.«

»In der Tat.«

Reed wischte die Krümel aus seinem Schoß in seine Handfläche und ließ sie auf einen kleinen Teller fallen.

»Geht es Ihnen wieder besser?«, fragte Ginger.

»Oh ja«, antwortete Lady Whitmore. »Nur eine leichte Erkältung. Ich hoffe, ich war die Einzige, die ein wenig unpässlich war.«

»Prinzessin Sophia hatte ebenfalls einen kleinen Schwächeanfall.« Ginger fragte sich, ob hinter dem Unwohlsein der Damen vielleicht dunklere Gründe steckten als eine

93

simple Erkältung.

»Wir hoffen, Sie haben Informationen, die uns weiterhelfen, Lady Whitmore.« Der Chief Inspector kam zum eigentlichen Zweck ihres Besuchs.

»Nun, ganz sicher bin ich mir nicht.« Die Frau nahm noch einen Schluck Tee. »Ein Mordfall ist eine komplizierte Sache. Aber man kann nie wissen, nicht wahr?«

»Oft ist es eine ganz kleine Spur, die am Ende zur Lösung des Falles führt«, sagte Reed. »Was wissen Sie denn?«

Lady Whitmore beugte sich verschwörerisch vor. Ganz offensichtlich genoss sie es, Reeds volle Aufmerksamkeit zu haben.

»Der *Blue Desire* der Grand Duchess war eine Fälschung.«

Ginger und Reed tauschten einen kurzen enttäuschten Blick. Neu war das nicht.

Lady Whitmore fuhr fort. »Ich weiß, es ist üblich, teuren Schmuck nicht unbedingt in der Öffentlichkeit zu tragen. Aber ich habe aus sicherer Quelle gehört, dass nicht einmal der falsche blaue Diamant der Grand Duchess gehörte.«

»Aber wem gehörte er dann?«

»Das weiß ich leider nicht, Chief Inspector.«

»Und woher hat Ihre Quelle ihre Informationen?«, fragte Ginger.

»Sie verfügt ihrerseits über sichere Quellen.« Die Frau lächelte breit. »Noch Tee?«

»Macht es Ihnen etwas aus, wenn wir kurz bei mir auf Hartigan House vorbeifahren?«, fragte Ginger, als sie wieder in Reeds Wagen saßen. »Ich müsste noch etwas holen.«

»Das können wir gerne tun.«

»Ich hätte selbst fahren sollen und Ihnen damit den langen Weg zurück zur Regent Street ersparen. Mein Modesalon liegt doch überhaupt nicht auf Ihrer Strecke. Ich kann mir auch ein Taxi nehmen, wenn ich fertig bin.«

»Ein bisschen zu warten, macht mir nichts aus, Ginger.«

Die Art, wie er ihren Namen sagte, ließ ihr die Knie weich werden. Um ihn wegzuschicken, fehlte ihr schlicht die Kraft. Deshalb ließ sie sich von ihm chauffieren. Ihre Haustür war unverschlossen, und er folgte ihr hinein.

»Bitte nehmen Sie einen Moment im Wohnzimmer Platz«, sagte sie. Reed war schon mehrfach hier gewesen und kannte den Weg.

Sie eilte die Treppe hinauf. Den Atem stieß sie erst aus, als sie die Tür ihres Schlafzimmers hinter sich geschlossen hatte. Ihr Terrier hob zur Begrüßung den schwarz-weiß gefleckten Kopf.

»Oh Boss.« Sie kraulte ihn hinter den Ohren und küsste ihn auf die Stirn. »Hunde haben es leicht. Keine Rätsel zu lösen, keine quälenden Herzensangelegenheiten.«

Eigentlich brauchte Ginger gar nichts von zu Hause. Sie brauchte nur einen kühlen Kopf. Sie zog die Schuhe aus und streckte die Zehen, dann zog sie sie wieder an. Mit einem raschen Blick in den Spiegel vergewisserte sie sich, dass die Nähte ihrer Strümpfe gerade saßen. Dann bürstete sie ihren Bob und legte die roten Locken an ihren Wangen neu zurecht. Zum Schluss frischte sie ihr Make-up auf und tupfte sich ein wenig von ihrem Parfüm auf die Haut.

Du liebe Güte! Wozu das denn?

Einem professionellen Auftritt zuliebe, natürlich. Mit dem gut aussehenden Mann, in dessen Gegenwart sich ihre Brust schmerzhaft zusammenzog, hatte das nicht das Geringste zu tun.

Sie schnappte Boss und drückte ihn an sich, dann setzte sie ihn wieder auf seinen Platz am Fußende des Betts. »Wenn Männer nur so treu und unkompliziert wären wie du.«

Der Chief Inspector hatte nun lange genug auf sie gewartet. Sie machte sich auf den Weg ins Wohnzimmer. »Es tut mir leid, Ihre Geduld zu strapazieren.«

Reed erhob sich. »Ich habe gar nicht auf die Zeit geachtet. Die kleine Pause habe ich genutzt, um in Ruhe über den Fall nachzudenken.«

»Und?«

»Keine neuen Erkenntnisse.«

»Ginger? Bist du das?« Felicia betrat den Raum so theatralisch, als wäre er eine Bühne. »Ach, hello, Chief Inspector. Ginger, gibt es Neuigkeiten über Angus?« Felicia fragte bei jeder Gelegenheit nach ihm.

»Tut mir leid, Liebes. Nein. Aber ich war heute Morgen bei seinem Vater, und der scheint sich keine Sorgen zu machen.«

»Sie machen sich Gedanken wegen Mr Angus Green?«, fragte Reed.

»Ja«, antwortete Felicia. »Er gehört zu unserem Theaterensemble. Haben Sie vielleicht etwas gehört?«

»Dass er vermisst gemeldet wurde, ist mir zu Ohren gekommen. Aber für Vermisstenfälle bin ich nicht zuständig. Allerdings habe ich am Rande mitbekommen, dass sich in der Sache noch nichts getan hat.«

Felicia ließ sich in einen Sessel fallen. »Herrje.«

»Ihm ist sicher nichts zugestoßen«, beschwichtigte Reed. »Junge Männer, besonders solche, die über gewisse Mittel verfügen, tun oft einfach, was sie wollen, ohne sich über die Folgen für andere Gedanken zu machen.«

Felicia verschränkte die Arme. Die Glockenärmel ihrer

Bluse aus Kunstseide umspielten ihre zarten Handgelenke. »Sie sind sehr ungnädig mit den Angehörigen meiner Schicht, Chief Inspector.«

»Zu der ich selbst auch gehöre«, antwortete Reed. »Aber leider ist es wahr. Wenn Mr Green abtauchen wollte – die Mittel und Verbindungen dafür hat er wohl.«

»Aber warum sollte er das tun? Wir hatten noch zwei Vorstellungen.«

»Vielleicht hat er sich in Schwierigkeiten gebracht und wollte lieber für eine Weile nicht gesehen werden«, sagte Ginger. »Vielleicht hat er Spielschulden.«

»Oder er wurde bei einer pikanten Affäre ertappt«, fügte Reed hinzu.

Felicia errötete.

In den Blick des Inspectors trat Mitgefühl. »So etwas soll schon vorgekommen sein.«

»Felicia, Liebes. Ich sage das sehr ungern. Aber es sieht aus, als wollte Mr Green nicht gefunden werden«, erklärte Ginger. »Und genau genommen bin ich auch nicht die Richtige für einen Vermisstenfall. Ich bin gerade sehr mit dem Mord im *Feathers & Flair* beschäftigt.«

Felicia schob schmollend die Unterlippe vor. »Ich kann mir einfach nicht vorstellen, dass er freiwillig ohne ein Wort gegangen ist.«

Ginger verkniff sich einen Kommentar. Ihre arme junge Schwägerin machte gerade die schmerzhafte Erfahrung, dass Männer echte Schufte sein konnten. »Die Polizei kümmert sich darum«, sagte sie schließlich. »Wenn es etwas herauszufinden gibt, werden die Ermittler es sicher aufdecken.«

Felicia sah enttäuscht aus, aber nicht tief verzweifelt. Seufzend legte sie eine Schallplatte aufs Grammophon und machte es sich mit einem Buch am Kamin bequem.

»Sollen wir los?« Reed nickte in Richtung Tür.

»Macht es Ihnen etwas aus, wenn ich Boss mitnehme? Ich verspreche, er wird sich ganz besonders gut benehmen.«

Sehr begeistert sah Reed nicht aus. Ginger wusste, dass er Hunde nicht mochte. Aber insgeheim hoffte sie noch immer, dass Boss ihn für sich einnehmen würde.

»Nur für die kurze Fahrt bis zu meinem Automobil«, sagte sie lächelnd.

Er atmete tief durch. »Na schön.«

Wie versprochen zeigte sich Boss von seiner besten Seite und saß gehorsam neben Gingers Füßen.

Nur das Motorengeräusch des Austin durchdrang das Schweigen, während sie auf dem West Carriage Drive durch den Hyde Park mit seinen winterbraunen, regennassen Rasenflächen und kahlen Bäumen fuhren, bevor sie nach Osten abbogen. Nicht einmal der Mordfall gab ihnen Stoff für ein unverfängliches Gespräch.

Ginger versuchte, die unsichtbare Mauer zu überwinden, die seit Kurzem zwischen ihnen stand. »Wenn der gefälschte Diamant, der Olga Pawlowna vom Hals gestohlen wurde, ihr nicht gehört hat, wem dann?«

»Gute Frage.« Reed hielt den Blick auf die Straße gerichtet. »Bislang hat niemand einen Juwelendiebstahl gemeldet.«

»Das würde mich auch überraschen. Kopien sind zwar üblich, aber keine wohlhabende Persönlichkeit würde zugeben, welche zu besitzen oder gar, sie zu tragen. Falls Klatsch und Tratsch keine Hinweise zutage fördern, stecken wir wohl in einer Sackgasse fest.«

»Kennen Sie außer Lady Whitmore vielleicht noch weitere redselige Mitglieder der besseren Gesellschaft?«

Ginger wollte gerade den Kopf schütteln, da fiel ihr

Mrs Schofield ein. »Vielleicht. Lassen Sie mich nachdenken. Ich gebe Ihnen Bescheid.«

KAPITEL ZWÖLF

*G*inger sprach kurz mit Madame Roux, dann fuhr sie mit Boss in ihrem Daimler davon. Hin und wieder stotterte das betagte Fahrzeug, wenn sie die Gänge wechselte. Im Großstadtverkehr kam sie nur stockend voran, doch schon nach wenigen Minuten erreichte sie ihr Ziel, die St. George's Church in der City of London.

»Wir sind da, Boss.«

Reverend Hill begrüßte sie herzlich.

»Lady Gold. Es ist mir wie immer eine Freude.« Ihre Stimmen brachen sich an den steinernen Mauern und stiegen zu den hohen Decken hinauf. Er tätschelte Boss den Kopf. »Hallo, alter Knabe.«

Ginger ließ Boss auf den Boden hinunter und befahl ihm, sitzen zu bleiben. Er fügte sich artig, nur den Stummelschwanz konnte er nicht stillhalten.

»Hätte ich gewusst, dass Sie kommen«, sagte der Reverend, »hätte ich Mrs Davies gebeten, uns Tee zu machen.«

»Das war ein spontaner Einfall«, antwortete Ginger. Dass

sie hierhergefahren war, hatte mit Basil rein gar nichts zu tun.

Sie wurde immer besser darin, sich selbst zu belügen.

»Sie sind uns immer willkommen. Ich hoffe, das wissen Sie. Und ich hoffe, Sie betrachten mich als Freund.«

»Das tue ich, Rev...«

»Bitte nennen Sie mich Oliver.«

»Sehr gerne, Oliver. Aber nur, wenn Sie mich Ginger nennen.«

»Ginger? Ich dachte, Sie heißen Georgia.«

»Ja, das stimmt. Nach meinem Vater, George.« Der Name auf ihrer Geburtsurkunde lautete Georgia Hartigan, und ihr Geburtsort war London. Obwohl sie in Boston, Massachusetts, aufgewachsen war, fühlte sich Ginger durchaus britisch.

Sie zeigte auf ihr Haar. »Den Spitznamen Ginger hat mir meine Mutter wegen der Farbe gegeben. Und er ist haften geblieben.«

Oliver lachte. »Meine Brüder nennen mich Karotte. Ginger klingt viel netter.«

Sie stimmte in sein Lachen mit ein.

»Ich betrachte Sie tatsächlich als Freund, Oliver. Viele habe ich in dem halben Jahr, seit dem ich wieder in London lebe, noch nicht gefunden. Natürlich gibt es Haley, Miss Higgins. Aber die habe ich mitgebracht.« Ginger grinste schief. »Als neue Freundin zählt sie also nicht.«

»Ich fühle mich geehrt, zum Kreis der Auserwählten zu gehören. Sicher wird er bald größer werden.«

»Nun ja, ich bin mit meinem Modesalon sehr beschäftigt und habe nicht viel freie Zeit. Und es heißt ja, man muss ein Freund sein können, um Freunde zu gewinnen.«

»Lassen Sie uns in die Küche gehen«, sagte Oliver. »Eine Kanne Tee werde ich wohl zustande bringen.«

»Ist es in Ordnung, wenn Boss mitkommt?«

»Nur zu. Ich liebe Hunde. Leider bin ich in der Pfarrei viel zu beschäftigt und könnte mich nicht richtig um einen Hund kümmern. Sonst würde ich mir selbst einen zulegen.«

Ginger und Boss folgten Hill zur Küche. Das Licht, das durch das Buntglasfenster über der Kanzel fiel, ließ die Darstellungen von Jesus und den Heiligen leuchten wie ein rot-blau-gelbes Mosaik.

Die Küche war schlicht. Das galt auch für die Ausstattung. Hill nahm Ginger den Mantel ab, und sie setzte sich an den Tisch. Boss ließ sich artig neben ihren Füßen nieder.

Der Reverend machte sich pfeifend an die Arbeit, und im Nu stand der Tee auf dem Tisch. Auch eine Packung Kekse legte er dazu. »Nicht so gut wie hausgebackene«, sagte er. »Aber besser als nichts.«

Ginger fand Hills unkomplizierte Art erfrischend. »Wie lange sind Sie schon hier in St. George's?« Sie kannte den Reverend erst seit zwei Monaten, und meist kreisten ihre Gespräche um die Nöte der Armen dieser Stadt und um das Kinderhilfswerk.

»Seit drei Jahren. Zuvor war ich in Canterbury. Diese Pfarrei hier habe ich übernommen, als sich Reverend Wood zur Ruhe gesetzt hat.«

Weil sie nun ganz offiziell Freunde waren, wagte sie es, ein wenig neugierig zu sein. »Und wie kommt es, dass Sie nicht verheiratet sind?«

Hill hatte gerade seine Tasse angesetzt und verschluckte sich ein wenig.

»Entschuldigen Sie bitte. Ist die Frage zu persönlich?«

»Nein, schon gut. Mein Familienstand bereitet den

Gemeindemitgliedern von St. George's tatsächlich einiges Kopfzerbrechen. Vor allem den weiblichen.«

Ginger lachte. »Das kann ich gut verstehen. Sie wären ein großartiger Fang! Worauf warten Sie?«

Hill hielt einen Moment lang inne, dann schaute er ihr in die Augen. »Nun ja, ich habe die Richtige noch nicht gefunden.«

»Oh.« Plötzlich hingen Befangenheit und Unbehagen schwer zwischen ihnen in der Luft. Eigentlich glaubte Ginger, ein gutes Gespür zu haben, aber dass der Reverend ein romantisches Interesse an ihr hatte, kam doch sehr überraschend. Oliver Hill hatte ein freundliches Gesicht. Sein Wesen wirkte manchmal beinahe kindlich unbefangen, so als lebte er abgeschirmt von allem Übel der Welt. Von Männern kannte sie so etwas nicht. Sie mochte ihn wirklich, sah aber tatsächlich nicht mehr als einen Freund in ihm.

Er war ganz anders als der abenteuerlustige Daniel oder der ernste Basil.

Ginger betrachtete sich als moderne Frau, deren Herz sich nicht von Traditionen oder Fragen von Stand und Klassenzugehörigkeit leiten ließ. Doch als Ehefrau eines Pastors konnte sie sich nicht sehen. Und eine Beziehung mündete, wenn sie ernst wurde, doch früher oder später in einer Ehe.

Hill schien über seine eigene Offenheit zu erschrecken. Sein rechtes Auge begann zu zucken. »Entschuldigen Sie bitte. Ich habe Sie in Verlegenheit gebracht.«

»Nein. Nein. Schon in Ordnung. Ich bin nur … Nun ja …«

Der arme Oliver hatte jetzt einen hochroten Kopf. »Bitte vergessen Sie, was ich gesagt habe.«

Du liebe Güte. Jetzt waren sie in einem Strudel aus Entschuldigungen und Verlegenheit gefangen.

»Also, die Elliot-Cousins«, begann Hill, fieberhaft um einen Themawechsel bemüht. »Seit Ihrem letzten Besuch bei uns habe ich sie nicht mehr gesehen, fürchte ich. Allmählich mache ich mir Sorgen um die beiden.«

»Ach.« Auch Ginger war froh, über etwas anderes reden zu können, doch sofort beschlich sie wegen der Jungen ein beklommenes Gefühl. »Sie sorgen sich? Weshalb?«

»Seit ihr Onkel gestorben ist, sind sie mehr oder weniger auf sich gestellt.«

»Er ist gestorben? Davon hat Scout nichts erwähnt.« Aber warum sollte er auch?

»Kurz nach Weihnachten. Wir hatten hier eine kleine Begräbnisfeier für ihn.«

Ginger seufzte. »Ich wünschte, ich hätte davon gewusst.«

»Hätte ich etwas von Ihrem freundschaftlichen Verhältnis zu den Jungen geahnt, dann hätte ich Ihnen Bescheid gegeben.«

»Wohnen die zwei noch dort, wo sie mit ihrem Onkel gewohnt haben?«

»Ich denke schon.«

»Haben Sie die Adresse?«

»Ja. In meinem Büro. Ich hole sie.«

Während Ginger wartete und ihren Tee trank, zogen ihre Gedanken düstere Kreise. Eine tote Grand Duchess, ein Mörder, der frei herumlief. Felicias vermisster Theaterfreund. Die armen Waisen, Scout und Marvin. Basils Entscheidung. Olivers Freundlichkeit und sein Interesse an ihr, das zu nichts führen konnte.

Sie wusste nicht, was von alledem sie am meisten aufwühlte.

Mit schwungvollen Schritten kehrte der Reverend zurück. Offenbar hatte er sich wieder gefangen. Er hielt ihr einen Zettel hin. »Das ist die Adresse. Eine Telefonnummer gibt es nicht, aber das war auch nicht zu erwarten.«

»Vielen Dank.« Ginger stand auf. »Ich schaue gleich einmal nach, ob ich sie dort finde.«

Hill musste sich ein wenig vorbeugen, um ihr in die Augen blicken zu können. Gingers Herz setzte einen Schlag lang aus. Die kleinen goldenen Sprenkel in seinen blaugrünen Augen fielen ihr jetzt zum ersten Mal auf. In seinem Blick lag Zärtlichkeit. Hatte sie seine Zuneigung zu vorschnell zurückgewiesen?

Er legte den Kopf schief. »Ich hoffe, ich habe unsere Freundschaft nicht beschädigt, indem ich ...«

»Nein, keineswegs«, antwortete Ginger schnell. »Sie haben mir schon so viel Trost gespendet und so viele gute Ratschläge gegeben. Unsere Freundschaft ist ein Geschenk.«

»Wunderbar.« Er richtete sich auf und bohrte die Fäuste in die Hosentaschen. »Schön, dass Sie vorbeigeschaut haben. Die Elliot-Jungen können sich glücklich schätzen, einen Schutzengel wie Sie zu haben.«

»Und ich schätze mich glücklich, die beiden zu kennen. Falls Sie je hören, dass die Jungen in Schwierigkeiten sind, lassen Sie es mich bitte wissen.«

Hill half ihr in ihren pelzbesetzten Mantel. »Sie können sich darauf verlassen.«

Ginger zog den Mantel um sich zusammen, streifte ihre Handschuhe über und lächelte ihn an. »Vielen Dank für den Tee.«

»Sehr gern geschehen.«

Sie klopfte an ihr Bein und rief Boss zu sich.

Der Reverend führte sie zum seitlichen Ausgang der Küche. »Passen Sie gut auf sich auf, Ginger.«

»Und Sie auf sich, Oliver.« Sie drückte ihm die Hand,

dann stieg sie in ihren Wagen. Boss sprang auf den Beifahrersitz.

An den Linksverkehr hatte sich Ginger noch immer nicht ganz gewöhnt. Wenn sie in Gedanken war, steuerte sie manchmal noch automatisch nach rechts. Lautes Hupen signalisierte ihr, dass sie die Fahrbahnmitte überquert hatte. Mit einer schnellen Lenkbewegung korrigierte sie ihren Fehler gerade noch rechtzeitig. Ihr Herz begann zu rasen. Die Hände fest am Steuer, zwang sie sich, sich ganz auf die Straße zu konzentrieren.

Sie parkte gegenüber dem Haus, in dem Scout und Marvin wohnten. Beim Anblick des furchtbar heruntergekommenen Gebäudes zerrte Mitleid an ihrem Herzen.

»Oh, Scout.«

Sie klopfte an die Tür, wartete einen Moment ab und klopfte dann erneut. Waren die Jungen unterwegs? Und wenn ja, wo trieben sie sich herum? Zur Schule gingen die beiden sicher nicht. Keine guten Voraussetzungen für ihre Zukunft. Ginger wollte ihnen helfen, aber bislang hatten sie ihre Angebote abgelehnt. Dem kleinen Scout hatte sie sogar vorgeschlagen, zu ihr zu ziehen. Doch das hatte er nicht gewollt. Allerdings war damals sein Onkel noch am Leben gewesen. Soweit sie wusste, hatte er außer Marvin nun keine weiteren Angehörigen mehr.

»Scout?«, rief Ginger laut. Die Tür sah nicht aus, als wäre sie dick genug, um ihre Stimme zu verschlucken. »Ich bin's, Mrs Gold.« Sie hatte Boss an die Leine genommen, und er winselte leise.

Als Mrs Gold kannte Scout sie von ihrer gemeinsamen Überfahrt auf der *SS Rosa*. Mit ihrem Titel hatte sie sich während der ganzen Zeit in Boston und auch den Jungen gegenüber nie vorgestellt.

Die Tür öffnete sich einen Spalt breit und Scouts Nase kam in Sicht. »Sind Sie das, Missus?«

»Ja. Darf ich reinkommen?«

Sein Blick war unsicher.

»Schon gut, Scout. Freunde darfst du doch sicher ins Haus lassen.«

»Aber es ist ein bisschen schlampig hier, Missus.«

»Ich werde nicht hinschauen. Versprochen.«

Scout öffnete die Tür und ließ sie herein. Die Wohnung war genauso verwahrlost wie das ganze Haus. Sie war klein und schmutzig, roch modrig und nach Staub. Auch der Geruch von Krankheit hing noch in der Luft, obwohl Mr Elliot bereits vor Wochen gestorben war. In einem Spülbecken stapelte sich schmutziges Geschirr, und Ginger fragte sich, ob es hier überhaupt fließendes Wasser gab. In den Wänden konnte sie Mäuse und Ratten quieken hören. Sie tat, als bemerkte sie es nicht.

»Und Boss ist auch dabei!« Scout warf sich auf den schmutzigen Boden und umarmte den kleinen Hund. Boss begrüßte ihn mit vielen nassen Küssen.

»Er kennt mich noch.«

»Natürlich kennt er dich.«

Scout erinnerte sich an seine guten Manieren, stand auf und blinzelte Ginger an. »Wie kann ich Ihnen helfen, Missus?«

»Ich wollte nur sehen, wie es dir geht. Dein Onkel ist gestorben, das wusste ich nicht.«

Scout senkte den Blick und scharrte mit den Füßen. Er trug abgewetzte Lederschuhe und im rechten klaffte an der Spitze ein großes Loch. »Ja. Leider. Aber Marvin und ich kommen ganz gut zurecht.«

»Wie schafft ihr es denn, die Miete zu bezahlen?«

»Manchmal verdienen wir ein bisschen was.«

»Und wie ist euer Hauswirt so?«

Scout starrte weiterhin auf seine Füße. Gingers Blick wich er aus. »Ganz in Ordnung.«

Ginger nahm an, dass Scout die Tatsachen beschönigte. Hauswirte in Wohngegenden wie dieser hatten den Ruf, ziemlich unangenehm zu sein.

»Gehst du zur Schule?«

Er verzog das Gesicht. »Nö. Ich lern nicht so gern aus Büchern.«

»Aber …« Ginger schluckte ihre Erwiderung ungesagt hinunter. Darüber würde sie mit Marvin reden. Als der Ältere war er jetzt Scouts Beschützer.

»Du könntest bei mir wohnen, Scout, mein lieber Junge«, sagte Ginger. »Dann hättest du es sicher und warm und immer genug zu essen.«

»Müsste ich da auch baden?«

Ginger versuchte, nicht zu glucksen. »Hin und wieder schon.«

»Nein, Missus. Ich kann doch Marvin nicht alleinlassen. Er braucht mich.«

»Ach, Kind.« Der Gedanke tat weh. Aber hier war Scout immer noch besser aufgehoben als in einem Arbeitshaus. Trotzdem wünschte sie sich von Herzen, sie könnte ihn aus seinem Elend herausholen. Notfalls gegen seinen Willen.

Aber vermutlich würde er dann trotzig werden und sich wehren. Außerdem war sie sehr viel unterwegs. Sogar Boss gegenüber hatte sie manchmal ein schlechtes Gewissen. Als Mutterersatz für einen kleinen Streuner wie Scout war sie ganz sicher nicht geeignet.

Scout schien ihre Gedanken zu lesen und schenkte ihr wieder sein unvergleichliches Lächeln mit den vielen schiefen Zähnen. »Ich komme schon klar, Missus. Keine Sorge.«

Ihn hier zurückzulassen, war Ginger zuwider. Ein süßer Junge wie er sollte eine Mutter und einen Vater haben und nicht von anderen Kindern großgezogen werden.

»Suchen Sie immer noch nach dem Schauspieler?« Scout verzog das Gesicht. »Weil, gesehen haben wir den nicht. Niemand hat ihn gesehen.«

»Ach, dass ihr nach ihm Ausschau halten solltet, hatte ich ganz vergessen. Das müsst ihr nun nicht mehr.«

»Haben Sie ihn gefunden?«

»Ich habe aufgehört, nach ihm zu suchen.«

Scout runzelte die Stirn und biss sich auf die Lippen. »Wollen Sie jetzt Ihr Geld zurück?«

»Du liebe Güte, nein. Das war ein Auftrag. Die Sache hat sich erledigt, und das Geld gehört euch.«

Der Junge wirkte erleichtert, und das Mitleid mit ihm zerriss Ginger das Herz. Er trug eine so schwere Last auf seinen schmalen Schultern. Am liebsten hätte sie ihn geschnappt und einfach mitgenommen.

»Wann kommt Marvin denn zurück?«, fragte sie.

»Keine Ahnung, Missus.«

»Aber wenn ihr je in Schwierigkeiten seid, dann geht zu einem Polizisten und sagt ihm, er soll mich anrufen. Okay?«

»Wird gemacht, Missus.«

Ginger nahm Boss' Leine und machte sich auf den Weg zur Tür. »Ich muss los, Scout. Aber vergiss nicht, ich könnt euch jederzeit melden. Auf Wiedersehen.«

Schnell kraulte Scout Boss noch einmal hinter den Ohren. »Mach's gut, Kumpel.«

Ginger ließ den Daimler an und tuckerte davon. Ein

Stück weiter die Straße entlang sah sie eine Gruppe älterer Jungen. Einen davon kannte sie. Marvin.

Ginger beschlich das ungute Gefühl, dass sie irgendetwas im Schilde führten. Und als Marvin sie bemerkte, weiteten sich seine Augen. Er erkannte sie, doch anstatt näher zu kommen, sagte er etwas zu den anderen Jungen, und sie rannten durch die schmalen Gassen zwischen den schäbigen Reihenhäusern davon.

Herrje. Was trieb dieser Junge da bloß?

Sie hielt an und kurbelte ihr Fenster herunter. »Marvin!«

Eine Weile wartete sie und fragte sich, ob sie ihm nachlaufen sollte. Doch ein Blick auf ihre spitzen Schuhe mit den fünf Zentimeter hohen Absätzen, und sie verwarf diese Idee.

KAPITEL DREIZEHN

G inger fuhr zum *Feathers & Flair* zurück, um sich die Staffelei zu borgen. Madame Roux versicherte ihr, sie könne das Geschäft bei Ladenschluss gut allein schließen. Alles liefe wunderbar. »Keinerlei Todesfälle heute«, scherzte sie. Und Ginger fragte sich, ob das allein inzwischen genügte, damit ein Tag gut war.

Zurück auf Hartigan House stellte sie die Staffelei neben den offenen Kamin. Lizzie brachte ihr Tee und erstattete Bericht.

»Lady Gold hat sich bereits zurückgezogen. Miss Higgins ist noch an der Universität, und Miss Gold ist ausgegangen.«

»Ausgegangen?«

»Ja, Madam. Einer von den Theaterschauspielern hat sie abgeholt.«

»Wie hat er denn ausgesehen?«

»Etwa so groß wie Sie, würde ich sagen, hellbraunes Haar, Brille und Oberlippenbart.«

»Das hört sich nach Mr Haines an.«

»Ja, genau. Den Namen habe ich Miss Gold sagen hören.«

»Hat sie auch erwähnt, was sie vorhaben?«

»Nur, dass sie ins Theater gehen, um sich dort aufs Vorsprechen vorzubereiten.«

Ginger ließ sich in ihrem Lieblingssessel nahe am Feuer nieder und klopfte einladend an ihr Bein. Boss sprang auf ihren Schoß. Gemütlich zurückgelehnt trank Ginger ihren Tee und betrachtete den leeren Papierbogen auf der Staffelei.

Schließlich schob sie Boss ein wenig zur Seite und nahm einen Stift. Sie malte einen Kreis in die Mitte des Blatts und schrieb das Wort *Grand Duchess* hinein. Darunter notierte sie in etwas kleinerer Schrift: *aus Russland geflohen.*

Wie Speichen eines Rades zeichnete sie fünf Striche an den Kreis. Ans Ende jedes Strichs malte sie einen weiteren Kreis und füllte alle fünf mit Namen. *Lady Isla Lyon, Kleptomanin. Lord Lyon, beschützender Ehemann. Prinzessin Sophia, feindschaftlich gesonnen. Lord Whitmore, britischer Secret-Service-Agent. Gräfin Andreea Balcescu, nicht auffindbar.*

Ginger hielt es für möglich, dass ihr Gefühl, was Lady Lyon anging, sie trog. War das Verlangen der Frau nach dem *Blue Desire* so groß gewesen, dass sie der Herzogin das Genick gebrochen hatte, um an den Stein zu kommen? Dass eine derart zierliche Person zu einer solchen Gewalttat fähig war, konnte sich Ginger wiederum schwerlich vorstellen. Die Grand Duchess hatte ausgesehen, als wäre sie recht stark. Hatte der Ehemann den Mord begangen, um seine Frau zu schützen?

Oder war Prinzessin von Altenhofen eine deutsche Agentin mit Verbindungen zu Russland, von denen die Grand Duchess gewusst hatte? Hütete die Prinzessin finstere Geheimnisse, die nicht in britische Hände fallen durften? Hatte sie ihre Unpässlichkeit vorgetäuscht, um nicht in Verdacht zu geraten? Und was war mit Lady Whitmores

Schwächeanfall? Vielleicht hatte die Prinzessin ihr etwas ins Glas geschüttet, um ihr eigenes Unwohlsein glaubwürdiger erscheinen zu lassen.

Welche Rolle spielte Lord Whitmore? Hatte er vielleicht verhindern wollen, dass gefährliche Geheimnisse in russische Hände fielen?

Und wie passte die rumänische Gräfin ins Bild? Wenn sie sich nicht plötzlich in ein ungreifbares Gespenst verwandelt hätte, hätte Ginger sie vermutlich von der Liste der Verdächtigen gestrichen.

Was immer sich zugetragen hatte, sie hatte das Gefühl, dass viel mehr als ein Juwelenraub dahintersteckte.

In Gedanken ging sie die Ereignisse während der Gala noch einmal durch. Sie hatte alles aufmerksam verfolgt, war angespannt und aufgeregt gewesen und hatte sichergehen wollen, dass sich alle Gäste wohlfühlten. Ihre Augen waren überall gewesen, genau wie ihre Ohren. Gefiel den Gästen ihr Modesalon? Entsprach das *Feathers & Flair* den Erwartungen, die Klatschbasen, Neider und Gönner geweckt hatten?

Sie zog die Nase kraus und fügte ihrem Rad noch eine weitere Speiche hinzu. In den Kreis am Ende schrieb sie: *Lady Fitzhugh* und *Meredith Fitzhugh*. Auch wenn die arme, verzagte Meredith Ginger von Herzen leidtat, in den Augen der jungen Frau hatte sie so etwas wie Hass auf Olga Pawlowna gelesen. Und Meredith war eine grobschlächtige Person mit großen Händen. Ginger schrieb das Wort *Neiderin* hinter Merediths Namen.

Sie lehnte sich zurück, und Boss kletterte wieder auf ihren Schoß. Ein paarmal drehte er sich im Kreis, bevor er sich niederließ und zusammenrollte. Ginger starrte weiter auf ihre Zeichnung. Was hatte sie übersehen?

Die Türglocke erklang, und sie hörte Pippins Stimme. Sie war gespannt, wen er hereingebeten hatte. Der betagte Butler trat ins Wohnzimmer. »Chief Inspector Reed.«

Ginger wollte Boss auf den Boden setzen, aber Reed stand bereits vor ihr und hob die Hand.

»Nicht nötig.«

»Schön«, sagte Ginger. »Möchten Sie etwas trinken?«

»Ja, sehr gerne.«

»Pips, seien Sie ein Schatz und mixen Sie dem Chief Inspector einen Gin and Tonic.« Mit welchem Cocktail sie Reed eine Freude machen konnte, wusste sie von früheren Fällen, in denen sie zusammengearbeitet hatten.

Der Butler nickte. »Und für Sie, Madam?«

»Ein Glas Wein, bitte.«

»Sehr wohl.«

Reed betrachtete die Zeichnung auf der Staffelei. Er zog erstaung eine Braue hoch und warf Ginger einen forschenden Blick zu. Dann huschte Bewunderung über seine Züge.

»Wie ich sehe, waren Sie nicht untätig.«

»Leider komme ich nicht richtig voran.« Sie spielte mit ihrem Ring mit dem Jadestein, einem Geschenk ihres Vaters. In den Stein war ein Blumenmuster graviert, die goldene Fassung mit winzigen Diamanten besetzt.

»Es ist alles sehr verwirrend«, fuhr sie fort. »Die Mittel und die Gelegenheit hatten eigentlich alle. Aber was ist mit dem Motiv?«

Pippins brachte die Gläser und zog sich diskret zurück.

»Bei einem so gut besuchten Geschäft wie Ihrem Modesalon ist die Auswertung von Fingerabdrücken sinnlos. Und genau genommen hätten sich während der Gala auch Unbekannte unter die Gäste mischen können. Selbst eine mordlustige oder geistig verwirrte Person, die nur zufällig vorbeikam. Ich muss gestehen, auch Scotland Yard kommt nicht weiter.«

»Geht es denn mit dem Geheimcode voran?«, fragte Ginger.

»Bislang nicht. Wir wissen ja nicht einmal, ob er etwas mit dem Verbrechen zu tun hat. Womöglich steht er in keinem Zusammenhang damit.«

Ginger nickte, wollte das aber nicht recht glauben. Nicht, wo Lord Whitmore und so viele internationale Gäste anwesend gewesen waren. Jetzt setzte sie Boss doch auf den Boden, und er tappte zu seinem Lieblingsplatz auf dem Teppich vor dem Kamin.

Sie zog den Zettel mit der Abschrift des Codes aus der Tasche und schrieb ihn unter ihre Zeichnung. W533o 8h 849h 975 wt90 @$.

»Könnte das W für Gewicht stehen?«, überlegte Basil. »Das H für Höhe, das T für Zeit? Sollte vielleicht eine Bombe gezündet werden?«

»Hoffentlich nicht! War der Krieg, den wir hinter uns haben, denn nicht für alle Zeiten genug?«

Reed hob ratlos die Hände.

»Vielleicht stehen die Buchstaben für Zahlen und die Zahlen für Buchstaben«, überlegte Ginger laut. »Dann wäre das W eine 23.« Sie schrieb die Zahl unter den Buchstaben. »533 wäre Ecc und das kleine O eine 15.«

»Ein Bibelvers?«, fragte Basil. »Ecc wie Ecclesiastes? Haben Sie eine Bibel zur Hand?«

»Ecclesiastes hat nur zwölf Kapitel. Ich glaube, in diesem Fall müssen wir in den Apokryphen bei Ecclesia*ticus* nachschlagen.« Ginger zeigte auf das Bücherregal. »Eine Bibel mit Apokryphen steht unten rechts.«

Basil zog das dicke ledergebundene Buch aus dem Fach und schlug nach. »Ecclesiasticus 23, 15. Hat sich einer an schändliche Reden gewöhnt, nimmt er sein Leben lang keine Zucht mehr an.«

Ginger legte die Stirn in Falten. »Schändliche Reden?«

»Hohn, oder Verachtung.«

»Aber was hat das zu bedeuten?«, fragte sie. »Glauben Sie, das bezieht sich auf eine bestimmte Person?«

»Ich habe noch nicht einmal eine Vermutung.«

»Dass wer schändlich redet, sich nie im Leben bessern wird, könnte darauf anspielen, dass der Adel bleibt, wie er ist«, sagte Ginger. »Auch nach einer Revolution. Immerhin war die Tote eine russische Aristokratin.«

»Nehmen wir einmal an, hinter diesem Teil des Codes verbirgt sich tatsächlich dieser Vers. Wer hätte etwas davon, so eine Botschaft zu erhalten? Und wer würde sie verschicken?«

Ginger starrte wieder auf ihre Zeichnung.

»Wir dürfen den Rest des Codes nicht vergessen. Wenn wir dabei nach demselben System vorgehen, führt das zu nichts. 8h heißt dann H8. 849h wird zu HDI8. Das ergibt keinen Sinn.«

Reed leerte sein Glas und stellte es auf die Anrichte. Dann drehte er sich um. Der Blick seiner blaugrünen Augen bohrte sich in ihren.

»Ginger.«

Sie traute sich kaum zu atmen. Die Angst vor dem, was Basil vermutlich gleich sagen würde, griff nach ihrem Herzen.

»Nicht nötig«, sagte sie leise.

»Ich denke doch. Ich weiß, Sie wollen lieber darüber schweigen. Aber das kann ich nicht. Ich habe Sie verletzt. Ich habe Sie zu der Annahme verleitet, ich würde mehr für Sie empfinden als freundschaftliche Gefühle. Und diese Annahme ist richtig. Ich habe nicht mit Ihren Gefühlen gespielt. Das würde ich niemals tun.«

»Sie wollten …?«

»Ja.«

»Aber?« Wenn seine Frau ihn nicht hintergangen hätte und er nicht schon so lange von ihr getrennt gewesen wäre, hätte Ginger ihm niemals ihr Herz geöffnet.

Er stieß ein tiefes Seufzen aus. »Emelia ist meine Ehefrau. Sie hat mich um Verzeihung gebeten. Wir sind seit *elf* Jahren verheiratet, und ich fühle mich verpflichtet, es noch einmal zu versuchen.«

Gingers Herz zog sich schmerzhaft zusammen. Dass sie sich so elend fühlte, war allein ihre Schuld. Zwar hatte Basil angedeutet, eine Scheidung sei unvermeidlich. Doch er war und blieb ein verheirateter Mann, und das hatte sie gewusst.

Dass sein Eheversprechen für ihn noch immer Gültigkeit hatte, respektierte sie.

»Gut.« Sie rang sich ein Lächeln ab. »Ich verstehe.«

Er senkte das Kinn. »Ich sollte gehen.«

Ginger brachte ihn selbst zu Haustür. »Wir können gute Freunde bleiben.« Sie streckte ihm die Hand hin. Ein Friedensangebot. Er ergriff sie. Ein Ausdruck von Erleichterung huschte über seine Züge.

»Freunde.«

KAPITEL VIERZEHN

*H*aley kam nach einem Tag voller Vorlesungen nach Hause. Ginger schenkte ihnen einen Sherry ein. Als ihre Freundin das Wohnzimmer betrat, hielt sie ihr eines der Kristallgläser hin.

Haley nahm es und trank einen Schluck, bevor sie sich aufs Sofa fallen ließ. Sie musterte Ginger aufmerksam. »Harten Tag gehabt?«

»Interessanten Tag.« Ginger erzählte von ihrem Besuch bei Angus Greens Vater und dem Gespräch mit Lady Whit-more. Auch Reeds Besuch erwähnte sie. Nur, dass er ihr seine Gefühle offenbart hatte, behielt sie für sich. Manche Dinge waren einfach zu persönlich.

»Ich mache mir große Sorgen um Scout«, fuhr sie fort und schilderte, wie sie ihn vorgefunden hatte.

»Wenigstens hat er dich und all das, was du zusammen mit Reverend Hill auf die Beine stellst.«

Bei der Erinnerung an den peinlichen Moment mit dem Reverend stieg Ginger die Röte ins Gesicht. Heute war ein

Tag der Offenbarungen. Damit Haley nichts merkte, nahm sie einen großen Schluck Sherry.

Haley deutete auf die Staffelei. »Hat deine Skizze dich weitergebracht?«

»Bislang nicht. Dieser Fall bereitet mir wirklich Kopfzerbrechen.«

Haley schlug die Beine übereinander und zog die Strümpfe zurecht, die sich an ihren Knöcheln verdreht hatten. »Wirklich rätselhaft«, bestätigte sie.

Ginger legte die Hand an den Mund, um ein Gähnen zu ersticken. Sie fühlte sich seelisch, aber auch körperlich wie erschlagen. »Oh ja. Aber genug von mir. Wie war dein Tag?«

»Viele Vorlesungen.«

»Langweilig?«

»So lange es mit Medizin zu tun hat? Nie!« Sie lächelte. »Aber am glücklichsten bin ich immer, wenn ich mir die Hände schmutzig machen und das Skalpell schwingen kann.«

»Ich nehme an, jetzt wo Dr. Gupta da ist, bittet dich Dr. Watts nicht mehr so häufig, ihm zu assistieren.«

»Ja. Er muss Dr. Gupta den Vorzug geben. Nicht mehr die erste Wahl zu sein, gefällt mir gar nicht.«

»Dann musst du eben für Dr. Gupta die erste Wahl werden.«

Haley starrte ins Leere. »Da könntest du recht haben.«

Ginger kicherte und fing sich damit einen düsteren Blick ein. »Nur um medizinisch weiter dazuzulernen, Ginger. Nichts anderes.«

»Etwas anderes wollte ich auch gar nicht andeuten«, versicherte Ginger mit einem Augenzwinkern.

»Noch einmal zu diesem Fall«, lenkte Haley von sich ab.

»Gibt es schon eine Theorie, weshalb bei deiner Gala zwei Frauen einen Schwächeanfall erlitten haben?«

»Lady Whitmore hat von einer Erkältung gesprochen. Prinzessin Sophia hat ihr Unwohlsein nicht weiter kommentiert. Anfangs habe ich noch an einen Zufall geglaubt, aber jetzt bin ich mir nicht mehr so sicher.«

»Und warum?«

»Ich hatte Zeit zum Nachdenken.« Ginger tippte mit einem perfekt manikürten Fingernagel an ihre Lippen. »Beide Schwächeanfälle gaben irgendwem die Gelegenheit, sich unbemerkt ins obere Stockwerk zu stehlen.«

»Vielleicht hat die Grand Duchess Prinzessin Sophia etwas ins Glas geschüttet, um für eine Ablenkung zu sorgen«, sagte Haley. »Dass sie und die Prinzessin einander nicht ausstehen konnten, war kaum zu übersehen. Wenn es also nicht weiter wichtig war, durch wen die Ablenkung zustande kommt, konnte die Grand Duchess auch jemanden auswählen, den sie sowieso nicht mochte.«

»Genau. Aber wenn die Grand Duchess den Schwächeanfall der Prinzessin genutzt hat, um ihren Schal nach oben zu bringen, wozu dann zuerst das andere Opfer? Und warum Lady Whitmore?«

Haley presste die Lippen aufeinander. »Schwer zu sagen.«

»Vielleicht gab es noch eine weitere Person, die von sich ablenken wollte. Dass Lady Whitmore plötzlich schlecht wurde, hat es Lord Whitmore unmöglich gemacht, sich den Schal zu holen.«

Haley hielt ihr Glas im Schoß und nickte.

»Dann müsste außer dir noch jemand gewusst haben, dass Lord Whitmore für den britischen Geheimdienst tätig ist.«

»Denkbar wäre das.«

Aus der Eingangshalle drangen Stimmen, dann platzte Felicia ins Wohnzimmer. Matthew Haines folgte ihr, der Mann, der in *Sham* den Detektiv gespielt hatte.

»Ach, Mr Haines«, sagte Ginger. »Guten Abend.«

Haines' Blick flog zu der Staffelei, und Ginger erhob sich schnell und stellte sich vor ihre Skizze. »Möchten Sie etwas trinken?«, fragte sie charmant.

Haines warf Felicia einen fragenden Blick zu, und sie nickte.

»Ich mache das«, sagte sie. »Was darf es denn sein?«

Er folgte Felicia zur Anrichte, und Ginger nutzte den Moment, um den Papierbogen von der Staffelei zu nehmen, ihn zusammenzufalten und unter ihren Sessel zu schieben. Dann setzte sie sich wieder. Haley nickte ihr zustimmend zu.

Felicia und der Schauspieler traten mit ihren Gläsern zu ihnen. Ginger fiel auf, dass Haines seines in der linken Hand hielt.

»Stammen Sie aus London?«, fragte sie. Eigentlich ging sie nicht davon aus, doch sie konnte seinen leichten Akzent nur schwer einordnen.

»Nein, ursprünglich aus Russland. Aber bei der derzeitigen politischen Lage gehe ich damit nicht hausieren.«

»›Matthew‹ und ›Haines‹ sind englische Namen«, stellte Ginger fest.

»Meine Mutter ist Russin. Sie nennt mich Matvei. Mein Stiefvater ist Engländer durch und durch.«

Boss trottete zu ihnen und sprang auf Gingers Schoß. »Wissen Sie vielleicht etwas über die Grand Duchess, Mr Haines?«

Haines hob eine Schulter. »Mit dem russischen Adel hatte ich nie viel zu tun. Und hier geben sich diese Leute ja lieber mit ihresgleichen ab. Nichts für ungut, Lady Gold. Aber ich bin nur ein einfacher Mann, der sehen muss, wo die nächste Mahlzeit herkommt.«

»Verstehe.« Ginger schaute zu Felicia, die recht gut gelaunt wirkte. Sie hatte die Beine übereinandergeschlagen und wippte mit dem Fuß. Das hatte Ginger sie schon öfter tun sehen, wenn sie die Aufmerksamkeit des anderen Geschlechts auf sich lenken wollte. Und das gelang ihr auch diesmal wieder. Haines war ganz offensichtlich hingerissen von Felicias wohlgeformter Wade.

Ginger räusperte sich und Felicia blickte auf. »Wie geht es denn nun im Theater weiter?«

»Mr Maguire musste *Sham* vom Spielplan nehmen«, erklärte Felicia. »Deshalb beginnt das Vorsprechen fürs nächste Stück schon früher. Mr Haines und ich lernen bereits unseren Text. Ich möchte mir die weibliche Hauptrolle sichern.«

Haines rieb sich den Bart und rückte seine Brille zurecht, dann grinste er Felicia verschmitzt an. »Was, wenn ich diese Rolle haben will?«

Felicia kicherte. »Seien Sie nicht albern.«

»Warum denn nicht? Zu Shakespeares Zeiten haben Männer immer die weiblichen Rollen gespielt.« Haines sprang auf und schnappte sich Felicias Schal und ihre Cloche von dem Sessel, auf dem sie die Sachen abgelegt hatte. Er band sich den Schal um die Taille wie einen Rock und setzte den Hut auf.

»Mr Haines!«, japste Felicia und prustete los.

»Ich bin Mrs Plum«, erklärte er in einem überzeugenden Falsett. »Und ich werde Ihnen die weibliche Hauptrolle stehlen.«

Felicia ließ sich auf das Spiel ein. »Ihr Bart könnte ein wenig hinderlich sein, Madam.«

Haines strich sich über die Oberlippe. »Ja, gut möglich. Ein ungeliebtes Erbe. Als meine Großmutter sich ihren abrasiert hat, konnte sie sich einen Schal daraus stricken.«

Felicia schüttete sich aus vor Lachen, Haines legte die Verkleidung ab.

Ginger und Haley applaudierten. »Bravo, Mr Haines.«

Er verbeugte sich.

»Am besten fängst du gleich an zu proben, Felicia, wenn du die Hoffnung auf diese Rolle nicht begraben willst«, sagte Ginger.

Felicia kicherte. »Das wird schwer!«

»Möchtet ihr hier im Wohnzimmer üben?«, bot Ginger an.

Felicia sammelte bereits ihre Sachen ein. »Nein, wir gehen in den Salon. Dort ist die Akustik besser.«

Haines leerte sein Glas und stellte es auf den Tisch. Dabei fielen Ginger die Kratzer an seinen Händen auf.

»Ärger mit einer Katze?« Lächelnd richtete sie einen langen Fingernagel auf Haines' Hände. Er tat, als würde er seine Wunden inspizieren.

»Nein. Nur das Ergebnis eines unbeholfenen Versuchs, einem Bühnenarbeiter beim Verrücken einer Kulisse zu helfen. Das verdammte Ding ist zu Boden gekracht. Gut gemeint, aber … Nun ja.«

Felicia und der Schauspieler verließen lachend den Raum.

Haley hob eine dunkle Braue. »Was für ein Auftritt.«

»Meiner Schwägerin scheint Mr Haines ganz gut zu gefallen.« Ginger legte die Stirn in Falten. Felicia hatte die ungute Gewohnheit entwickelt, mit den Gefühlen von Männern zu spielen. Sie flirtete, traf sich mit ihnen, bis sie sie langweilten, und ließ sie dann oft mit verletzten Gefühlen und lädiertem Stolz zurück. Ginger fragte sich, wie lange es dauern würde, bis Mr Haines in seine Suppe schluchzte.

KAPITEL FÜNFZEHN

*P*ippins klopfte an die Tür des Frühstückszimmers. »Madam, ein Gentleman möchte Sie sprechen.«

Gingers Herz machte einen kleinen Purzelbaum. War das Basil? Und wie ungehörig von ihm, ihr Herz so zum Stolpern zu bringen!

Der Butler fuhr fort. »Ein Superintendent Morris, Madam. Von Scotland Yard. Mit Miss Higgins möchte er sich auch unterhalten.«

Haley warf Ginger einen Blick zu, wischte sich ihren breiten Mund mit der Leinenserviette ab und folgte ihr ins Wohnzimmer. Boss trabte hinter ihnen her.

Den Superintendent kannte Ginger nicht persönlich, allerdings hatte Reed schon hin und wieder von ihm gesprochen, das Thema aber jedes Mal schnell gewechselt.

»Was für eine Überraschung«, begrüßte Ginger den Mann. Seine Körpergröße war so imposant wie sein Umfang. Der offenstehende Trenchcoat spannte unter seinen Achseln und ließ den Blick auf eine Weste frei, deren Knöpfe abzuspringen drohten. Sie schüttelte ihm die Hand. »Bitte setzen Sie sich doch.«

»Nein danke. Wenn es Ihnen nichts ausmacht, stehe ich lieber.«

Er wandte sich an Haley. »Sie müssen Miss Higgins sein. Das schließe ich aus Ihrer gelehrtenhaften Kleidung und aus Ihrem Alter.« Er nickte, als hätte er gerade erfolgreich einen Zaubertrick vorgeführt und seine geradezu geniale Kombinationsgabe unter Beweis gestellt.

Haley wirkte nicht erfreut und blieb ihm die Antwort schuldig.

Der Superintendent sah sich im Zimmer um. Einen Moment lang blieb sein Blick an dem Gemälde mit der Seejungfrau hängen. So wie bei allen Männern, wenn sie das Wohnzimmer zum ersten Mal betraten. Er entdeckte die leere Staffelei in der Ecke und runzelte die Stirn. Ginger war froh, dass sie ihre Ermittlungsskizze abgenommen hatte.

Sie und Haley setzten sich. »Wollen Sie nicht doch Platz nehmen?«, fragte sie.

»Wie gesagt, ich stehe lieber.«

»Wie Sie wünschen. Wie können wir Ihnen helfen?«

»Moment.« Morris blätterte in seinem Notizbuch. »Sie waren bei einer Veranstaltung. Ja, in einem Geschäft namens *Feathers & Flair*.« Er lachte. »Erst dachte ich, dort würde Jagdzubehör verkauft.«

Ginger runzelte die Stirn.

»Sie waren dort?«, hakte der Superintendent nach.

»Ja, natürlich. Der Modesalon gehört mir ja. Ich habe die Veranstaltung geplant und war die Gastgeberin.«

»Und Sie, Miss Higgins, waren ebenfalls anwesend?«

Haleys Name stand auf der Gästeliste, die der Polizei

vorlag. Sie warf dem Superintendent einen düsteren Blick zu. »Ja.«

Morris drehte sich jäh und schaute Ginger fest ins Gesicht. »Lady Gold. Wie kam es dazu, dass gewisse Persönlichkeiten des öffentlichen Lebens an der Veranstaltung teilnahmen?«

»Es gab persönliche, aber auch öffentliche Einladungen«, antwortete Ginger. »Wir haben im Modesalon Werbung gemacht.«

»Aha. Sie kannten die Grand Duchess also nicht persönlich?«

»Nein. An meinem Galaabend habe ich sie zum ersten Mal gesehen.«

Morris marschierte auf dem Perserteppich auf und ab. Boss, der an seinem Lieblingsplatz vor dem Feuer lag, hob den Kopf und knurrte leise. Der Mann fuhr ungerührt fort. »Miss Higgins. Würden Sie ebenfalls sagen, dass Sie die Grand Duchess nicht kannten? Und auch keine Frau namens Mary Parker?«

Haley schüttelte den Kopf. »Nein. Ist das ihr richtiger Name? Mary Parker? Warum denken Sie, ich würde sie kennen?«

»Weil sie einige Zeit in den Vereinigten Staaten verbracht hat.«

»Ich habe selbst zwanzig Jahre lang dort gelebt«, sagte Ginger. »Und den Namen nie gehört.«

Morris legte einen fleischigen Finger an seine Lippen. »Ah ja.« Mitten in der Bewegung machte er erneut auf dem Absatz kehrt, kniff die Augen zusammen und fixierte Ginger. »Wobei Sie mir nicht unbedingt die Wahrheit sagen würden. Richtig, Mrs Gold?«

Ginger fiel auf, dass Morris ihren Titel unterschlug. Sie

starrte unfreundlich zurück. »Und warum sollte ich das tun?«

»Stimmt es, dass Sie sich während des Kriegs eine Zeit lang in Frankreich aufgehalten haben?«

»Ja. Wir waren beide dort. Miss Higgins als Krankenschwester, ich als Telefonistin.«

Morris stieß einen kurzen Lacher aus. »Eine Krankenschwester und eine Telefonistin?«

»Ja. Was ist daran lustig?«

»Der Form halber wollen wir einen Moment lang annehmen, dass das den Tatsachen entspricht. Waren Sie nicht beide in derselben Woche in Beauvais?«

Haley runzelte die Stirn. »Wir haben uns dort kurz getroffen. Ja. Entschuldigen Sie bitte, aber worauf wollen Sie hinaus?«

Ginger ging die ganze Befragung mächtig gegen den Strich. Nach dem Krieg hatte sie eine offizielle Geheimhaltungsvereinbarung unterzeichnet. Über die Einzelheiten ihres Frankreichaufenthalts zu sprechen, war ihr gesetzlich verboten. Ganz gleich mit wem. Nicht einmal Haley, der sie blind vertraute, durfte sie etwas sagen – was sie sehr bedauerlich fand. Manchmal sehnte sie sich danach, jemandem anvertrauen zu können, womit sie während des Kriegs beschäftigt gewesen war. Vielleicht hätte sie sich einiges von der Seele reden, vielleicht Wiedergutmachung leisten und so etwas wie Vergebung erfahren können. Doch sie musste stumm bleiben und die Last ihrer Geheimnisse allein tragen. Das war eine schwere Strafe, und sie gab sich alle Mühe zu vergessen. Sich in die Arbeit in ihrem Modesalon zu stürzen und zugleich knifflige Kriminalfälle zu lösen, damit Übeltäter ihre gerechte Strafe erhielten, half ihr dabei. Sie musste versuchen, glücklich zu sein, um auch andere glücklich machen zu können.

Und nun wühlte Morris in ihrer Vergangenheit.

»Superintendent Morris«, sagte sie scharf. »Ich weiß nicht, wovon Sie reden. Und Miss Higgins sicherlich auch nicht.« Sie hoffte, der kleine Wink mit dem Zaunpfahl würde fruchten. Doch sie hatte gewisse Zweifel, dass dieser grobe Klotz mit einem Gefühl für subtile Andeutungen gesegnet war. Ein kurzer Blick zu ihrer Freundin verriet ihr, dass die ihre Botschaft verstanden hatte.

»Ah ja.« Morris ließ nicht locker. »Sie dürfen nicht darüber sprechen. Verstehe. Ist Ihnen Mary Parker in Frankreich begegnet?«

»*Wer* ist Mary Parker?«, fragte Ginger zurück.

»Sie kennen sie als Grand Duchess Olga Pawlowna Orlowa.«

Ginger und Haley tauschten einen Blick. Weshalb hatte Reed nichts davon gesagt? »Weiß Chief Inspector Reed, dass Sie hier sind?«

»Ich bin dem Chief Inspector nicht unterstellt. Genau genommen ist es sogar umgekehrt. Und jetzt beantworten Sie bitte meine Frage.«

»Eine Frau dieses Namens ist mir in Frankreich nie begegnet«, erklärte Ginger.

»Mir auch nicht«, sagte Haley. »Warum? War sie denn dort?«

»Allerdings, Miss Higgins. Aus denselben Gründen wie Sie und Mrs Gold, nehme ich an. Miss Parker hat für den MI5 gearbeitet. Aber auch für den Kreml.«

Ginger schnaubte. Die Indiskretion dieses Mannes verschlug ihr die Sprache.

»Was wollen Sie damit sagen, Superintendent Morris?«, setzte Haley nach.

»Dass Mary Parker gleichzeitig für die russische und die britische Regierung tätig war.«

Ginger wusste nicht, weshalb sie das überraschte. Dass die Grand Duchess eine Agentin gewesen war, hatte sie längst vermutet. Aber dass sie Dienerin zweier Herren gewesen war, gab dem Ganzen eine neue Qualität.

»Das erklärt einiges«, murmelte Haley. Sie schaute Ginger in die Augen. »Meine mysteriöse Freundin.«

Ginger hob leicht die Schultern und lächelte sie entschuldigend an. Auch wenn sie es schon tausendmal hatte tun wollen, über ihre Zeit beim Geheimdienst in den Kriegsjahren durfte sie keine Auskunft geben. Dabei hätte sie sich Haley nur zu gerne anvertraut. Und vielleicht auch Basil. Aber jetzt, wo das Verhältnis zu ihm so angespannt war, war sie dankbar, dass sie dieser Versuchung nie nachgegeben hatte.

Ginger starrte Morris unfreundlich ins Gesicht. Seine Indiskretion war unnötig und völlig fehl am Platz.

»Ich glaube, Sie kannten Mary Parker sehr wohl«, fuhr er fort. »Sie hat gedroht, eines Ihrer Geheimnisse aufzudecken, Mrs Gold. Und Sie haben …«

»Ihr das Genick gebrochen?« Ginger hob die Hände mit den schmalen Fingern.

»Ihre Gala hat Ihnen eine hervorragende Deckung geboten. So gibt es einen ganzen Trupp von Verdächtigen und doch keinen einzigen!«

»Superintendent!« Haley sprang auf. »Ich muss aufs Schärfste protestieren.«

Morris ignorierte sie und konzentrierte sich ganz auf Ginger. Dann zählte er an drei kurzen dicken Fingern ab.

»Sie hatten die Mittel, ein Motiv und die Gelegenheit.« Er fuhr herum und blaffte Haley an. »Genau wie Sie, übrigens. Sie könnten diesen Mord gemeinsam geplant haben.«

Die Hände in die breiten Hüften gestemmt, schleuderte Haley ihm mit einem vernichtenden Blick entgegen: »Weder Lady Gold noch ich hatten irgendetwas damit zu tun.«

Morris stieß laut die Luft durch die trockenen Lippen. »Sie müssen es natürlich abstreiten.«

»Sie erheben die wildesten Anschuldigungen ohne jeden Beweis«, sagte Ginger. »Andernfalls stünden längst ihre Constables mit Handschellen hier.« Zum Zeichen, dass das Gespräch für sie beendet war, stand sie auf und schlang die Finger ineinander. Und nein, sie würde ihm auf keinen Fall die Hand schütteln.

»Ich fürchte, Miss Higgins und ich sind sehr beschäftigt. Wenn Sie also nicht hier sind, um uns festzunehmen, dürfen wir Sie jetzt bitten zu gehen.«

Der Superintendent schnaubte. »Wie Sie wünschen. Guten Tag, die Damen.« Er drückte sich den Hut auf den Kopf, machte auf dem Absatz kehrt und stapfte wortlos aus dem Zimmer.

»Was für eine bodenlose Unverschämtheit!« Um ihrer Wut Luft zu machen, marschierte Ginger im Kreis. »Absolut unflätig, dieser Kerl.«

Haley setzte sich und atmete tief aus. »Da wirst du von mir keinen Widerspruch hören.«

Morris hatte sich benommen wie ein Elefant im Porzellanladen. Ginger war fassungslos. »Und so etwas nennt sich Superintendent!«

Boss schaute sie an und stieß ein zustimmendes Knurren aus.

»Ein paar faule Äpfel gibt es immer und überall«, sagte Haley. »Selbst in Boston.«

Der Terrier hörte seinen Namen und hob erneut den Kopf.

»Ja, auch dort«, bestätigte Ginger. »Ich fürchte nur, die Unfähigkeit dieses Mannes wird die Ermittlungen behindern. Und die sind jetzt schon schwierig genug.«

»Und ich fürchte, du musst ohne mich weiter brodeln vor Zorn.« Haley zeigte auf ihre Armbanduhr. »Ich muss meinen Bus erwischen.«

»Haley«, rief Ginger hinter ihr her.

»Ja?«

»Was du heute über mich gehört hast ... Ich darf mich doch darauf verlassen, dass das unter uns bleibt?«

Haley lächelte. »Selbstverständlich. Darum hättest du mich gar nicht erst bitten müssen.«

»Ich danke dir.«

GINGER HATTE EBENFALLS ZU TUN. Als sie sich angezogen hatte und durch die Stadt zur Regent Street gefahren war, hatte sie sich ein wenig beruhigt. Wie dumm von ihr, sich von diesem unverschämten Morris derart provozieren zu lassen. Sie war unschuldig, und die beste Möglichkeit, das zu beweisen, war, den echten Mörder zu finden.

Im *Feathers & Flair* kehrte wieder der Alltag ein. Es kamen kaum noch Schaulustige, sondern vor allem Kundinnen, die sich tatsächlich für exquisite Mode interessierten. Dorothy hatte sich beruhigt und sah nicht mehr aus, als wollte sie auf dem schnellsten Weg davonlaufen. Emma nähte, arbeitete an neuen Entwürfen und half Dorothy in den Verkaufsräumen. Madame Roux kümmerte sich vor allem um die begüterten, anspruchsvollen Kundinnen. Das traute die Französin Dorothy nicht zu, und Ginger war dankbar für ihr Urteilsvermögen.

Ein kalter Windstoß wehte Lady Whitmore über die Schwelle. Ginger freute sich, bereits Stammkundinnen zu haben. »Guten Tag, Lady Whitmore. Herzlich willkommen.«

»Auch Ihnen einen guten Tag, Lady Gold.« Die Frau wirkte nervös. Ihre Blicke huschten suchend über die Gesichter der anderen Kundinnen.

»Kann ich Ihnen helfen?«

»Eigentlich nicht. Wenn das in Ordnung ist, schaue ich mich nur ein bisschen um.«

»Selbstverständlich. Bitte lassen Sie mich oder Madame Roux wissen, wenn Sie Hilfe brauchen.«

Dorothy betreute im Obergeschoss die Kundinnen, die sich die Fabrikware anschauten. Das waren vor allem jüngere Frauen, etwa in ihrem Alter. Um die Damen der Oberschicht, wo viel Fingerspitzengefühl gefragt war, kümmerte sich Ginger gerne selbst.

Sie ging zur Kasse und schaute sich die Abrechnungen an. Alles schien in bester Ordnung zu sein. Lady Lyon hatte das Gesetz an jenem schicksalhaften Abend wenigstens nicht gleich zweimal gebrochen. Wieder einmal dankte Ginger dem Himmel für die verlässliche Madame Roux.

Als sie sich umwandte, sah sie gerade noch, wie sich Lady Whitmore die Treppe hinaufstahl. Ginger gluckste leise. Die eine oder andere Vertreterin der besseren Gesellschaft war doch insgeheim neugierig. Ein paar wenige hatten sogar bereits Kleider von der Stange gekauft. Ginger selbst tat das öfter. Sie nahm an, die lange Zeit in den Staaten hatte ihre Einstellung zu solchen Dingen beeinflusst.

Eine neue Lieferung vom Hutmacher traf ein, und sie wies dem Lieferanten den Weg. Er musste mehrmals hin- und herlaufen, doch er war freundlich und schien froh über seine Arbeit.

»Oh! Ich kann es kaum erwarten, einen Blick in die Schachteln zu werfen.« Emma eilte herbei.

Ginger wollte ihr gerade folgen, als sie sah, dass Lady Whitmore ins Erdgeschoss zurückgeschlichen kam. Abgelenkt von der neuen Lieferung hatte sie die Frau einen Moment lang vergessen.

Ihr Gesicht war fleckig und gerötet, und sie wirkte ein wenig aufgelöst.

»Ist alles in Ordnung, Lady Whitmore? Konnte unsere Miss West Ihnen weiterhelfen?«

»Ja. Ja. Sie war sehr hilfsbereit. Mir ist nur plötzlich ein wenig flau.« Damit eilte sie zur Tür.

»Ich hoffe, es geht Ihnen bald wieder gut!«, rief Ginger hinter ihr her.

Madame Roux hatte die Szene mit angesehen.

»Das war seltsam«, sagte Ginger.

»Allerdings. Nicht einmal für ein bisschen Tratsch hat Lady Whitmore sich Zeit genommen.«

Ginger grinste. »Dann geht es ihr wohl wirklich nicht gut.«

Dorothy kam die Treppe herunter. »Lady Whitmore hat sich sehr merkwürdig benommen.«

»Was hat sie denn getan?«

»Sie hat in den Taschen wirklich *aller* Kleidungsstücke gestöbert und auch zwischen den Schals auf dem Ständer.

Hat alles ziemlich durcheinandergebracht, wenn ich das so sagen darf.«

»Wonach sie wohl gesucht hat?«, überlegte Madame Roux.

Ginger schwieg, aber sie wusste es. Lady Whitmore interessierte sich für ein kleines Stück Zigarettenpapier.

KAPITEL SECHZEHN

*D*ank der Wegbeschreibung von Pippins fand Ginger ohne Schwierigkeiten zu Cherry Tree Manor, dem herrschaftlichen Anwesen am Stadtrand von London, das Lord und Lady Fitzhugh bewohnten. Die Fassade des imposanten viergeschossigen Steingebäudes war fast völlig mit Kletterpflanzen bewachsen. Eine gepflasterte Einfahrt schwang sich um einen repräsentativen Brunnen, der jetzt im Winter allerdings abgestellt war. Ginger hielt vor dem Haus. Der Motor ihres Daimlers kam stotternd und knatternd zum Schweigen. Irgendwann würde sie das alte Mädchen gegen etwas Neueres eintauschen. Vielleicht wenn das Wetter wieder freundlicher wurde.

Von einem Butler erwartete man ein ernstes oder auch ausdrucksloses Gesicht. Er sollte kaum bemerkt werden, geschweige denn seine Meinung kundtun, sondern schlicht seine Aufgaben erfüllen. Doch der Mann, der die Eingangstür von Cherry Tree Manor öffnete, blickte besonders sauertöpfisch drein. Was womöglich an der ausgesprochen übellaunigen und herrischen Dame des Hauses lag.

In der Eingangshalle musste Ginger geraume Zeit warten. Vermutlich zur Strafe, dachte sie, weil sie ohne Anmeldung hier erschien. Endlich kehrte der Butler zurück und führte sie in einen Salon. »Lady Gold«, kündigte er mit der Freundlichkeit einer Gewitterwolke an.

Lady Fitzhugh und Lady Meredith saßen aufrecht in ihren Ohrensesseln. Keine von beiden erhob sich, um sie zu begrüßen.

»Lady Gold«, sagte Lady Fitzhugh. »Hätten wir gewusst, dass Sie kommen, hätten wir Tee machen lassen.«

»Es tut mir leid, Sie ohne Vorankündigung zu belästigen, Lady Fitzhugh«, begann Ginger. »Ich hoffe, Sie schenken mir ein paar Minuten, damit wir über den … Vorfall … in meinem Modesalon sprechen können.«

»Ich habe mich schon gefragt, wann endlich jemand kommt. Wo ist denn dieser Chief Inspector? Müsste er Sie nicht begleiten?«

Auf die Gründe, weshalb sie ohne Reed hier war, wollte Ginger nicht näher eingehen. Sich selbst sagte sie, die Verdachtsmomente gegen die Fitzhughs seien einfach zu dünn. In Wahrheit fehlte ihr aber schlicht die Kraft, sich den Gefühlen zu stellen, die sie in Basils Gegenwart befielen.

Und abgesehen davon betrachtete sein Vorgesetzter sie als Verdächtige. Tat Basil das vielleicht inzwischen auch?

Interessant, dass Lady Fitzhugh offenbar erwartete, im Rahmen der Ermittlungen befragt zu werden. Andererseits passte das zu ihrem wichtigtuerischen Wesen.

»Darf ich mich setzen?«, fragte Ginger.

Lady Fitzhugh deutete ungnädig auf ein Sofa. »Bitte.«

Kaum hatte Ginger sich niedergelassen, da öffnete sich die Tür des Salons. Ein älterer Gentleman machte einen Schritt ins Zimmer, blieb dann aber abrupt stehen. Sein teurer Anzug konnte seinen Kugelbauch nicht verbergen. In sein breites Gesicht mit den ausgeprägten Hängebacken hatte die Zeit tiefe Furchen gegraben.

»Entschuldigung, die Damen.« Er sah beinahe verängstigt aus. Eilig zog er sich zurück.

»Lord Fitzhugh?«, fragte Ginger.

Lady Fitzhugh nickte geringschätzig.

Meredith hatte die Szene gelangweilt beobachtet. So als hätte sie schon häufig mit angesehen, wie ihr Vater sich beeilte, seiner Gattin aus dem Weg zu gehen. Die jüngere Frau, Ginger schätzte sie auf Ende zwanzig, zupfte an ihrem formlosen Kleid mit geschnürten Ärmeln, das ihrer ausladenden Figur leider gar nicht schmeichelte. Unglücklicherweise hatte sie die Größe ihrer Mutter und den Umfang ihres Vaters geerbt. Sie saß da wie ein Pinguin in einem goldenen Käfig und tat Ginger ein wenig leid.

Einen Moment lang suchte sie nach den passenden Worten, um das Gespräch zu beginnen. Schließlich konnte sie nicht kurzerhand fragen, ob Meredith die Grand Duchess aus Neid auf deren Schönheit getötet hatte. Wenn sie wirklich etwas erfahren wollte, durfte sie die Damen nicht vor den Kopf stoßen. Sie musste diplomatisch vorgehen.

»War Ihnen die Grand Duchess vor der Gala schon einmal begegnet?«

Die Antwort kam von der Mutter. »Nein. Und wenn dem so wäre, ginge Sie das etwas an?«

»Ich versuche nur, ein wenig mehr über die russische Adelige herauszufinden. Jeder kleinste Hinweis könnte der Schlüssel zu diesem Fall sein.«

»Zu wessen Fall? *Ihrem?*«

»Chief Inspector Reed hat mich gebeten, mich ein

wenig ... umzuhören. Ich begleite ihn oft zu seinen Befragungen.«

»Aber dies hier ist keine«, blaffte die Herrin des Hauses.

»Nein. Sie gehören nicht zum Kreis der Verdächtigen, Lady Fitzhugh. Ich spreche nur reihum mit den Gästen meiner Gala und hoffe, damit etwas Klarheit zu bekommen. Sie müssen sich nicht angegriffen fühlen.«

»Wie Sie meinen. Ihre Antwort haben Sie ja jetzt. Diese Frau war mir unbekannt, und vor der Gala hatte ich noch nie von ihr gehört.«

»Und Sie, Lady Meredith? Hatten sich Ihre Wege und die der Grand Duchess Olga Pawlowna Orlowa schon einmal gekreuzt?«

Die junge Frau schien geradezu erschrocken, dass sie persönlich angesprochen wurde.

»Ich habe doch gerade gesagt, wir hatten noch nie von ihr gehört.« Lady Fitzhugh kniff die Augen zusammen, ihr Mund war ein schmaler Strich.

»Bei allem Respekt, Lady Fitzhugh. Sie sagten, *Sie* hätten noch nie von ihr gehört. Aber vielleicht Ihre Tochter. Sicher sind Sie beide nicht ununterbrochen zusammen, und sie hat einen eigenen Bekanntenkreis. Vielleicht hat dort jemand die Grand Duchess erwähnt.«

Die beiden Frauen starrten Ginger in schockiertem Schweigen an. Lady Fitzhugh voller Empörung, ihre Tochter mit einer gewissen Bewunderung.

»Welche Impertinenz!«, japste Lady Fitzhugh.

Ginger wollte sich weder von den schlechten Manieren noch vom wichtigtuerischen Gehabe der Frau beeindrucken lassen. Sie lächelte die Tochter freundlich an. »Wissen Sie vielleicht etwas?«

»Nein, Lady Gold. Sie war mir noch nie begegnet. Aber

sie sah fabelhaft aus, nicht wahr? Was für ein Jammer, dass sie sterben musste.«

Die Art, wie Lady Meredith das sagte, ohne einen Funken von Leben in den ausdruckslosen Augen, ließ Ginger erschauern.

NACH DEM UNERFREULICHEN Gespräch mit Mutter und Tochter Fitzhugh kehrte Ginger in ihren Modesalon zurück. Dort lief alles wieder in geordneten Bahnen, doch ihre innere Unruhe wuchs. Hier war eine Frau gestorben, und Scotland Yard schien bei den Ermittlungen noch keinen Schritt weiter. Reed hatte ihr versichert, seine besten Männer würden tun, was sie konnten, aber auch bedauernd darauf hingewiesen, dass manche Mordfälle nie gelöst wurden. Selbst solche in der besseren Gesellschaft.

Aber so leicht wollte Ginger nicht aufgeben. Die High Society war ein überschaubarer Kreis. Sie musste sich mit den Lady Whitmores von London unterhalten, um herauszufinden, ob Grand Duchess Olga Pawlowna Orlowa etwas zu verbergen gehabt hatte, und wenn ja, was. Die Antwort auf diese Frage würde mit ziemlicher Sicherheit zu ihrem Mörder führen. Nur leider kannte sie ›die Lady Whitmores‹ von London noch nicht. Dafür lebte sie noch nicht lange genug hier.

Aber sie kannte jemanden, der wiederum diese Frauen kannte. Mrs Schofield.

»Madame Roux«, begann Ginger, als gerade einmal keine Kundinnen im Laden waren. »Kommen Sie hier zurecht, wenn ich noch einmal wegmuss? Vielleicht sogar für den Rest des Tages?«

»*Mais oui*, Lady Gold. Selbstverständlich.«

»Fabelhaft. Dann sehen wir uns morgen wieder.«

Ginger fuhr zurück zum Hartigan House und stellte den Daimler in die Garage. Anstatt wie normalerweise direkt durch die Küche ins Haus zu gehen, nahm sie den schmalen Pfad quer durch die Hecke, die ihr Grundstück von Mrs Schofields trennte, und ging um das Haus zur Eingangstür.

Das Gebäude war beinahe so ansehnlich wie Hartigan House, wenn auch um einiges kleiner. Ginger betätigte den Türklopfer und wurde von Lucy, dem Hausmädchen der Schofields, begrüßt.

»Guten Tag, Lucy. Ist Mrs Schofield zu sprechen?«

»Ja, Madam. Ich sage ihr, dass Sie hier sind.«

Ginger musste nur einen kurzen Moment in der Eingangshalle warten, bis Lucy zurückkam.

»Mrs Schofield erwartet Sie im Wohnzimmer.«

Ginger folgte Lucy zu der älteren Dame.

»Lady Gold! Was für eine wunderbare Überraschung. Und der Zeitpunkt könnte nicht besser sein! Ich habe mich gerade zum Tee hingesetzt. Lucy, bringen Sie uns eine zweite Tasse und einen Teller mit Sandwiches und Kuchen.«

»Vielen Dank, dass Sie sich Zeit für mich nehmen.« Ginger setzte sich ihrer Gastgeberin gegenüber.

»Ich hoffe, es steht alles zum Besten?«, sagte Mrs Schofield. »Der Dowager Lady geht es doch gut?«

»Oh ja. Und sie freut sich schon auf Ihren nächsten Besuch.« Eine freundliche kleine Lüge hin und wieder zur Pflege gutnachbarschaftlicher Beziehungen konnte nicht schaden.

»Die Freude ist ganz meinerseits«, sagte Mrs Schofield.

»Aber Ihre Großmutter hat so selten Zeit. Für eine Frau ihres Alters ist sie sehr beschäftigt.«

»Ja. Nun …«

Zum Glück kam in diesem Augenblick Lucy mit der zusätzlichen Teetasse, den Küchlein und den in Dreiecke geschnittenen Gurkensandwiches zurück. Mrs Schofield goss den Tee eigenhändig ein.

»Sicher sind Sie nicht nur gekommen, um zu sehen, was eine alte Frau den lieben langen Tag lang so macht. Womit kann ich Ihnen helfen, Lady Gold?«

»Ich bitte Sie«, entgegnete Ginger leichthin. »Ihr Wohlergehen liegt mir immer am Herzen. Und wie geht es Ihrem Enkel?«

»Alfred geht es blendend. Einerseits lebt er, als hätte es den Krieg nie gegeben, andererseits, als würde die Welt morgen untergehen.« Die alte Dame warf Ginger einen bedeutungsschweren Blick zu. »Es wäre so schön, ihn mit einer netten Frau zusammen zu sehen, womöglich sogar mit einer Witwe, mit der er ein wenig zur Ruhe käme.«

»Oh ja, sicher.« Ginger redete schnell weiter, bevor ihre Nachbarin ein weiteres gemeinsames Abendessen vorschlagen konnte, um sie mit ihrem Enkel zu verkuppeln. »Aber wo Sie schon fragen, Mrs Schofield, ich suche nach Informationen und dachte, Sie können mir vielleicht helfen.«

Die alte Dame beugte sich interessiert vor. »Jetzt bin ich gespannt. Was möchten Sie denn wissen?«

»Vom Tod der russischen Grand Duchess Olga Pawlowna Orlowa haben Sie gehört, nehme ich an?«

»Oh ja. Was für eine Tragödie! Es ist in Ihrem Modesalon passiert, nicht wahr?«

»Ja, aber es ist seltsam. Niemand scheint etwas über diese Frau zu wissen.«

»Und Sie denken, ich kann Ihnen etwas über sie erzählen?«

Ginger nickte. »Ja. Oder vielleicht kennen Sie ja jemanden, der etwas weiß.«

»Ich muss sagen, ich fühle mich geschmeichelt, Lady Gold.«

Ginger gab Mrs Schofield Zeit zum Nachdenken.

»Sie könnten mit Mrs Needham sprechen. Sie sitzt im Krankenhauskomitee und weiß so ziemlich alles über jeden, der einmal behandelt wurde. Oder mit Mrs Silcox, die die Wohltätigkeitsorganisation ihrer Familie leitet. Sie ist durch und durch High Society.« Mrs Schofields Augen blitzten. Sie kniff die faltigen Lider zusammen. »Oder ich sage Ihnen einfach, was ich weiß.«

»Oh bitte, Mrs Schofield. Jede Kleinigkeit könnte weiterhelfen.« Und abgesehen davon erschwerte das Unterschlagen von Informationen die Ermittlungen und war strafbar, dachte Ginger. Aber das behielt sie für sich.

»Die Grand Duchess Olga Pawlowna ist tot.« Mrs Schofield betrachtete ihre lackierten Fingernägel.

»Das weiß ich.«

»Nein, ich meine, sie ist schon als Kind gestorben. Wer in Ihrem Modesalon ums Leben gekommen ist, weiß ich nicht. Aber die Grand Duchess kann es nicht gewesen sein.«

»Eine Hochstaplerin? Aber wie konnte sie nach England gelangen?«

»Soweit ich höre, ist es heutzutage nicht schwer, an falsche Papiere zu kommen. Wenn man die richtigen Leute kennt.«

Das war Ginger nur allzu bewusst. Aber wer immer die falsche Identität der Ermordeten geschaffen hatte, war kein Anfänger gewesen. Um als ausländische Adelige durchzugehen, brauchte man mehr als ein bisschen Glück. Dafür brauchte man Hilfe aus ganz bestimmten Kreisen.

»Woher wissen Sie, dass die echte Grand Duchess schon längst gestorben ist, Mrs Schofield? Das ist nicht einmal Scotland Yard bekannt.«

Die alte Dame lächelte listig. »Sie erwarten doch wohl nicht, dass ich meine Quellen preisgebe.«

»Nun ja ...«

Sie lachte. »Schon gut. Als Kind hatte ich eine Gouvernante aus Russland. Sie hat gern mit mir über ihre Heimat gesprochen und mir viel über den dortigen Adel erzählt.«

KAPITEL SIEBZEHN

*G*inger faltete die Abendzeitung und legte sie neben ihren Teller. *Wer ist die Grand Duchess?*, lautete die Schlagzeile des Artikels von Blake Brown.

Mit einem lackierten Fingernagel tippte sie auf seinen Namen. »Wie hat er so schnell davon Wind bekommen? Ich habe doch erst vor einer Stunde bei Scotland Yard angerufen.«

»Vielleicht war man dort ja auch bereits an der Sache dran«, gab Haley zu bedenken. »Schließlich ist das die Aufgabe der Polizei.«

»Möglich. Jedenfalls hat Mr Browns Kontakt bei Scotland Yard keine Zeit verschwendet und die Information sofort an ihn weitergeleitet.«

»Mir fällt auf, dass du häufig vom ›Yard‹ oder von ›der Wache‹ sprichst und nicht wie sonst von ›Basil‹.« Haley legte den Kopf schief. »Ist euer Verhältnis denn tatsächlich so angespannt?«

»Wenn wir uns sehen, geht es immer nur strikt um den Fall. Kein freundlicher Small Talk, keine Scherze.«

»Kein Flirten, heißt das wohl.«

»Wenn du es so deutlich ausdrücken musst – ja. Kein Flirten. Mrs Reed ist zurück. Und selbst wenn sie nicht persönlich anwesend ist, ist sie doch immer da.«

»Und dieser Fall? Man kann nicht behaupten, dass du die Ermittlungen ihm überlässt. Aber klug ist es vermutlich nicht, wenn du weiterhin allein Erkundigungen einziehst. Denn wer immer die angebliche Grand Duchess auf dem Gewissen hat, hat vermutlich keine Skrupel, sich notfalls auch an dir zu vergreifen.«

Während des Kriegs hatte Ginger gelernt, sich zu verteidigen, und glaubte, einen Angreifer noch immer gut abwehren zu können. Trotzdem musste sie Haley recht geben. Wenn der Mörder ganz überraschend zuschlug ...

»Du könntest mich begleiten«, schlug Ginger vor. »Zu zweit wären wir stärker.«

»Ich wünschte, das könnte ich!«, sagte Haley. »Aber mein Studium lässt mir wenig Zeit.«

»Zum Teetrinken wird es doch wohl reichen. Ich denke an einen kleinen Besuch im Ritz.«

»Im Ritz? Jemanden wie mich lassen die doch gar nicht hinein.«

»Unsinn. Ich leihe dir etwas Hübsches zum Anziehen.«

»Warum sollte ich mich verkleiden? Ich mag weder Tee noch reiche Snobs.« Schnell fügte Haley hinzu: »Du bist damit natürlich nicht gemeint.«

Ginger ignorierte den Seitenhieb.

»Betrachte es als Spionageoperation. Als Teil der Ermittlungen. Und vergiss den Tee. Wir trinken Cocktails.«

»Deine Einladung klingt jetzt schon viel interessanter. Wen spionieren wir denn aus?«

»Prinzessin Sophia von Altenhofen.«

»Ach? Und warum?«

»Nun, wir haben eine Grand Duchess, die keine war, eine Prinzessin, die keine mehr ist, und eine Gräfin, die sich offenbar in Luft aufgelöst hat.«

»Ein aristokratisches Rätsel.«

»Und weil die eine tot ist und die andere nicht auffindbar …«

»Bleibt nur die Prinzessin.« Haley stand auf und rieb sich tatenlustig die Hände. »Her mit der Verkleidung.«

Eineinhalb Stunden später, doppelt so lang, wie es nach Haleys Geschmack hätte dauern müssen, standen sie im Ritz.

»Diese Sachen stehen dir wirklich gut«, sagte Ginger. »Und das sehen auch andere so.« Sie nickte zu einem Tisch hin, von dem aus zwei Gentlemen zu ihnen herübersahen. Die beiden hoben grüßend ihre Gläser.

»Wir sind zum Arbeiten hier, Ginger. Nicht zum Vergnügen.«

»Kann man das eine nicht mit dem anderen verbinden?«

Ginger hatte Haley in dieselbe Cocktaillounge geführt, in der sie vor ein paar Tagen mit Reed gesessen hatte. Haley schnalzte mit der Zunge. »So lebt es sich also in der feinen Gesellschaft.«

»Das Ritz hier ist das zweite Hotel, das der Schweizer Hotelier Cesar Ritz hat bauen lassen. Das erste steht in Paris.«

»Sieht aus, als hätte er aufs richtige Pferd gesetzt.«

»Könnte man sagen.«

Sie suchten sich einen Tisch, von dem aus sie den gesamten Raum überblicken konnten, und hängten ihre Handtaschen an die Rückenlehnen ihrer Stühle.

»Wie kommst du darauf, dass die Prinzessin sich hier zeigen wird?«, fragte Haley.

»Es ist nur so ein Gefühl. Dass sie abends gern allein durch die Straßen Londons wandert, kann ich mir nicht vorstellen.«

Ginger bestellte eine Platte mit Käse, Crackern, Kaviar und köstlichem Minzgelee. Dazu tranken sie einen feinen französischen Burgunder.

Nach dem ersten Bissen stöhnte Haley genießerisch auf. »Solche Spionageoperationen liebe ich.«

Ginger prostete ihr zu. »Auf uns Spioninnen.«

Nach einem weiteren Bissen fragte Haley: »Hast du in letzter Zeit von Louisa gehört?«

»Tatsächlich, ja.«

Haley hatte als Krankenschwester für Gingers inzwischen verstorbenen Vater bei der Familie Hartigan gelebt und Gingers Halbschwester gut kennengelernt. Ginger war zehn Jahre älter als Louisa, wobei sich Louisa kaum je ihrem Alter entsprechend benahm. Sally, Louisas Mutter und Gingers Stiefmutter, aber auch ihr gemeinsamer Vater hatten Louisa nach Strich und Faden verwöhnt. Der Wunsch, Sallys Haus zu verlassen, war einer der Gründe für Gingers Umzug nach England gewesen. Und sie nahm an, dass ihre Stiefmutter danach genauso aufgeatmet hatte wie sie. Doch auch wenn Lousia, um die erwünschte Aufmerksamkeit zu bekommen, gerne schmollte oder sich danebenbenahm, war sie nun mal ihre Schwester, und Ginger liebte sie von Herzen.

»Erst heute Morgen ist ein Brief von ihr gekommen«, sagte sie. »Gut, dass du fragst. Sie schickt dir liebe Grüße.«

»Kein Ärger irgendwelcher Art?«

»Na ja, du kennst ja Louisa. Sie hat ihren eigenen Kopf.«

Haley strich Minzgelee auf einen Cracker. »Ein kleines

bisschen fehlen mir ihre Marotten. Obwohl Felicia uns auch ganz gut unterhält.«

Ginger nahm einen Schluck Wein und nickte. »Ja, allerdings.«

»Wann siehst du Louisa denn wieder?«

»Ich habe sie nach London eingeladen, sobald sie ihren Abschluss hat.«

Haley steckte sich den Cracker in den Mund.

»Na also, die Prinzessin.« Ginger spähte über die Schulter ihrer Freundin. »Tu so, als würdest du zum Barkeeper hinüberschauen.«

Haley drehte langsam den Kopf. Dabei legte sie vornehm eine Hand über ihren vollen Mund. Sie beobachtete, wie die Prinzessin auf einen Tisch zusteuerte. In Begleitung eines Gentlemans. Ginger hatte ihn ankommen sehen. Doch sein Hut hatte sein Gesicht verdeckt, und als er ihn abgenommen hatte, hatte er ihr den Rücken zugekehrt. Jetzt konnte sie nur ein Stück von seinem Kopf sehen: verwaschen blondes, von Grau durchzogenes Haar, das er mithilfe von viel Pomade und einem feinen Kamm nach hinten frisiert hatte.

»Ich wünschte, ich hätte einen besseren Blick auf ihren Begleiter«, sagte sie.

»Möchtest du vielleicht die Damentoilette aufsuchen?«, schlug Haley vor. »Dann könntest du an den beiden vorbeigehen.«

»Die Prinzessin würde mich unweigerlich bemerken.« Ginger tätschelte ihren roten Bob. »Aber du könntest es versuchen.«

»Und woher soll ich wissen, wer der Mann ist? Ich kenne nur Leute, die mit Medizin zu tun haben.«

»Du könntest ihn mir beschreiben. Vielleicht war er ja bei der Gala.«

»Okay.« Haley stand auf, strich ihr Kleid zurecht und machte sich auf den Weg.

»Haley«, rief Ginger leise hinter ihr her. »Deine Handtasche.«

»Ach so, ja.« Haley nahm die kleine Clutch und hielt sie sich halb vors Gesicht, während sie am Tisch der Prinzessin vorbeiging.

Schlau, dachte Ginger. Die Prinzessin konnte Haley von der Gala her kennen, auch wenn sie dort nicht miteinander gesprochen hatten.

Ginger vermied jeden Blickkontakt mit den beiden Männern, die ihnen vorhin zugeprostet hatten, um sie nicht zu ermutigen. Ihre Freundin war bald zurück und setzte sich wieder.

»Und?«

»Ich habe ihn erkannt. Er war bei deiner Gala.«

Ginger beugte sich näher. »Ach. Und wer ist er?«

Haley sah aus, als müsste sie sich auf die Innenseite der Wange beißen, um nicht zu grinsen. »Lord Whitmore.«

Ginger fiel die Kinnlade herunter. »Du liebe Güte.«

»Und sie halten Händchen. Unter dem Tisch.«

»Nein! Er hat eine Affäre?«

»So wie die beiden sich anschauen, eindeutig Ja.«

»Aber er ist …«

»Er ist was?«, fragte Haley.

Beim britischen Geheimdienst.

»… doch verheiratet«, antwortete Ginger. »Die arme Frau.«

KAPITEL ACHTZEHN

*G*inger tätschelte Haleys behandschuhte Hand. »Du hältst die Augen offen, ich schaue mich im Zimmer der Prinzessin um, während sie hier beschäftigt ist.«

»Wie willst du das machen? Sicher ist es abgeschlossen.«

Ginger neigte den Kopf und lächelte schief. »Hast du unsere Abenteuer auf der *SS Rosa* vergessen?«

»Ha! Wie könnte ich das je?«

»Dann erinnerst du dich sicher auch an meine überaus nützlichen Hutnadeln.« Ginger tippte an die Nadel, die ihre Cloche aus weißem Satin sicher an ihrem Platz hielt.

Haley kicherte. »Oh ja. Lass dich nicht aufhalten.«

Zum Glück war gerade Schichtwechsel, und ein jüngerer Fahrstuhlführer löste den älteren ab. Ein Vorteil für Ginger, denn der Mann, der tagsüber arbeitete, würde wissen, dass die Prinzessin ihr Stockwerk verlassen hatte. Ginger trat in die Kabine. Die aufwendig verzierten Messingtüren schlossen sich hinter ihr und dem jungen Mann. Feine Stoppeln überzogen seine rötlichen Wangen. Sie lächelte ihn strahlend an, senkte das Kinn und klimperte mit den getuschten Wimpern.

»Hallo, junger Mann«, sagte sie in einem breiten amerikanischen Akzent. Dabei spielte sie mit den Perlen an ihrem Hals.

Die rosige Gesichtsfarbe des Fahrstuhlführers wurde einen Ton dunkler. »Madam. Welches Stockwerk?«

»Mrs Ford, bitte.«

Ginger tätschelte seinen Arm, und seine Augen weiteten sich.

»Sind wir uns schon einmal begegnet?«, fragte sie. »Ich war schon ein paarmal in London und komme gerade frisch aus den Staaten. Mit meinem Mann Henry.«

Der Fahrstuhlführer schluckte. »Henry Ford? Dem Automobilhersteller?«

Ginger kicherte. »Ja, genau! Wir haben uns gerade etwas Eigenes in Westminster gekauft.«

»Willkommen in London, Madam!«

»Vielen Dank.«

Dem jungen Mann schien seine Aufgabe wieder einzufallen. »Welches Stockwerk bitte, Madam?«

»Ach, herrje. Das weiß ich gar nicht mehr genau. Ich möchte meine liebe Freundin Prinzessin Sophia von Altenhofen besuchen.« Ginger wühlte in ihrer Handtasche. »Aber ich glaube, ich habe den Zettel mit ihrer Zimmernummer verlegt.«

»Schon gut, Mrs Ford. Sie hat Zimmer vier. Ganz oben.«

»Fantastisch!«

Der Aufzug ratterte los und hielt im obersten Stockwerk. Ginger gab dem Fahrstuhlführer ein großzügiges Trinkgeld und hoffte auf besondere Diskretion. Sie wartete, bis die

Kabine wieder nach unten fuhr, bevor sie zu Zimmer vier eilte.

Mit ihrer Hutnadel bearbeitete sie konzentriert das Schloss und löste nacheinander die Stifte in seinem Inneren aus ihrer Position. Zufrieden hörte sie das leise Klicken, mit dem es aufsprang. Dann schlüpfte sie in das luxuriöse Zimmer der Prinzessin.

Einen Moment lang bewunderte sie das Dekor, die hellen Wände und den hell gemusterten Teppich. Nie zuvor hatte Ginger ein so großes Bett gesehen. Die dick gepolsterte Kopfstütze war mit einem apricotfarbenen Stoff bezogen, der Überwurf und der Fußschemel hatten dieselbe Farbe. Es gab einen offenen Kamin mit einem goldfarbenen Sims, einen weißen Frisiertisch mit passender Kommode sowie einen Sessel mit einem gefälligen Muster in Apricot und Weiß. An einem großen Fenster, das fast eine ganze Wand einnahm, standen ein weißer Tisch und ein weißer Stuhl.

Als Erstes inspizierte Ginger den Frisiertisch, anschließend die Schubladen der Kommode, den Kleiderschrank und die Nachttische. Nirgends fand sie etwas, was sie weiterbrachte. Ein wenig enttäuscht schaute sie sich um und schob kurzerhand die Finger unter die Matratze. Sie strich erst an einer Seite, dann am Fußende des Betts entlang und tastete auch die andere Seite ab. Etwa in der Mitte stieß sie auf einen Gegenstand und zog ihn hervor. Es handelte sich um einen kleinen Samtbeutel. Sie öffnete ihn und spähte hinein.

»Was sagt man dazu.« Sie blieb bei ihrem amerikanischen Akzent.

In dem Beutel lag der *Blue Desire* samt der feinen Silberkette. Sie hielt den Stein gegen das Licht. Er wirkte sehr echt, aber mit letzter Sicherheit konnte das nur ein Juwelier bestätigen.

Ginger ließ den blauen Diamanten wieder in den Beutel fallen und steckte ihn dorthin zurück, wo sie ihn gefunden hatte. Ihr Herz jagte. Sie war schon viel zu lange hier. Die Prinzessin konnte jeden Moment zurück sein. Mit einem kurzen Blick vergewisserte sie sich, dass alles genauso aussah, wie sie es vorgefunden hatte. Schließlich öffnete sie die Tür einen Spalt breit, spähte vorsichtig in den Flur, wich aber schnell wieder ins Zimmer zurück, weil sie draußen eine männliche und eine weibliche Stimme hörte.

Waren das die Prinzessin und Lord Whitmore? Ginger überlegte, wo sie sich verstecken konnte. Im Kleiderschrank vielleicht? Nein. Womöglich wollte sich die Prinzessin umziehen. Unter dem Bett! Ein unschöner Gedanke.

Doch anstatt lauter zu werden, verhallten die Stimmen, und Ginger hörte, wie sich eine Tür schloss. Sie stieß den Atem aus und warf erneut einen Blick in den Korridor. Niemand da. Schnell schlüpfte sie aus dem Zimmer. Diesmal nahm sie nicht den Fahrstuhl, sondern eilte Richtung Treppe. Schließlich wollte sie nicht der Prinzessin in die Arme laufen, falls die gerade jetzt zurückkam. Als ein Angestellter mit indischem Aussehen einen Wäschewagen um die Ecke schob, verlangsamte sie ihren Schritt. Er ging vorbei und wandte dabei höflich den Blick ab.

Über die dick mit Teppichen ausgelegten Treppen eilte sie Stockwerk für Stockwerk hinunter bis in die Lobby. Ein wenig außer Atem blieb sie dort stehen. Besser hätte sie es nicht planen können, denn die Prinzessin trat gerade in den Fahrstuhl, und Ginger sah den verwirrten Blick des jungen Fahrstuhlführers. Sie konnte nur hoffen, dass er den Mund hielt. Ganz sicher spürte er ihr großzügiges Trinkgeld noch in der Hosentasche.

Haley kam aus der Lounge in die Lobby. »Da bist du ja!«

In ihre dunklen Augen trat Erleichterung.

»Keine Sorge.« Jetzt sprach Ginger wieder in ihrem angestammten Londoner Akzent. »Prinzessin Sophia ist gerade in den Fahrstuhl gestiegen.«

Haley legte die Finger an ihre Kehle. »Ich bin fast gestorben vor Angst. Ich dachte, sie würde dich auf frischer Tat ertappen. Dem Himmel sei Dank, dass du ihr Zimmer rechtzeitig verlassen hast.«

»Ja, ein Glück.«

»Und? Hast du etwas gefunden?«

Ginger berichtete von ihrer Entdeckung.

»Schon wieder dieser blaue Diamant«, sagte Haley nachdenklich.

»Wie sie wohl an den gekommen ist?«, überlegte Ginger. »Könnte sie die Mörderin sein?«

Haley hob eine Schulter. »Wir wissen ja nicht einmal, ob der Stein echt ist.«

Sie gingen zum Empfangstresen.

»Entschuldigen Sie«, schnurrte Ginger betont weiblich.

Der Hotelangestellte blickte auf. »Was kann ich für Sie tun?«

»Ich müsste dringend telefonieren.«

Der Mann wies sie zur Kabine mit dem Telefon gleich neben dem Tresen, wo sie die Nummer von Scotland Yard wählte und nach Chief Inspector Reed fragte.

Sehr glücklich war er nicht über ihre eigenmächtige Spionageoperation.

»Ginger«, rügte er sie. »Was, wenn die Frau Sie in ihrem Zimmer ertappt hätte?«

»Das hat sie nicht, und nur darauf kommt es an. Ich habe alles so zurückgelassen, wie ich es vorgefunden habe. Sogar den blauen Diamanten.«

»Dass der unter der Matratze lag, überrascht mich. Lord Lyon hat die Kopie nämlich hierher auf die Wache gebracht. Lady Lyon hat nun doch gestanden, das Schmuckstück an sich genommen zu haben, beteuert aber, die Grand Duchess sei zu diesem Zeitpunkt bereits tot gewesen.«

Lady Lyon – wie unverfroren!

»Dann ist der Stein hier vermutlich der echte«, sagte Ginger.

»Der Mörder muss das gewusst haben. Sonst hätte er oder sie den Diamanten der Grand Duchess sicher an sich genommen, und Lady Lyon wäre nicht in Versuchung geraten.«

»Dann ist die Prinzessin vielleicht tatsächlich die Mörderin.«

»Wo ist sie jetzt?«

»Vor wenigen Augenblicken mit dem Fahrstuhl nach oben gefahren.«

»Ich besorge mir einen Haftbefehl und komme, so schnell ich kann.«

»Wir warten hier auf Sie.«

Ginger und Haley kehrten in die Lounge zurück, wo der Geräuschpegel aus Musik und angeregten Unterhaltungen dafür sorgen würde, dass niemand sie belauschen konnte. Sie bestellten sich Brandy. Dicht über die Flamme der Kerze auf der Tischmitte gebeugt unterhielten sie sich leise.

»Glaubst du, Sophia von Altenhofen hat Mary Parker umgebracht, um an den echten *Blue Desire* zu kommen?«, fragte Haley. »Und hat der Toten dann eine Kopie umgehängt, um nicht entlarvt zu werden?«

»Schon möglich.« Ginger nippte an ihrem Brandy. »Als Reed und ich mit der Prinzessin gesprochen haben, wusste sie, dass die Grand Duchess eine Fälschung trug.«

Haley schob sich eine Locke hinters Ohr. »Vielleicht, weil sie sich den echten Stein schon geholt hatte.«

»Aber wenn sie die Mörderin wäre, weshalb sollte sie dann zugeben, dass sie von der Kopie wusste?«, überlegte Ginger. »Ihr muss doch klar sein, dass sie sich damit verdächtig macht.«

»Womöglich war sie sich einfach *zu* sicher«, gab Haley zu bedenken. »Aber ganz gleich, was passiert ist – der *Blue Desire* kann der Prinzessin nicht gehören. Sonst hätte sie bei der Ankunft der Grand Duchess auf deiner Gala eine Szene gemacht.« Haley ließ die Eiswürfel in ihrem Glas aneinanderklirren und schaute nachdenklich in die bernsteinfarbene Flüssigkeit. »Wenn das Schmuckstück weder der Prinzessin noch der Grand Duchess gehört hat, wem dann?«

Bevor Ginger etwas dazu sagen konnte, erschien Reed an ihrem Tisch. Er zog ein gefaltetes Stück Papier aus der Innentasche seines Jacketts.

»Der Haftbefehl.«

»Das ging ja schnell«, stellte Ginger fest.

»Richter Snelling liegt daran, den Fall so schnell wie möglich abzuschließen. Würden Sie mich bitte begleiten? Schließlich wissen Sie genau, wo …« Er senkte die Stimme. »… ich finde, was wir suchen.«

Ginger war bereits aufgestanden. »Selbstverständlich. Es macht Ihnen doch nichts aus, wenn Miss Higgins mitkommt?«

Nach kurzem Zögern hob Reed die Schultern. »Miss Higgins.«

Verstärkt durch eine Hotelangestellte zwängten sie sich in die Fahrstuhlkabine. Diesmal begrüßte Ginger den Fahrstuhlführer nicht in der Rolle der wohlhabenden Amerikanerin. Stattdessen zeigte Reed seinen Dienstausweis vor. »Polizeiliche Angelegenheit. Oberstes Stockwerk.«

Der Fahrstuhlführer legte die Stirn in Falten und machte ein ernstes Gesicht. »Ja, Sir.«

Oben klopfte Reed an die Zimmertür der Prinzessin. »Prinzessin von Altenhofen? Polizei. Bitte machen Sie auf.«

Drinnen blieb alles still, und Reed klopfte noch einmal. Als sich nichts regte, bat er das Hausmädchen mit einer Geste, die Tür aufzuschließen.

»Du liebe Güte«, flüsterte Ginger.

Prinzessin Sophia von Altenhofen lag auf ihrem Bett. Ihre Haut war weiß wie Porzellan, die leblosen Augen standen weit offen.

KAPITEL NEUNZEHN

Sofort tastete Haley nach einem Puls am Hals und an den Handgelenken der Frau. Dann schaute sie Ginger und Reed an und schüttelte den Kopf. »Sie ist tot, aber noch warm. Es muss vor ganz kurzer Zeit passiert sein.«

Reed hetzte in den Korridor, suchte in beiden Richtungen und schaute dann noch einmal ins Zimmer. »Ich rufe vom Empfangstresen aus auf der Wache an. Macht es Ihnen etwas aus, hierzubleiben?«

»Nein«, sagte Ginger. »Ich bezweifle, dass der Täter gleich noch einmal zurückkommt.«

Reed nickte und verschwand.

Haley untersuchte die Tote behutsam.

»Kannst du eine Todesursache feststellen?«

»Sieht nach einem Genickbruch aus.«

»So wie bei Mary Parker?«

»Nach dem ersten Eindruck, ja.«

Ginger ging auf die andere Seite des Betts und schob die

Finger unter die Matratze. Mit angespannter Miene bewegte sie die Hand auf und ab.

»Was ist?«, fragte Haley.

»Der *Blue Desire*«, sagte sie. »Er ist weg.«

»Vielleicht hat sich der Mörder ja das geholt, was er oder sie schon beim letzten Mord hat stehlen wollen.«

»Aber Lady Lyon hat zugegeben, nach Mary Parkers Tod die Kopie des Diamanten an sich gebracht zu haben.« Ginger spähte in die Nachttischschubladen.

»Vielleicht hat sie ja gelogen.«

»Du glaubst, Lady Lyon hat die beiden Frauen auf dem Gewissen?« Ginger blickte auf.

»Gänzlich auszuschließen ist das nicht.«

»Sie hatte keine Kratzwunden an den Armen.«

Haley neigte den Kopf. »Guter Hinweis.«

»Und was ist mit der Geheimschrift auf dem Zigarettenpapier?«, fuhr Ginger fort. »Wie passt die zu allem, was passiert ist?«

»Keine Ahnung. Aber wer immer das hier getan hat, war zur selben Zeit wie wir hier im Ritz.«

»Hast du auf dem Weg zur Damentoilette noch jemand anderen gesehen, der meine Gala besucht hat? Ich meine, außer Lord Whitmore?«

Haley schüttelte den Kopf. »Warum? Glaubst du, Lord Whitmore hat die Prinzessin umgebracht? Er könnte rasch die Treppe hinaufgestiegen sein, während die Prinzessin den Fahrstuhl genommen hat.«

»Aber ich habe die Treppen nach unten genommen. Spätestens in der Lobby hätte ich ihn gesehen.«

»Es sei denn, er hat dich bemerkt und sich hinter einer Topfpflanze oder in der Herrentoilette versteckt.«

Ginger schnaubte. »Das wird ja immer rätselhafter.«

Reed kam zurück, und Ginger berichtete von dem fehlenden Diamanten und den Überlegungen, die sie angestellt hatten.

Kurz darauf betraten Sergeant Scott und zwei Constables das Hotelzimmer.

»Es gibt keine Spuren eines Einbruchs«, sagte Reed.

»Und keine sichtbaren Abwehrverletzungen«, fügte Haley hinzu. »Allerdings trägt die Prinzessin ellbogenlange Handschuhe. Etwaige Blutergüsse kommen vielleicht erst bei der Autopsie ans Licht.«

»Es ist also recht wahrscheinlich, dass sie den Mörder kannte«, sagte Ginger.

Reed schrieb etwas auf seinen Notizblock. »Sieht ganz danach aus.«

Ein Constable klopfte kurz gegen die offene Tür. »Sir. Der Rechtsmediziner ist hier.«

Ginger hatte mit Dr. Watts gerechnet und war überrascht, als stattdessen der gut aussehende Dr. Gupta vor ihnen stand.

»Chief Inspector«, sagte der Mediziner. Die Damen begrüßte er mit einem kurzen Nicken, dann beugte er sich über die Tote. Schnell kam er zum selben Schluss wie Haley. »Genickbruch. Die Blutergüsse sind auf einer Seite ausgeprägter.«

»Ein Linkshänder etwa?«, fragte Ginger.

»Das kommt darauf an, ob sich der Angreifer von vorn oder von hinten genähert hat. Nach der Autopsie wissen wir mehr. Der Tod muss vor etwa einer Stunde eingetreten sein, ausgehend von der Körpertemperatur und den Totenflecken.«

Wieder ein kurzes Klopfen. »Sir. Der Krankenwagen ist da.«

Zwei Männer mit einer Bahre erschienen und legten die Tote darauf.

Dr. Gupta unterschrieb die notwendigen Unterlagen, damit sie ins Institut gebracht werden konnte, bevor er sich an Haley wandte. »Möchten Sie mir assistieren, Miss Higgins?«

»Sehr gerne.« Sie nahm die Perlenkette von ihrem Hals und reichte sie Ginger. »Für die Heimfahrt nehme ich mir ein Taxi.«

Ginger schaute zu, wie ihre Freundin mit dem Arzt im Korridor verschwand. Sie spürte Reeds Blick, verschränkte die Arme und wandte sich zu ihm um.

»Ich hatte heute Besuch. Von Superintendent Morris.«

»Oh. Kein echtes Vergnügen, nehme ich an?«

»Allerdings. Er hat es sich gerade noch verkniffen, mich ganz offen des Mordes an Mary Parker zu beschuldigen.«

»Das tut mir leid.«

»Haben Sie gewusst, was er vorhat?«

»Ich wusste, dass er mit dieser Theorie liebäugelt«, antwortete Reed. »Ich habe versucht, sie ihm auszureden. Aber wenn sich dieser Mann etwas in den Kopf setzt, ist er wie eine Bulldogge, die sich in einen Knochen verbeißt. Ich habe gelernt, ihn drauflos laufen zu lassen, bis er mit dem Kopf gegen die Wand rennt.« Sein Blick wurde weich. »Es tut mir leid, dass Sie sich das anhören mussten.«

Ginger schnaubte. Für die Taten seines Vorgesetzten konnte sie Basil nicht verantwortlich machen. Immerhin hatte er versucht, dem Mann seine fixe Idee auszureden.

Sie wechselte das Thema. »Sie haben heute Abend nicht zufällig irgendwo Lord Whitmore gesehen?«

»Nein. Wieso?«

»Weil er vorhin mit Prinzessin Sophia unten in der

Lounge gesessen hat. Und zwar sehr dicht bei ihr, wenn Sie verstehen.«

Reed blinzelte. »Eine Affäre?«

»So hat es ausgesehen.«

»Bei Ihrer Gala war er auch«, sagte er nachdenklich. »Vielleicht hatte er außer der Prinzessin ja noch andere amouröse Interessen. Und wenn er genug hat, bringt er die Frauen um.«

Ginger zog eine Schublade der Kommode auf und stöberte in der Unterwäsche der Prinzessin. Vorhin hatte sie diese Schubladen nur sehr eilig durchsucht. Gut möglich, dass sie etwas übersehen hatte. »Das kann ich mir nicht vorstellen.«

Reed tat es Ginger gleich, öffnete den Kleiderschrank und inspizierte dessen Inhalt. »Warum nicht?«

Sie hielt einen Moment lang inne. »Ich weiß nicht, ob Sie darüber informiert sind, Chief Inspector«, sagte sie schließlich. »Aber Lord Whitmore arbeitet für den MI5.«

Reed nickte und fixierte Ginger mit zusammengekniffenen Augen. »Woher wissen Sie das?«

»Dazu kann ich nichts sagen. Nur dass ich während des Kriegs davon gehört habe. Ich dachte immer, er hätte sich inzwischen aus diesen Kreisen zurückgezogen. Aber womöglich habe ich mich getäuscht.«

Reed machte einen Schritt auf sie zu. »Glauben Sie, Lord Whitmore hatte den Auftrag, Mary Parker zu töten?«

»Falls sie Informationen weitergeben wollte, und er – oder sollte ich sagen ›die Krone‹ – das verhindern wollte, ist das wohl nicht auszuschließen. Falls er der Täter ist, wird es niemals eine Anklage geben. Schon gar nicht, wenn Mary Parker nicht nur für Großbritannien, sondern auch für Russland spioniert hat.«

Reed rieb sich den Nacken. »Dasselbe wie für Mary Parker könnte auch für die Prinzessin gelten – vor allem wenn wir in beiden Fällen von Lord Whitmore als Täter ausgehen.«

»Das fürchte ich auch.«

»Verdammt.«

Ginger schloss die obere Schublade und öffnete die darunterliegende. »War die Prinzessin auf einer gemeinsamen Mission mit der Grand Duchess oder einfach zur falschen Zeit am falschen Ort?«

»Gute Frage«, antwortete Reed. »Wer könnte uns da weiterhelfen?«

Ginger fiel ein Name ein, und sie zog unwillkürlich die Nase kraus. »Captain Francis Smithwick.«

Reed stöhnte auf. Er konnte den Mann genauso wenig ausstehen wie sie. Kennengelernt hatten sie ihn beide unabhängig voneinander während des Kriegs. Ginger hatte unter seinem Kommando gearbeitet und schnell festgestellt, dass seine Methoden bestenfalls geschmacklos, schlimmstenfalls jedoch skrupellos waren. Er hatte sie in seine Mannschaft zurückholen wollen und sich zu diesem Zweck im letzten Herbst in ihr Leben gedrängt. Zu der Zeit hatte sie gerade Ambrosia und Felicia auf Bray Manor, deren Zuhause in Hertfordshire, besucht. Selbstverständlich hatte sie sein Ansinnen abgelehnt. Um sie unter Druck zu setzen, hatte er ganz unverfroren mit Felicias Gefühlen gespielt. Für Ginger schlichtweg unverzeihlich.

»Vielleicht kann ich ihn ja aufstöbern«, sagte Reed. »Aber zunächst müssen wir wohl Lord und Lady Whitmore einen weiteren Besuch abstatten.«

KAPITEL ZWANZIG

*G*inger bestand darauf, selbst zu fahren und Reed vor dem Anwesen der Whitmores zu treffen.

Ihm sagte sie, das wäre praktischer für den Nachhauseweg. Doch in Wahrheit fiel es ihr einfach unendlich schwer, so nahe bei ihm zu sitzen, wie es bei einer gemeinsamen Autofahrt nun einmal unvermeidlich war. Ihr Herz nicht mit beiden Händen festzuhalten, war ein Fehler gewesen. Bisher bemühte sie sich vergeblich, auch innerlich wieder zu einem rein freundlich kollegialen Verhältnis mit ihm zurückzufinden. Dass er so gut roch, war dabei auch nicht hilfreich.

Reed wartete vor dem herrschaftlichen Domizil der Whitmores auf sie, öffnete ihr die Wagentür und half ihr aus dem Daimler. Seine guten Manieren gehörten auch zu den Dingen, die ihn für Ginger anziehend machten. Jetzt wünschte sie sich, er wäre etwas flegelhafter.

Gemeinsam gingen sie zur Haustür. Ein Butler öffnete mit ausdrucksloser Miene.

»Ich bin Chief Inspector Reed, und das ist Lady Gold. Sind Lord und Lady Whitmore zu Hause?«

»Das sind sie. Treten Sie ein.« Der Butler schloss die Tür gegen die kühle Abendbrise. Die würzige Wärme eines Kaminfeuers hüllte Ginger ein.

»Lady Whitmore ist im Wohnzimmer, Lord Whitmore in seinem Arbeitszimmer.«

»Wir würden gerne zunächst mit Lady Whitmore sprechen«, sagte Reed. »Später zeigen Sie uns bitte den Weg zu Lord Whitmore.«

Der Butler führte sie durch die Eingangshalle zum Wohnzimmer, dessen Tür ein Stück weit offenstand. »Chief Inspector Reed und Lady Gold, Madam.«

Der Mann zog sich zurück und schloss die Tür.

Lady Whitmore blieb der Mund offen stehen. Sie brauchte einen Moment, um sich zu fassen, dann erhob sie sich zur Begrüßung.

»Was für eine Überraschung.«

»Ich muss Ihnen im Zug der Ermittlungen noch einige Fragen stellen, Madam«, erklärte Reed.

»Das dachte ich mir. Für einen unangekündigten Höflichkeitsbesuch ist es ein bisschen spät. Bitte setzen Sie sich.«

Lady Whitmore kehrte zu ihrem Lehnstuhl am Kamin zurück. Ginger und Reed setzten sich jeweils an ein Ende eines dick gepolsterten Chesterfield-Sofas.

Lady Whitmore verschränkte die Hände im Schoß. »Wie kann ich Ihnen helfen?«

»Lady Whitmore«, begann Ginger. »Wonach haben Sie im Obergeschoss meines Modesalons gesucht?«

Die Frau blinzelte verwundert. »Ich dachte, Sie wollen Informationen über … jemand anderen haben.«

»Über wen denn zum Beispiel?«, fragte Reed.

»Nun, das weiß ich nicht. Aber die meisten meiner Besucher kommen deshalb zu mir.«

»Um ein wenig zu tratschen?«, fragte Ginger.

»Ich möchte lieber von *Ratschlägen* sprechen.«

Falls sie geglaubt hatte, Ginger damit von ihrer eigentlichen Frage ablenken zu können, hatte sie sich getäuscht. »Was wollten Sie denn nun in meinem Modesalon finden, Lady Whitmore?«

Die Frau schlang die Hände im Schoß noch fester zusammen. Ihr Blick wanderte hinauf zur Zimmerdecke. »Ich denke, wenn Sie so fragen, wissen Sie das bereits.«

»Ich würde es dennoch gerne von Ihnen hören.«

Lady Whitmore starrte Ginger an wie ein in die Enge gedrängtes Tier. »Ein Kleidungsstück. Mehr sage ich dazu nicht.«

»Hat Ihr Mann Sie gebeten, es zu holen?«, fragte Reed.

»Dazu kann ich mich nicht äußern.«

Reed erhob sich. »Vielen Dank, dass Sie uns Ihre Zeit geschenkt haben, Lady Whitmore.«

Der Blick der Frau flog von ihm zu Ginger und zurück zu ihren Händen. Ginger vermutete, dass sie glaubte, sie sei glimpflich davongekommen. Dabei musste ihr doch klar sein, dass sie trotz allem Ausweichen ihre Fragen durchaus beantwortet hatte.

»Ich helfe gerne, wo ich kann.«

»In diesem Fall«, sagte Reed, »weisen Sie us doch bitte den Weg zu Lord Whitmores Arbeitszimmer.«

Lady Whitmore wurde blass. »Weshalb wollen Sie zu meinem Mann?«

»Es geht nur um ein paar Routinefragen, Madam.«

Lady Whitmore erhob sich und rief nach dem Butler.

»Milroy, bitte lassen Sie Lord Whitmore wissen, dass er Besuch hat.« Mit gesenktem Kopf kehrte sie zu ihrem Platz zurück. Ginger fragte sich unwillkürlich, was diese Frau über ihren Ehemann wusste. Zu viel vermutlich, wie ihr Unbehagen verriet.

Lord Whitmore gab sich keine Mühe, sein Missfallen über die späte Störung zu verbergen. Er hatte ein Glas mit einem Rest Whisky vor sich, und Ginger vermutete, dass es nicht sein erstes war.

»Na schön. Kommen Sie herein und setzen Sie sich«, sagte er. »Kann ich Ihnen etwas zu trinken anbieten?«

»Nein danke«, sagte Reed. Ginger wusste, dass er bei der Ermittlungsarbeit keinen Alkohol trank. Einen klaren Kopf zu behalten, war wichtig, manchmal sogar lebenswichtig.

»Ich bezweifle, dass Sie hier sind, um Höflichkeiten auszutauschen«, knurrte der Lord. »Also kommen Sie zur Sache.«

»Was können Sie uns über Mary Parker sagen?«

»Nicht viel.«

»Wann wurde Ihnen bewusst, dass die Grand Duchess gar keine war?«

Der Mann zuckte die Achseln. »Vermutlich zum selben Zeitpunkt wie jedem anderen auch. Ich lese die Zeitungen.«

Damit, dass der Lord nicht sehr auskunftsfreudig sein würde, hatte Ginger gerechnet. Sie fragte sich, ob Basil nach dem Zigarettenpapier fragen würde. Doch sie waren hier, um einen Mordfall zu lösen, genau genommen sogar zwei, nicht um diplomatischen Fragen auf den Grund zu gehen.

»Was wissen Sie über ein Schmuckstück, einen Diamanten mit dem Namen *Blue Desire?*«, fragte Reed.

Der Lord stellte sein Glas heftiger ab als notwendig. »Ich

verlange zu erfahren, was das hier soll. Ihre Fragen sind nicht nur impertinent, Sie verschwenden auch meine Zeit.«

»Hatten Sie eine Affäre, Lord Whitmore?«, fragte Ginger kurzerhand. »Mit Prinzessin Sophia von Altenhofen?«

Der Lord sprang auf. »Das reicht. Ich muss Sie bitten zu gehen!«

Reed hatte den Ausbruch des kräftigen Mannes unge-rührt mit angesehen. »Lord Whitmore«, sagte er ruhig. »Haben Sie die Prinzessin umgebracht?«

Die Empörung des Lords verpuffte. Er sank auf seinen Sessel. »Ich verstehe Sie nicht.«

»Prinzessin Sophia von Altenhofen wurde heute Abend ermordet.«

Ginger beobachtete Lord Whitmore aufmerksam. Er hatte gelernt, seine Gefühle zu verbergen und jede notwen-dige Rolle zu spielen. Aber auch er war nur ein Mensch. Sein rötliches Gesicht färbte sich noch dunkler. Der Krieg war seit fünf Jahren vorbei. Lange genug, um aus der Übung zu kommen. Das wusste Ginger aus Erfahrung.

»Du lieber Himmel.« Jetzt wurde er aschfahl und schüt-tete seinen Rest Whisky mit einem Schluck in sich hinein.

»Wann haben Sie die Prinzessin zuletzt gesehen?«, fragte Reed.

»Heute Abend, in der Lounge des Ritz, wie Sie sicher wissen. Warum sollten Sie mir sonst diese Fragen stellen?«

Reed nickte. »Und um *welche Uhrzeit* haben Sie sie zuletzt gesehen?«

»Ich bin um neun gegangen.«

Reed suchte Gingers Blick, und sie nickte kaum merklich. Etwa um neun hatte sie das oberste Stockwerk des Hotels verlassen, und die Prinzessin die Lounge.

Lord Whitmore fuhr fort. »Als ich das Hotel verlassen

habe, war die Prinzessin noch sehr lebendig. Das kann ich Ihnen versichern. Ich habe gesehen, wie sie in den Fahrstuhl gestiegen ist.«

»Hatten Sie eine Affäre mit der Dame, Lord Whitmore? Oder war das nur gespielt?«, hakte Ginger nach. Sie warf ihm einen wissenden Blick zu.

Der Mann lehnte sich seufzend zurück. »Es war eine Affäre. Allerdings noch nicht sehr weit gediehen. Wir hatten nicht einmal ... Bitte, es gibt keinen Grund, weshalb meine Frau davon erfahren sollte.«

»Wir versichern Ihnen, nur zu offenbaren, was zur Lösung der Mordfälle absolut notwendig ist.« Reed erhob sich. »Falls wir weitere Fragen haben, melden wir uns.«

An der Tür stellte Ginger eine letzte. »War die Prinzessin für den MI5 tätig?«

Lord Whitmore schüttelte bedächtig den Kopf. »Nein. Wir haben uns auf Ihrer Gala kennengelernt, Lady Gold.« Er zeigte zur Tür. »Milroy begleitet Sie hinaus.«

Noch während sie in den Flur traten, schenkte er sich nach.

KAPITEL EINUNDZWANZIG

Zu Gingers Überraschung betrat am nächsten Morgen die rumänische Gräfin Andreea Balcescu das *Feathers & Flair*. Sie trug einen bodenlangen roten, etruskischen Wollmantel mit Pelzbesatz und dazu einen graublauen Wollschal.

»Guten Morgen, Gräfin! Sie glauben gar nicht, wie glücklich ich bin, Sie zu sehen. Man hatte mir gesagt, Sie hätten sich geradezu in Luft aufgelöst.«

Die Frau verzog die rubinrot geschminkten Lippen. »Ihr Engländer seid so dramatisch. Ich war die ganze Zeit im Brown's Hotel. Nur nicht unter meinem Namen.«

»Aber warum das denn?«

Sie schnalzte mit der Zunge. »Offenbar waren Sie in letzter Zeit nicht im Osten.«

»Das ist richtig, und ich nehme an, man kann gar nicht vorsichtig genug sein. Womit darf ich Ihnen denn heute helfen?«

»Ich möchte mich nur gerne ein wenig umsehen, wenn es Ihnen nichts ausmacht.«

»Ganz wie Sie wünschen. Bitte wenden Sie sich vertrauensvoll an Madame Roux oder mich, wenn wir etwas tun können.«

Ginger beschäftigte sich an dem Tisch, auf dem die Kasse stand, und tat, als würde sie die Gräfin nicht weiter beachten. In Wahrheit ließ sie sie nicht aus den Augen. Neue Kundinnen kamen mit Wünschen und Fragen. Ginger schickte Madame Roux zu ihnen. Aus dem Augenwinkel sah sie, wie Gräfin Balcescu sich kurz umschaute, bevor sie sich auf den Weg nach oben machte.

Ginger grinste. Selbst Damen von Adel interessierten sich seit Neuestem für Fabrikware. Madame Roux kam zur Kasse und fragte, ob die Schaufensterpuppen heute neu eingekleidet werden sollten. Ginger nickte, gab ein paar Anweisungen und vergaß darüber die Zeit. Wie lange war die Gräfin schon oben? Half Dorothy ihr bei der Auswahl und der Anprobe?

Nein. Dorothy trat gerade durch den Samtvorhang am Durchgang zum Hinterzimmer. Ginger beschloss, selbst ins obere Stockwerk zu gehen. Doch im selben Moment kam die rumänische Adelige zurück.

»Beste Gräfin«, sagte Ginger. »Sind Sie zurechtgekommen?«

Die Frau zögerte. »Es mag seltsam klingen, aber ich glaube, ich habe am Abend der Gala oben etwas verloren. Ich muss gestehen, ich war neugierig und habe mich dort umgesehen. Heute wollte ich nur nachschauen, ob ich es vielleicht wiederfinde.«

»Worum handelt es sich denn? Ich frage gerne meine Angestellten, ob sie etwas gefunden haben.«

»Schon gut. Es ist nicht dort. Vielleicht habe ich es ja

woanders liegenlassen. Einen schönen Tag noch, Lady Gold.« Die Gräfin eilte zum Ausgang.

»Aber was suchen Sie denn?«, rief Ginger hinter ihr her. Vielleicht einen Schal mit einer verborgenen Botschaft?

Doch die Frau war bereits durch die Tür. Sie hatte es so eilig, dass sie nicht bemerkte, wie ihr graublauer Schal zu Boden fiel. Ginger hob ihn auf. Ein Hauch von Aftershave haftete dem Wollstoff an, kaum wahrnehmbar unter dem schweren Parfüm, das die Gräfin trug. Ginger fragte sich, ob Prinzessin Sophia vielleicht nicht Lord Whitmores einzige Eroberung gewesen war.

Irgendetwas stimmte nicht mit der Adeligen aus dem Osten. Kurzentschlossen folgte Ginger ihr ins Freie. Die Zeit, sich zuvor etwas überzuziehen, hatte sie nicht. Die Frau war recht flink, und Ginger sah nur noch einen Zipfel ihres roten Mantels um die nächste Ecke verschwinden.

Ginger lief hinterher, musste aber bald feststellen, dass ihre Schuhe dem Regenwetter nicht gewachsen waren. Ein paarmal rutschte sie beinahe auf dem nassen Pflaster aus. Sie ruinierte sich ihr Kleid, genau wie ihre Frisur. Trotzdem eilte sie weiter.

Angestrengt hielt sie nach dem roten Mantel Ausschau, konnte ihn aber nirgends entdecken. Vor ihr lag der Eingang zum U-Bahnhof Piccadilly Circus. Mit vor der Brust gekreuzten Armen und eingezogenem Kopf rannte sie vornübergebeugt durch den Regen und folgte den vielen ebenfalls vom Wetter getriebenen Passanten zu der Treppe, die in den Untergrund führte. Der Nässe zu entkommen, tat gut, doch durch den Tunnel wehte ein eisiger Luftzug.

Ganz und gar nicht damenhaft rutschte Ginger auf den Stufen aus. Ein beherzter Griff ans Geländer rettete ihre

Würde, nicht aber ihre Strümpfe. Sie spürte, wie eine Laufmasche an ihrem Bein nach oben kletterte.

Unten am Bahnsteig sah sie den roten Mantel gerade noch hinter der sich schließenden Tür eines Waggons verschwinden, dann fuhr der Zug ab.

Leider hatte sie die Gräfin nicht rechtzeitig eingeholt, dafür war ihr eine Erkältung sicher. Wie eine triefende Vogelscheuche eilte sie in ihren Modesalon zurück.

»*Mon Dieu!*«, japste Madame Roux, als Ginger durch die Eingangstür stob. »Was in aller Welt ist bloß in Sie gefahren?«

Ginger suchte nach einer Antwort. »Ich dachte, ich hätte draußen jemanden gesehen ...«

»Am besten, Sie bleiben, wo Sie sind«, wies die Französin sie an. »Sonst wird der ganze Marmorboden nass.« Madame Roux verschwand durch den Vorhang nach hinten und war einen Augenblick später mit Gingers Mantel zurück. »Und jetzt schnell nach Hause mit Ihnen, bevor Sie sich den Tod holen!«

Ginger schlüpfte dankbar in den Wollmantel, zog ihn über ihrer Brust fest zusammen und war froh, dass er sie ein wenig wärmte. Sie musste dringend aus den nassen Kleidern und brauchte eine schöne Tasse heißen Tee!

KAPITEL ZWEIUNDZWANZIG

*M*adame Roux drängte Ginger, *tout de suite!* nach Hause zu fahren, und Ginger erhob keinen Widerspruch. Wie eine halb ertrunkene Ratte in ihrem Modesalon zu stehen, war sicher nicht förderlich fürs Geschäft. Und die Zeit, eine Erkältung auszukurieren, hatte sie auch nicht.

»Lassen Sie Ihren nassen Hut hier und nehmen Sie meinen«, sagte Madame Roux. Ginger hielt sie zurück, bevor sie ins Hinterzimmer verschwinden konnte, wo die Angestellten ihre persönlichen Sachen aufbewahrten.

»Nein, Madame Roux. Was ist dann mit Ihnen? Außerdem habe ich hier eine ganze Wand voller Hüte, von denen ich mir einen aussuchen kann.« Ginger zeigte auf das gut gefüllte Regal mit der neuen Hutmode. »Bringen Sie mir doch bitte die blaue Wollcloche.«

Madame Roux holte ihr das schöne Stück, und Ginger zog es sich tief über die Ohren. »Vielen Dank. Bitte vermerken Sie in den Büchern, dass ich den Hut noch bezahlen muss.«

»Wird erledigt. Und jetzt nach Hause mit Ihnen.« Dass Madame Roux sie nicht länger hier herumstehen haben wollte, konnte Ginger ihr nicht verdenken.

Den Daimler hatte sie auf der gegenüberliegenden Straßenseite geparkt, so nahe am Modesalon wie irgend möglich. Aber wenn sie nicht quer über die belebte Straße laufen wollte, musste sie bis zu der Stelle gehen, wo ein Verkehrspolizist für mehr Sicherheit sorgte. Inzwischen hatte sich der Regen in Schneeregen verwandelt, was die Automobilisten aber offenbar nicht dazu bewog, ihr Tempo zu drosseln. Heute hatten es wohl alle besonders eilig. Kaum war man ein paar Monate lang mit fünfzehn Meilen die Stunde in einem Automobil durch die Straßen gesaust, schon hatte man vergessen, wie es sich anfühlte, mit einer Pferdekutsche durch die Stadt zu fahren. Die Fuhrwerke bemerkte man bald fast nicht mehr.

Ginger stieg in ihren Wagen und verfluchte den komplizierten Prozess, der nötig war, um das alte Mädchen in Gang zu setzen. Wieder einmal nahm sie sich vor, sich in nicht allzu ferner Zukunft ein neues Fahrzeug zuzulegen. Sie brachte Anlasser, Gashebel und Choke in die richtigen Positionen, bevor sie mit dem Fuß den Startknopf betätigte. Ihr ganzes Gewicht verlagerte sie auf diesen Knopf, und der Motor erwachte stotternd zum Leben.

Mit einem Fuß drückte sie die Kupplung ganz durch, legte den ersten Gang ein und ließ dann die Kupplung langsam los, während sie mit dem anderen Fuß für die Benzinzufuhr sorgte. Eine Heizung gab es in diesem Gefährt nicht. Aber allein dieses Ungetüm in Bewegung zu setzen, reichte schon beinahe für einen Schweißausbruch.

In Boston gehörte Schnee, manchmal sogar in Massen, ganz einfach zum Winter. Aber die Londoner hatten wenig

Übung mit dem Fahren bei solchen Bedingungen. Wenn es hier schneite, dann nicht sehr viel und nicht lange. Meist reihten sich nur zahllose trübe Regentage aneinander. Nach so vielen Wintern in den Staaten hatte Ginger das fast vergessen. Aber jetzt musste sie sich wieder daran gewöhnen.

Sie zeigte an, dass sie sich in den dichten Verkehr einreihen wollte, der sich im Schritttempo Richtung Mayfair bewegte, und fuhr los. Konzentriert lenkte sie den Daimler die glatte Straße entlang. Aufgemalte Linien als Fahrbahnmarkierungen wären eine gute Sache, ging es ihr durch den Kopf. Damit jeder wusste, auf welcher Spur er zu bleiben hatte. Hier konnte es nur allzu leicht passieren, dass …

Der Wagen vor ihr blieb abrupt stehen. Ginger trat heftig auf die Bremse, rutschte aber auf der nassen Schneeschicht weiter. Ihr Daimler rammte die hintere Stoßstange des stehenden Automobils. Einen Wimpernschlag später wurde sie ruckartig nach hinten geworfen, weil etwas ins Heck ihres Fahrzeugs krachte. Ringsum plärrten Hupen.

Ginger schrie auf und hielt sich den Nacken. »Verflixt und zugenäht!«

Hastig versuchte sie, die Fahrertür zu öffnen, doch das Ding klemmte. Sie saß fest! Ein Mann eilte zur Beifahrerseite, riss die Tür dort auf und streckte ihr seine Hand hin.

»Lassen Sie mich Ihnen helfen, Madam.«

»Ich weiß nicht, ob ich es um den Ganghebel herum schaffe.« Sie stöhnte. »Und ich glaube, mein Nacken hat etwas abbekommen.«

»Versuchen Sie es, Madam. Schön langsam. Mein Wagen steht eine Straße weiter. Ich kann Sie zum Arzt bringen.«

Ginger kam seiner Aufforderung nach. Sie schob sich

über die Sitzbank, raffte ihren Mantel, damit er sich nicht im Ganghebel verhedderte, und ließ sich aus dem Wagen helfen.

»Das ist sehr freundlich von Ihnen, Mr …«

»Ward.«

»Mr Ward.«

Der Mann tippte an seine flache Mütze. »Wenn meiner Frau so etwas passieren würde, wäre ich auch froh, wenn ihr jemand beisteht.«

Ein Polizist eilte zu ihnen. »Ist das Ihr Automobil, Madam?«

Ginger betrachtete den demolierten Daimler. Beide Stoßstangen waren plattgedrückt, die Scheinwerfer zerbrochen.

»Ja. Kann er hier stehenbleiben?«

»Wir lassen ihn abschleppen. Geben Sie mir Ihren Namen und Ihre Telefonnummer, falls Sie eine haben.«

»Lady Gold. Mallowan 1355.«

Der Polizist machte sich eine Notiz. »Können Sie etwas dazu sagen, wie das passiert ist?«

Mr Ward mischte sich ein. »Officer, die Dame zittert.«

Erst jetzt fiel Ginger das ebenfalls auf.

»Gut, dann gehen Sie. Jemand wird sich bei Ihnen melden, Lady Gold.«

Ihr Helfer wollte sich auf den Weg machen, Ginger hielt sich den schmerzenden Nacken.

»Könnten Sie mir bitte noch meine Handtasche holen, Mr Ward?«

Der freundliche Mann spähte in den Daimler, entdeckte die Tasche auf dem Boden, nahm sie an sich und trug sie für Ginger. Sie prägte sich das Kennzeichen seines Wagens ein, damit sie Pippins später mit einem Dankeschön zu ihm schicken konnte.

Ginger war nicht die Einzige, die sich nach der Karambolage in der nächstgelegenen Arztpraxis wiederfand. Sie gehörte Dr. Warren Longden, den sie seit einem bedauerlichen Todesfall im Salon von Hartigan House kannte. Damals hatte es ausgesehen, als hätte dort ein Lord eine Herzattacke erlitten. Doch dann hatte sich herausgestellt, dass er keines natürlichen Todes gestorben war.

Eine Krankenschwester brachte Ginger in eines der Behandlungszimmer, stellte ihr ein paar Fragen und machte sich Notizen.

Während Ginger auf den Arzt wartete, dachte sie über die Ereignisse der letzten Tage nach. Der blaue Diamant, den Mary Parker in ihrer Rolle als russische Grand Duchess getragen hatte, war eine Kopie. Miss Parker hatte ihren Schal mit einer geheimen Botschaft im Obergeschoss des *Feathers & Flair* zurückgelassen. Offenbar zu früh für den Empfänger, der nicht mehr die Gelegenheit gehabt hatte, die Botschaft abzuholen. Lady Lyon hatte den unechten Diamanten gestohlen, behauptete aber steif und fest, Miss Parker sei zu diesem Zeitpunkt bereits tot gewesen.

Prinzessin Sophia von Altenhofen hatte gewusst, dass der Diamant eine Nachahmung war, weil der echte in ihrer Suite im Ritz unter der Matratze versteckt gelegen hatte. Lord Whitmore, ein Agent des britischen Geheimdienstes, wollte mit dem Tod von Miss Parker nichts zu tun haben. Informationen über die von ihr in dem Schal versteckte Botschaft oder gar über den Geheimcode auf dem Zigarettenpapier waren von ihm nicht zu erwarten. Er hatte seine Frau losgeschickt, um den Schal zu holen. Allerdings ohne Erfolg.

Eine Affäre mit der deutschen Prinzessin hatte der Lord zwar zugegeben, ob die Prinzessin eine Spionin gewesen war, ließ sich aber kaum sagen.

Nach einem kurzen Klopfen trat Dr. Longden ein.

»Lady Gold«, begrüßte er sie freundlich. »Wie ich höre, hatten Sie einen Autounfall.«

»Ja. Der Schneeregen hat die Straße in eine Rutschbahn verwandelt.«

»Vier Fahrzeuge sind aufeinander aufgefahren«, sagte der Arzt. Er zog sich die Brille, die oben auf seinem Kopf saß, auf die Nase und warf einen Blick auf seine Notizen. »Sie haben wohl im dritten Wagen gesessen.«

»Woher wissen Sie das?«

»Ich habe gerade den Gentleman aus dem Automobil vor Ihnen behandelt.«

Ginger stöhnte. Sie nahm an, alle vier Fahrzeuge wurden gerade zur Reparatur in verschiedene Werkstätten geschleppt.

Der Arzt stöberte in der Tasche seines weißen Kittels, förderte eine kleine, aber sehr helle Lampe zutage und leuchtete ihr damit in die Augen. »Wo tut es denn weh?«

»Im Nacken. Und von dort aus zieht der Schmerz nach oben in meinen Kopf.«

»Aha. Klingt nach gezerrten Muskeln.«

»Verstehe«, sagte Ginger. »Und was macht man da?«

»Ich gebe Ihnen Aspirin gegen die Schmerzen. Und Sie müssen sich schonen, damit es nicht noch schlimmer wird. Zum Glück ist der Aufprall mit niedrigem Tempo passiert. Ich lege Ihnen eine Stützmanschette an, dann werden Sie die Beschwerden schneller wieder los.«

Du liebe Güte!

»Ich bin gleich wieder bei Ihnen, aber vielleicht sollten Sie sich hinlegen, während Sie warten.«

Die Müdigkeit schlug wie eine Welle über ihr zusammen. Fast hätte sie zustimmend genickt, dachte aber in letzter Sekunde daran, den Kopf stillzuhalten.

Dr. Longden half ihr, die Beine auf die Behandlungsliege zu schwingen, und stützte ihren Rücken, damit sie sich langsam hinlegen und den Kopf auf ein Kissen betten konnte.

Sofort fielen ihr die Augen zu.

Doch schon kurz danach klopfte wieder jemand an der Tür. Die Schwester trat ein. »Hier ist jemand, der Sie unbedingt sehen will, Lady Gold. Er sagt, er sei Ihr Pastor. Deshalb habe ich ihn nicht weggeschickt.«

Mit einem schiefen Grinsen schob sich der hochgewachsene Oliver Hill ins Behandlungszimmer. Ginger lächelte, und er hob die Brauen.

»Als ich von dem Unfall gehört habe, bin ich so schnell wie möglich hergekommen.«

»Und *wie* haben Sie davon gehört?«

»Jemand aus meiner Gemeinde hat mit angesehen, was passiert ist. Der Mann hat Sie erkannt.«

»Das verflixte rote Haar.«

Der Reverend lächelte. »Sie sind doch hoffentlich nicht ernstlich verletzt?«

»Nein, halb so schlimm. Ich warte nur, bis man mir einen besonders hübschen Kragen anlegt. Danach darf ich sicher nach Hause.«

Der Reverend kratzte sich am Kopf. »Einen Kragen?«

»Eine Manschette, um den Nacken zu stützen.«

»Ach, natürlich.«

»Dass Sie nach mir sehen, ist sehr aufmerksam von Ihnen, Oliver. Ich gebe zu, mir ist der Schreck in die Glieder gefahren. Im ersten Moment dachte ich, mein Rückgrat sei gebrochen. Noch nie im Leben war ich so froh, meine Finger und Zehen bewegen zu können. Obwohl sie ziemlich steif gefroren waren.«

Der Pastor legte ihr tröstend seine Hand auf den Arm. »Ich bin immer für Sie da, Ginger.«

Ein weiteres Klopfen an der Tür, doch es war nicht der erwartete Arzt, sondern wieder die Schwester. »Sie sind eine gefragte Dame, Lady Gold. Wenn es nicht der Chief Inspector wäre ...«

»Basil?«

»Ich möchte nicht stören.« Er trat ein und nahm den Hut ab. »Ich habe von dem Unfall gehört, und als Ihr Name auf der Liste der beteiligten Automobilisten erschienen ist ... Ich wollte mich nur vergewissern, dass es Ihnen gut geht.«

»Gerade habe ich Reverend Hill gesagt, dass ich nur noch auf eine Stützmanschette warte. Sobald ich die habe, kann ich nach Hause und mich ausruhen.«

Hill machte einen Schritt von der Liege weg. In dem kleinen Raum war es nicht leicht für die beiden Männer, einen Platz zu finden, ohne allzu nahe beisammen stehen zu müssen.

Hill streckte die Hand aus. »Guten Tag, Chief Inspector. Ich glaube, wir kennen uns noch nicht. Ich bin Oliver Hill, Pastor von St. George's in der City of London.«

Die beiden Männer schüttelten sich die Hände. »Angenehm, Reverend.« Reed schaute zwischen dem Pastor und Ginger hin und her. »Und woher kennen Sie beide sich?«

»Ginger ... Lady Gold hat großzügigerweise ein Hilfswerk gegründet, um arme Kinder in unserem Viertel mit warmen Mahlzeiten zu versorgen.«

Reed senkte das Kinn. »Lady Gold ist wirklich überaus großzügig.«

Ginger wurde ein bisschen verlegen. »Die meiste Arbeit macht Reverend Hill.«

»Natürlich mithilfe meiner Sekretärin, Mrs Davies. Sie ist ein echtes Organisationstalent.«

Reed trommelte mit den Fingern auf seinen Hut. »Wunderbar.«

Ein angespanntes Schweigen breitete sich aus, und Ginger ertappte sich dabei, wie sie die beiden Männer, die nebeneinanderstanden, miteinander verglich. Basil konnte man nur als attraktiv bezeichnen. Er hielt sich aufrecht, hatte dunkles Haar und versonnene blaugrüne Augen. Zu seinem perfekt sitzenden Anzug trug er eine Krawatte und blitzblanke Lederschuhe. Abgerundet wurde die elegante Gesamterscheinung durch den neuen Hut. Er vertrat das Gesetz und strahlte Autorität aus.

Oliver war größer, aber auch schmaler. Oft stand er ein wenig gebeugt, wie um seine Größe zu überspielen. Seine freundlichen Augen waren von hellen Wimpern umrahmt, Sommersprossen sprenkelten seine Nase. Trotz des Öls, mit dem er versuchte, sein welliges rotes Haar zu bändigen, stand es hier und da vom Kopf ab. Auf den ersten Blick würde man ihn vielleicht nicht als gut aussehend bezeichnen, doch er hatte sympathische Züge, lächelte fast immer und strahlte häufig eine geradezu kindliche Freude aus. Die schwarze Kluft mit dem typischen weißen Kragen ließ ihn respektgebietend und auch ein wenig vergeistigt wirken.

Dr. Longdens Rückkehr riss Ginger aus ihren Betrachtungen. Überrascht schaute der Arzt zwischen den Männern hin und her. »Guten Tag, Chief Inspector Reed, Reverend Hill.«

Reed kannte der Doktor seit dem Todesfall im Salon von Hartigan House. Aber woher kannte er Oliver?

Der Reverend beantwortete Gingers unausgesprochene Frage.

»Wir haben Sie in St. George's vermisst, Doktor.«

»Oh ja. Leider war ich hier in der Praxis sehr beschäftigt. Aber vielleicht schaffe ich es am Sonntag.« Er zwängte sich in den Raum und hielt die Stützmanschette in die Höhe. »Ähm, wenn es den Gentlemen nichts ausmacht?«

»Ich warte draußen, Ginger«, sagte Reed. »Ich fahre Sie gerne nach Hause.«

»Nein, bitte«, entgegnete Hill. »Ihnen behilflich zu sein, wäre mir ein Vergnügen, Ginger.«

»Ich nehme Ihr Angebot gerne an«, sagte Ginger zu Oliver. Und an Basil gewandt: »Ich danke Ihnen, aber ich glaube, Sie haben andere ... *Verpflichtungen.*« Seine frustrierte Miene freute sie insgeheim ein wenig. Aber es stimmte schon – er musste an seine Ehefrau denken.

»Wie Sie wünschen. Dann noch einen guten Tag«, sagte er knapp. Er setzte den Hut auf, nickte kurz und machte auf dem Absatz kehrt.

Der Reverend strahlte, als hätte er gerade eine Runde für sich entschieden.

Und wer wusste das schon, dachte Ginger. Vielleicht war es ja tatsächlich so.

KAPITEL DREIUNDZWANZIG

*P*ippins stets wachsamem Auge zu entkommen, gelang Ginger nicht. Dass sie anders als sonst, wenn sie mit dem Daimler unterwegs gewesen war, nicht durch den Hintereingang ins Haus trat, war auch nicht unbedingt hilfreich. Stattdessen brachte der Reverend sie direkt zur Haustür.

Beim Anblick der Stützmanschette um ihren Hals wurde Pippins faltiges Gesicht schreckensbleich. »Du lieber Himmel, Madam!«

»Lady Gold hatte einen Autounfall«, erklärte der Pastor.

Der Butler eilte an ihre Seite. »Was ist denn passiert?«

»Nichts, was ein warmes Bad und eine Tasse Tee nicht wieder in Ordnung bringen könnten.«

»Ich schicke auf der Stelle Lizzie hinauf, damit sie Ihnen ein Bad einlässt. Möchten Sie sich inzwischen ins Wohnzimmer setzen oder gleich nach oben gehen?«

»Ich glaube, ich gehe am besten direkt in mein Zimmer.« Sie konnte es kaum erwarten, endlich aus den nassen Sachen zu kommen.

»Ich helfe Lady Gold hinauf«, sagte der Reverend. Nach einer kurzen Verbeugung machte sich Pippins auf die Suche nach Lizzie.

»Hier, nehmen Sie meinen Arm«, forderte Hill Ginger auf.

Sie nickte, hielt sich mit einer Hand am Treppengeländer fest und mit der anderen an seinem Arm. Leider liefen sie Ambrosia, die gerade auf dem Weg nach unten war, direkt in die Arme.

»Du lieber Gott, Georgia! Was in aller Welt ...«

»Nicht der Rede wert, Großmutter. Nur ein kleiner Auffahrunfall.«

»So etwas musste ja früher oder später passieren. Heutzutage braucht offenbar jeder ein Automobil. Kein Wunder, dass der Platz auf der Straße nicht mehr ausreicht.« Sie schüttelte missbilligend und so heftig den Kopf, dass die schlaffen Hautfalten an ihrem Kinn vibrierten.

»Der Schneeregen war schuld, Großmutter.«

»Aber du bist verletzt!«

»Das ist nur eine Zerrung. Bald ist alles wieder gut.«

Ambrosia musterte Hill mit zusammengekniffenen Augen. »Weil Sie ein Kirchenmann sind, gestatte ich Ihnen, Lady Gold bis zu ihrem Zimmer zu bringen. Aber Sie treten auf keinen Fall über die Schwelle!«

»Sehr wohl, Mylady«, sagte Oliver ernst. »Etwas anderes würde mir nicht einmal im Traum einfallen.«

Ambrosia setzte ihren Weg nach unten fort, eine knochige Hand am Treppengeländer, in der anderen den Gehstock mit dem silbernen Griff.

Ginger blieb vor ihrer Zimmertür stehen. »Ich glaube, den Rest schaffe ich allein«, sagte sie. »Weil wir jetzt ganz offiziell befreundet sind, betrachte ich es als meine Pflicht,

Sie vor dem Zorn meiner Schwiegergroßmutter zu bewahren.«

Oliver verbeugte sich lächelnd. »Es war mir ein Vergnügen, Sie bis hierher zu begleiten.«

Ginger legte die Hand auf die Türklinke. »Herzlichen Dank.«

»Darf ich fragen – und bitte halten Sie mich nicht für gefühllos oder anmaßend –, kommen Sie trotz allem zu dem Tanz?« Nach einem unsicheren Blick beiseite schaute er Ginger direkt ins Gesicht.

»Tanz? Ach ja, die Wohltätigkeitsveranstaltung.« In den letzten Tagen war Ginger so beschäftigt gewesen, dass sie gar nicht mehr daran gedacht hatte.

»Wann war das noch gleich?«

»Am Samstagabend.« Oliver zeigte auf seinen Nacken. »Unter den gegebenen Umständen könnte ich verstehen ...«

Ginger legte eine Hand an die Manschette. Das Aspirin, das Dr. Longden ihr gegeben hatte, wirkte. Ihr Nacken schmerzte längst nicht mehr so sehr. Und bis zum Wochenende hatte sie ja noch etwas Zeit.

»Eigentlich müsste ich das schaffen, Oliver. Aber tanzen werde ich vermutlich nicht.«

»Ich hole Sie ab. Sie haben ja gerade keinen Wagen. Für die Leute wäre es sicher gut, wenn Sie sich bei der Veranstaltung sehen ließen. Mit Ihrem Engagement sind Sie ein Vorbild. Aber ich hoffe wirklich, Sie fühlen sich nicht gedrängt. Ihre Gesundheit und Ihr Wohlbefinden stehen selbstverständlich an erster Stelle.«

»Schon gut, Oliver. Mir liegt die Wohltätigkeitsveranstaltung genauso sehr am Herzen wie Ihnen.«

»Wunderbar. Dann hole ich Sie um sieben ab.«

Das klang verdächtig nach einer Verabredung. Sie hatte

sich auf eine Freundschaft eingelassen und wollte nicht, dass Oliver glaubte, es könnte mehr daraus werden. »Miss Gold und die Dowager Lady brauchen ebenfalls einen Fahrer.«

»Selbstverständlich! Es wird mir eine Ehre sein, die Damen Gold zu chauffieren. Dann also bis Samstag um sieben.«

Er wandte sich ab, drehte sich aber noch einmal um. »Ich schicke Ihnen Ihr Hausmädchen.«

»Danke, Oliver.« Ginger bewunderte seine Fürsorglichkeit.

Vorsichtig ließ sie sich auf einem Sessel in ihrem Schlafzimmer nieder und versuchte, aus den nassen Kleidern zu kommen. Besonders schwierig war es, die Strümpfe auszuziehen, und sie war versucht, zur Schere zu greifen und die verdammten Dinger einfach aufzuschneiden.

Als Lizzie an die Tür klopfte, sank sie erleichtert zurück.

»Ihr Bad ist bereit, Madam. Und Reverend Hill meinte, Sie bräuchten vielleicht Hilfe beim Ausziehen.«

»Ja, leider. Allein schaffe ich es nicht.«

Lizzie half ihr mit geschickten Griffen und ohne sie in Verlegenheit zu bringen aus den Kleidern. »Der Reverend ist ein recht gut aussehender Mann, nicht wahr?«

Ginger horchte auf. »Ja. Das könnte man sagen.«

»Wissen Sie, ob er verheiratet ist?«

Obwohl Ginger keinerlei Anrechte auf den Pastor hatte, störte sie die Frage ihres Hausmädchens.

»Soweit ich weiß, ist er im Augenblick auch ohne eine Ehefrau ganz zufrieden.«

»Ja, sicher.« Lizzie half Ginger in einen Satinmorgenmantel und begleitete sie zum Badezimmer.

Die Fliesen auf dem Fußboden bildeten ein schwarz-weißes Schachbrettmuster, vor der Porzellanbadewanne mit den Klauenfüßen lag eine rechteckige gelbe Matte. Ginger nahm den Stützkragen ab, reichte ihn Lizzie und ließ sich dann vorsichtig ins dampfende warme Wasser gleiten, das sie seidig umschloss. Sie hoffte, die Wärme würde die Muskeln in ihrem Nacken lockern und rutschte bis ans Kinn ins Wasser.

»Ich habe Salze in Ihr Badewasser gegeben«, sagte Lizzie. »Die sollen sehr wohltuend sein.«

»Vielen Dank, Lizzie. Sie sind ein Schatz. Wenn ich fertig bin, klingle ich.«

Lizzie stellte ein kleines Glöckchen an den Rand der Badewanne, drehte den Wasserhahn ab und ließ Ginger allein.

GERADE ALS GINGER nach Lizzie klingeln wollte, klopfte das Hausmädchen an die Tür des Badezimmers. »Madam, unten ist ein Besucher. Ich habe ihm gesagt, Sie hätten sich bereits zurückgezogen. Aber er meint, es sei dringend.«

Ginger fragte sich, um wen es sich handeln konnte. Außer Oliver oder Basil fiel ihr niemand ein, der einen dringenden Grund haben könnte, zu ihr zu kommen. »Wer ist es denn?«

»Ein Captain Smithwick, Madam.«

Trotz des warmen Wassers rieselte Kälte durch Gingers Adern.

»Und wo ist er jetzt?«

»Im Wohnzimmer.«

Mit angehaltenem Atem überlegte sie, welche Pläne Felicia heute hatte. Ein überraschendes Zusammentreffen mit dem Mann, der ihr so übel mitgespielt hatte, wäre eine schreckliche Zumutung. Der Captain hatte Felicia glauben lassen, er hätte sein Herz an sie verloren und wollte gar um ihre Hand anhalten. Doch letztendlich hatte er zugegeben, sie nur benutzt zu haben, um Druck auf Ginger auszuüben.

Für den Moment musste sie sich keine Sorgen machen. Ihre junge Schwägerin war mit Matthew Haines zum Proben im Abbott Theatre.

»Sagen Sie dem Captain, ich komme.«

»Sehr wohl, Madam. Aber bitte warten Sie. Ich helfe Ihnen beim Ankleiden.«

Die Spannung in ihren Nackenmuskeln ließ Gingers Schädel schmerzhaft pochen. Widerstrebend gestand sie sich ein, dass sie die Hilfe ihres Hausmädchens gut brauchen konnte. Lizzie war im Nu zurück und unterstützte sie beim Aufstehen und Abtrocknen.

Wäre es nicht um eine angeblich dringende Angelegenheit gegangen, hätte Ginger den Captain noch lange warten lassen. Doch sie war neugierig. Basil hatte offenbar Kontakt zu dem Mann aufgenommen, und jetzt saß er unten in ihrem Wohnzimmer.

»Das grüne Teekleid ist völlig ausreichend«, sagte sie zu Lizzie. »Und dazu der weiße Schal. Ganz wird er den scheußlichen Kragen zwar nicht verdecken, aber immerhin ein wenig kaschieren.«

Lizzie holte die gewünschten Sachen, schminkte Ginger und half ihr in ihre Riemchenschuhe.

Ginger drehte sich langsam vor dem Spiegel. »Was denkst du, Boss?«

Boss wedelte freudig mit dem kurzen Schwanz. Dann streckte er sich, sprang vom Bett und folgte Ginger hinaus.

»Brauchen Sie Hilfe auf der Treppe, Madam?«, fragte Lizzie.

»Ich glaube, es wird gehen. Ich fühle mich schon besser.«
Abgesehen von den lästigen Schmerzen am Übergang
zwischen ihrem Nacken und ihrem Hinterkopf. »Aber vielleicht nehme ich zuvor noch eine Aspirin. Könnten Sie mir
bitte die Tabletten holen, die der Arzt mir mitgegeben hat?
Sie stecken in der Tasche des Morgenmantels.«

Lizzie öffnete den kleinen Glasbehälter und ließ eine
Tablette in ihre Handfläche gleiten. Zusammen mit dem Glas
Wasser vom Nachttisch brachte sie sie zu Ginger.

»Vielen Dank.« Ginger schluckte das Aspirin.

Vor dem Wohnzimmer blieb sie einen Augenblick stehen,
atmete tief durch und wappnete sich. Dann trat sie betont
selbstsicher durch die Tür.

»Captain Smithwick. Welche Überraschung.«

Man hatte dem Captain Tee serviert. Er stellte Tasse und
Untertasse ab, erhob sich und drehte sich dann zu ihr. Er
war ein großer, imposanter Mann. Dass sie ihn ohne
Uniform gesehen hatte, lag lange zurück. Heute trug er einen
blaugestreiften Anzug. Das seitlich gescheitelte Haar war um
die Ohren kurzgehalten und mit Pomade nach hinten
frisiert. Beim Lächeln bildeten sich kleine Fältchen um seine
dunklen Augen. Doch dieses Lächeln war nicht freundlich,
sondern hochmütig.

»Guten Abend, Ginger.«

Die vertrauliche Anrede war ihr zuwider, doch sie ließ
sich nichts anmerken. Lizzie war ihr gefolgt und schenkte
auch ihr Tee ein. Ginger setzte sich und nahm die Tasse
entgegen.

»Ungewöhnliches Accessoire.« Captain Smithwick nickte
in Richtung der Stützmanschette.

»Ja, leider. Ich hatte heute Nachmittag einen kleinen
Unfall mit dem Daimler.«

»Aha.«

»Was führt Sie nach London?« Bei ihrer letzten Begegnung war der Captain in St. Albans stationiert gewesen.

Er fixierte sie. »Die Arbeit.«

Ginger schlug lässig die Beine übereinander. Entschlossen, sich von ihm nicht einschüchtern zu lassen, nippte sie an ihrem Tee.

»Sie haben Ihren kleinen Detective auf mich losgelassen«, sagte Smithwick abschätzig. »Wozu das denn?«

Dass der Captain so herablassend über Basil sprach, empörte Ginger. Doch sie schürzte nur die Lippen und zeigte weiter keine Reaktion. »Haben Sie mit ihm gesprochen?«

»Nein.«

»Und weshalb nicht?«

»Weil ich mir dachte, *Lady Gold*, was für ein exzellenter Anlass, eine gute Freundin zu besuchen. Schon der alten Zeiten wegen.«

Dieser Mann machte sie rasend! Sofort pochte ihr Schädel noch viel heftiger. Sie brauchte dringend noch mehr Aspirin. Doch entschlossen, äußerlich gelassen zu bleiben, trank sie in kleinen Schlucken weiter ihren Tee. Sie und der Captain waren keinesfalls Freunde. Die Abneigung gegen ihn hatte sie nicht erst, seit er ihre Schwägerin so niederträchtig behandelt hatte. Die stammte noch aus der Zeit in Frankreich. Damals war er ihr Vorgesetzter gewesen, und seine Entscheidungen hatten sie oft entsetzt. Viel zu häufig waren sie kaltschnäuzig und ohne Rücksicht auf Menschenleben gewesen. Für Francis Smithwick zählte nur die Mission.

»Ich vermute, der Secret Service hat etwas mit dem Tod von Mary Parker zu tun«, sagte Ginger. »Sie war eine

Doppelagentin, hat für die Russen und die Briten gearbeitet. Und getötet wurde sie ganz zufällig in meinem Modesalon.«

»Oh ja. Davon habe ich gehört. Wirklich überaus unangenehm für Sie.«

»Wissen Sie etwas darüber?«

Smithwick beugte sich grinsend vor. »Selbst wenn ich etwas wüsste, könnte ich es Ihnen nicht sagen, wie Sie wohl wissen. Deshalb lautet die Antwort selbstverständlich Nein.«

Das hatte Ginger bereits vermutet.

»Ist Prinzessin Sophia von Altenhofen ebenfalls im Einsatz gestorben?«

»Ich habe keine Ahnung, wovon Sie reden.«

Ginger schnaubte gereizt. »Warum sind Sie hier?«

»Wie gesagt …« Er hob seine Teetasse. »Ein Besuch unter Freunden. Wie geht es Ihnen, Ginger? Von den lästigen Nackenproblemen einmal abgesehen. Wie ich höre, haben sich der Chief Inspector und seine Frau versöhnt. Das muss doch schmerzen, möchte ich annehmen.«

»Sie sind widerlich.«

»Man hat mich schon Schlimmeres genannt.«

Ginger stellte die Teetasse ab und erhob sich. »Falls Sie mir nicht noch etwas Wichtiges zu sagen haben, darf ich Sie jetzt hinausbringen lassen.«

»Nicht so hastig. Ich weiß doch, was sich gehört: Wenn man alte Freunde besucht, bringt man ein Gastgeschenk mit. Bitte setzen Sie sich wieder.«

Ginger zögerte, nahm dann aber doch noch einmal Platz. Ihr Stolz durfte sie nicht daran hindern, an Hinweise zur Aufklärung der Verbrechen zu kommen. Selbst auf die Gefahr hin, dass Smithwick nur einen sehr kleinen Beitrag dazu leistete.

»Schön«, sagte sie. »Was gibt es?«

»Viel kann ich nicht sagen, weil Sie nicht mehr zur Mannschaft gehören. Das ist Ihnen bewusst.«

»Ja.«

»Sie könnten das sehr leicht ändern.«

»Danke, kein Interesse«, antwortete sie. Schon gar nicht, wenn das bedeutete, noch einmal unter Smithwicks Kommando zu stehen.

»Jammerschade.« Smithwick stand auf und rückte seine Weste zurecht. »Wer auch immer Mary Parker getötet hat, zu uns hat er nicht gehört.«

»Sind Sie sicher?«

»Ja.«

Lord Whitmore konnte es demnach nicht gewesen sein. »Sie sagen also, der MI5 ist an der ganzen Sache völlig unbeteiligt?«, fragte Ginger mit Unschuldsmiene.

»Tut mir leid. Mehr hören Sie von mir nicht.«

Plötzlich tönten Stimmen aus der Eingangshalle. Felicia fragte Pippins, wo sie Ginger finden könne.

»Schnell!« Ginger erhob sich und machte einen Schritt auf den Captain zu. »Sie müssen hinten hinaus.«

»Aber warum denn? Soll ich nicht noch Miss Gold begrüßen, bevor ich gehe?«

»Auf gar keinen Fall.«

Ginger wollte Felicia jeden weiteren Gefühlstumult ersparen. »Bitte. Ich appelliere an Ihren Anstand, Captain.«

»Wie Sie wünschen. Schicken Sie mich aus dem Haus wie einen x-beliebigen Dienstboten.«

Gewissensbisse würde Ginger deswegen nicht bekommen. Zudem hatte sie von ihren Dienstboten eine weitaus bessere Meinung als von Smithwick. Trotz ihrer Schmerzen schob sie ihn regelrecht vom Wohnzimmer ins Speisezimmer.

»Lizzie!«

Zum Glück war das Hausmädchen in Rufweite und eilte herbei. Beim Anblick des düster blickenden Besuchers blieb sie überrascht stehen.

»Madam?«

»Bitte bringen Sie den Captain durchs Frühstückszimmer hinaus. Er möchte gerne noch den Garten sehen. Und wegen meiner Verletzung ...«

Smithwick warf ihr einen vernichtenden Blick zu. Als interessierte er sich für ihren Garten. Noch dazu im *Januar!*

Lizzie knickste mit gesenktem Kopf. Fragen zu stellen, gehörte nicht zu ihren Aufgaben. »Wenn Sie mir bitte folgen möchten.«

Als die beiden gegangen waren, lehnte sich Ginger an die Wand und atmete tief durch. Dieser Widerling! Würde es ihr je gelingen, den abscheulichen Kerl aus ihrem Leben zu verbannen?

»Geht es Ihnen nicht gut, Madam?«

Mrs Beasley steckte den Kopf ins Speisezimmer. Sicher war sie neugierig, weshalb Lizzie den Besucher nicht einfach zur Haustür brachte. Sie musterte Ginger besorgt.

Ginger strich ihr Kleid glatt. »Danke. Es geht schon wieder.«

»Wirklich? Ich habe von Ihrem Unfall gehört.«

»Halb so schlimm. Nur mein Nacken ist gezerrt.«

»Ich schicke Grace mit frischem Tee ins Wohnzimmer und bringe Ihnen ein paar Sandwiches zur Stärkung.«

»Das wäre fabelhaft, Mrs Beasley. Ich glaube, Felicia ist auch gerade nach Hause gekommen.«

»Dann mache ich genug für Sie beide.«

»Danke.«

Felicia stürmte genau in dem Moment ins Wohnzimmer, in dem Ginger aus dem Speisezimmer dorthin wechselte.

»Ginger!« Sie klang aufgeregt. Nicht einmal der seltsame Kragen um den Hals ihrer Schwägerin schien ihr aufzufallen. »Ich komme gerade vom Theater.«

»Was gibt es denn?«

»Stell dir vor! Matthew Haines! Er ist jetzt auch verschwunden!«

Ginger wollte ihren Ohren nicht trauen. »Wie meinst du das, *verschwunden?*«

»Genau wie Angus. Wie vom Erdboden verschluckt! Keiner hat ihn gesehen. Er ist nicht zur Probe erschienen. Geordie Atkins hat in seiner Wohnung nachgesehen, aber dort war er auch nicht. Ginger, irgendwer entführt Schauspieler!«

KAPITEL VIERUNDZWANZIG

Ginger ließ sich in ihrem Lieblingssessel nieder. Sie freute sich schon darauf, in ihr Bett fallen und ins süße Nichts abtauchen zu können.

»Felicia, Liebes, ich glaube nicht, dass jemand Schauspieler entführt. Aber bitte erzähl. Was ist passiert?«

»Es war genau wie bei Angus. Matthew und ich wollten uns vor der Probe zum Lunch treffen, aber er ist nicht gekommen. Ich war natürlich verärgert, dachte aber, er hätte einfach nur die Zeit vergessen. Als er zur Probe dann auch nicht erschienen ist, wusste ich, dass etwas Schlimmes passiert sein muss. Du lieber Himmel, Ginger, was hast du denn da um den Hals?«

Ginger lächelte über den plötzlichen Themawechsel. »Ich bin mit dem Daimler auf der glatten Straße in eine Karambolage geraten.«

»Und wie geht es dir?«

»Mein Nacken schmerzt, aber das ist bald wieder gut.«

»Und der Daimler?«

»Steht in einer Werkstatt. Genaueres habe ich noch nicht erfahren.«

»Oh je«, sagte Felicia. »Was für ein Pech. Aber was sollen wir denn jetzt wegen Matthew unternehmen?«

Sich umgehend wieder mit ihren eigenen Problemen zu beschäftigen, passte zu ihr.

»Ein zweiter verschwundener Schauspieler, das ist in der Tat sehr seltsam. Aber vielleicht hat er sich von Mr Green anstecken lassen und lebt einfach irgendwo in den Tag hinein.«

»Das kann ich mir nicht vorstellen.« Felicia schnaubte.

Ginger konnte das leider sehr wohl. Auf sie hatte Mr Haines keinen sehr ernsthaften oder verlässlichen Eindruck gemacht. Doch um Felicia zu beruhigen, sagte sie: »Ich rufe Chief Inspector Reed an und spreche mit ihm darüber.«

»Danke.« Felicia schniefte einmal in ihr Taschentuch, dann angelte sie sich ein Thunfischsandwich vom Teller.

Bemüht, dabei ihren Hals und ihren Kopf möglichst wenig zu bewegen, ging Ginger hinaus in den Flur. Anstatt sich vornüberzubeugen, um nach dem altmodischen Telefon greifen zu können, ging sie in die Knie. Dann wählte sie die Nummer von Scotland Yard.

»Bedaure, Madam. Chief Inspector Reed ist nicht hier.«

»Dann muss es auch so gehen. Ich möchte jemanden vermisst melden. Vermutlich vermisst.« Ginger fasste zusammen, was sie von Felicia wusste. »Das ist nun schon der zweite junge Mann aus dem Abbott Theatre, der einfach verschwindet. Natürlich kann das ein Zufall sein. Aber möglicherweise stecken die beiden jungen Männer in Schwierigkeiten. Bitte informieren Sie den zuständigen Ermittler.«

Ginger kehrte zu Felicia zurück, die ziemlich matt und verzagt aussah.

»Möchtest du dich vor dem Abendessen ein bisschen hinlegen?«, fragte sie sanft. »Die Polizei weiß Bescheid. Jetzt lassen wir sie ihre Arbeit tun.«

Felicia versteckte ein herzhaftes Gähnen hinter ihrer Hand. »Ich glaube, das mache ich, Ginger. Und danke.«

Ginger setzte sich wieder in ihren Sessel. Sie war selbst ziemlich erschlagen. Was für ein Tag! Erst der merkwürdige Auftritt der Gräfin im *Feathers & Flair*, dann der Unfall, später Smithwicks unangenehmer Besuch und jetzt auch noch ein weiterer vermisster Schauspieler.

Warum war Smithwick eigentlich gekommen? Falls der britische Geheimdienst in die Sache verwickelt war, musste ihm doch daran gelegen sein, keine unnötigen Mitwisser zu haben. Allerdings behauptete er, der Geheimdienst hätte nichts damit zu tun. Aber wer dann? Die Deutschen? Die Russen? Die Rumänen?

Und weshalb den ersten Mord ausgerechnet bei ihrer Gala begehen?

Mit der Fußspitze schob sie den zusammengefalteten Papierbogen unter ihrem Sessel hervor, den sie ursprünglich an der Staffelei befestigt gehabt hatte. Trotz der Stützmanschette war es schmerzhaft, ihren Hals zu bewegen. Sie klingelte, und einen Augenblick später stand Pippins im Zimmer.

»Pips, könnten Sie bitte?« Sie stupste das Blatt mit der Fußspitze an. »Das hier muss wieder auf die Staffelei.«

»Sehr wohl, Madam.« Pippins faltete die Skizze auseinander und befestigte sie. »Kann ich sonst noch etwas für Sie tun?«

»Etwas frischer Tee wäre schön.«

Der Butler legte ein Scheit aufs Feuer und verließ das Wohnzimmer. Ginger betrachtete ihre Skizze.

Lady Isla Lyon, Kleptomanin. Lord Lyon, beschützender Ehemann. Prinzessin Sophia, feindschaftlich gesonnen. Lord Whitmore, britischer Secret-Service-Agent. Gräfin Andreea Balcescu, nicht auffindbar. Lady Fitzhugh, Meredith Fitzhugh.

Aus einer Schublade der Anrichte holte sie sich einen Stift. Eigentlich wollte sie Prinzessin Sophias Namen durchstreichen. Doch dann hielt sie inne. Die Frau war ermordet worden. Trotzdem konnte sie zuvor Mary Parker umgebracht haben.

Ginger grübelte weiter. Welche Motive hatten alle diese Personen?

Bei Lady Lyon notierte sie *Diebstahl vertuschen*. War ihr Verlangen nach dem echten blauen Diamanten so groß gewesen, dass sie dafür getötet hatte? Sich vorzustellen, dass die Frau ihrem Opfer das Genick brach, fiel Ginger weiterhin schwer.

Hinter den Namen Lord Lyon schrieb sie *Ruf der Familie bewahren*. Mary Parker hatte ihren Angreifer vermutlich gesehen. Dass Lord Lyon sie getötet hatte, um sie als Zeugin zu beseitigen, hielt Ginger für denkbar. Kräftig genug war er sicherlich.

Und dann Prinzessin Sophia. Hatte sie in deutschem Auftrag die verschlüsselte Botschaft abfangen sollen? Wenn ja, dann war ihr das nicht gelungen. Oder war sie ebenfalls hinter dem Diamanten her gewesen? Hatte Mary Parker bei der Gala doch den echten getragen? Hatte die Prinzessin vielleicht nur behauptet, es handle sich um eine Kopie, Mary Parker das Genick gebrochen und die Schmuckstücke ausgetauscht?

Auch neben den Namen der Prinzessin schrieb Ginger das Wort *Diebstahl*.

Bei Lord Whitmore fügte sie als mögliches Motiv *Geheimdienstmission?* hinzu. Vielleicht hatte Mary die Nachricht ja gar nicht hinterlassen, sondern selbst auf die Übergabe des Geheimcodes gewartet. War es Lord Whitmores Aufgabe gewesen, dafür zu sorgen, dass Mary keine Botschaft von den Russen bekam? Und wer konnte der russische Überbringer der Nachricht gewesen sein?

Neben den Namen der Gräfin Balcescu malte Ginger drei Fragezeichen.

Lizzie brachte das Tablett mit dem Tee. »Bitte sehr, Madam. Soll ich Ihnen eingießen? Vielleicht ist es besser, wenn Sie sich setzen.«

Ginger ließ sich vorsichtig nieder und nahm den Tee entgegen. »Danke, Lizzie.«

»Wenn Sie noch etwas brauchen, klingeln Sie einfach. Dann bin ich sofort da.«

»Ja, ist gut.«

Ginger pustete in ihren Tee, um ihn abzukühlen, und betrachtete ihre Zeichnung nachdenklich. All diese Rätsel machten die Kopfschmerzen noch schlimmer. Dazu kam jetzt auch noch ein leichter Schwindel, und der Wahrheit war sie noch keinen Schritt näher als heute Morgen. Sie trank einen kleinen Schluck.

»Du siehst aus, als könntest du etwas Stärkeres vertragen.«

Ginger drehte sich vorsichtig zu Haleys Stimme um.

»Da könntest du recht haben.«

Der Blick ihrer Freundin fiel auf die Halskrause. »Herrje, Liebes. Was ist denn passiert?«

Noch einmal berichtete Ginger von dem Unfall.

»Ein Glück, dass es so glimpflich ausgegangen ist. Du glaubst gar nicht, wie viele Todesopfer Unfälle mit Automobilen bereits gefordert haben.« Haley hielt einen Moment lang inne. »Hast du Schmerzen?«

»Ja. Sehr lästig«, gab Ginger zu.

Haley öffnete ihre Handtasche, fischte einen kleinen gläsernen Behälter heraus und entkorkte ihn. »Nimm eine hiervon. Das ist Aspirin.«

»Danke, Haley.« Ginger spülte die Pille mit einem Schluck Tee hinunter.

»Dieser verflixte Schneeregen. Zum Glück sind alle sehr langsam gefahren. Aber es gab eine besonders rutschige Stelle, die kaum zu erkennen war.«

Ginger liebte das kleine Abendritual mit Haley, bei dem sie zusammen ein Glas Brandy tranken und von ihrem Tag berichteten. Haley schürte das Feuer und legte ein paar Holzscheite auf. Dann schenkte sie ihnen ein und setzte sich an ihren Stammplatz. Boss hob den Kopf, trabte zu Ginger und sprang auf ihren Schoß. Sie streichelte sein seidiges Fell.

Haley nickte in Richtung der Staffelei. »Du hast deine Zeichnung wieder aufgehängt. Was bedeuten die neuen Notizen?«

»Ich suche nach einem plausiblen Motiv. Aber ich fürchte, ich sehe den Wald vor lauter Bäumen nicht.«

»Neben Gräfin Balcescu stehen drei Fragezeichen.«

»Sie ist heute Morgen in den Modesalon gekommen und hat im ersten Stock herumgeschnüffelt. Erst dachte ich, sie interessiert sich für Kleider von der Stange. Aber als sie gegangen ist, hat sie sich so seltsam benommen, dass ich ihr gefolgt bin.«

»Ach.«

»Wenn ich nur ein kleines bisschen schneller gewesen

wäre, wenn ich nicht ausgerutscht wäre und mir meine besten Strümpfe zerrissen hätte, hätte ich die U-Bahn noch erwischt, in der sie weggefahren ist.«

»Und was dann?«

»Dann wüsste ich jetzt vielleicht, ob sie wirklich im Brown's Hotel abgestiegen ist, wie sie behauptet.«

»Weshalb sollte sie lügen?«

»Weil sie womöglich nicht diejenige ist, die sie vorgibt zu sein.«

»Herrje. Noch eine Agentin?«

»Ich habe keine Ahnung. Aber irgendetwas …«

»Was?«

»Es hat heftig geregnet, und für einen kurzen Moment konnte ich ihr Gesicht noch einmal sehen. Es sah aus …« Ginger suchte nach den richtigen Worten.

»Wie denn?«

Sie schaute ins Leere und zog die Nase kraus. »So als würde es sich ablösen.«

Haley dachte einen Moment lang nach. »Vermutlich nur irgendeine Lichtreflexion.«

Ginger nahm einen Schluck Brandy. »Ja, vermutlich.«

KAPITEL FÜNFUNDZWANZIG

G inger befolgte die Anweisungen des Arztes und blieb erst einmal zu Hause. Madame Roux war ein absolutes Goldstück und gut in der Lage, das *Feathers & Flair* für ein paar Tage allein zu führen. Manchmal fragte sich Ginger, weshalb sie sich überhaupt die Mühe machte, persönlich im Modesalon zu stehen. Im Augenblick war sie jedenfalls sehr dankbar, in ihrem Bett liegen und sich ausruhen zu können. Sie war angeschlagener, als sie gedacht hatte.

Am nächsten Morgen schreckte sie noch vor Sonnenaufgang aus dem Schlaf, weil Lizzie ins Zimmer kam. Ginger stemmte sich auf einen Ellbogen hoch und stellte erleichtert fest, um wie viel besser es ihr ging. »Was gibt es denn, Lizzie?«

Das Hausmädchen stellte eine Öllampe auf den Nachttisch. »Entschuldigen Sie die frühe Störung, Madam. Aber Scotland Yard ist am Telefon, und es hieß, es sei dringend. Ich dachte, Sie möchten sicher geweckt werden.«

»Das haben Sie genau richtig gemacht, Lizzie.« Ginger

setzte sich auf. »Ich brauche nur etwas Aspirin und ein Glas Wasser.«

Das Hausmädchen brachte ihr beides. Boss, der wohl spürte, dass sein Frauchen noch immer Schmerzen hatte, tappte vorsichtig über die Bettdecke zu ihr und stupste sie mit seiner feuchten Nase an.

»Keine Sorge, Boss.« Ginger kraulte ihn hinter den spitzen Ohren. »Ich muss nur erst ein bisschen in Gang kommen.«

Sie schluckte eine Pille, nahm die Stützmanschette ab und bewegte vorsichtig ihren Hals. Das funktionierte schon etwas besser als am Vortag, aber sicher war es klug, den Kragen noch eine Weile zu tragen. Also legte sie ihn wieder an. Vielleicht würde ihr Hals morgen Abend schon stark genug sein, um ohne dieses unansehnliche Accessoire zu dem Tanz zu gehen.

Scotland Yard rief an? Das machte sie neugierig. Sie schlüpfte in ihren Morgenmantel und stieg, so schnell es eben ging, die Treppe hinunter. Boss wich nicht von ihrer Seite. Sicher war Reed am Apparat. Was konnte er um diese Zeit wollen?

Sie drückte den Hörer des altmodischen Telefons ans Ohr und hob die Sprechmuschel an den Mund.

»Ja bitte? Lady Gold.«

»Ginger, ich bin es, Basil.«

»Haben Sie den Mörder gefunden?«

»Leider nicht. Aber ich fürchte, es gibt schlechte Nachrichten.«

Ginger fuhr der Schreck in die Glieder. War ihren Lieben etwas zugestoßen? Aber sicher lagen sie noch in ihren Betten. Nahezu sicher. Bei Felicia, die in letzter Zeit auf immer verrücktere Ideen kam, konnte man nie wissen.

»Was gibt es denn?«

»Es wurde eingebrochen. In Ihren Modesalon.«

Ginger blieb der Mund offenstehen. Sie war erleichtert, dass ihrer Familie nichts passiert war, und zugleich schockiert. Weshalb sollte jemand in ihr Geschäft einbrechen?

»Wie schlimm ist es?«

»Das Schaufenster ist eingeschlagen, innen liegt alles durcheinander. Ein Streifenpolizist hat den Einbrecher weglaufen sehen, konnte ihn aber nicht schnappen. Soll ich Sie abholen? Sie müssen uns sagen, ob etwas fehlt, und wenn ja, was.«

»Warum sind Sie überhaupt dort? Für Einbrüche sind Sie doch normalerweise nicht zuständig.«

»Wir haben nach wie vor einen ungelösten Mordfall, und die Tat ist im *Feathers & Flair* begangen worden. Soll ich Sie abholen?«

Ginger vermisste die Wärme, die sie in Reeds Nähe früher empfunden hatte. Doch noch immer konnte sie ihren Gefühlen nicht trauen. In einem Automobil ganz eng neben ihm zu sitzen, war keine gute Idee. Sie wollte gerade sagen, sie würde selbst fahren, als ihr einfiel, dass ihr Wagen noch in der Werkstatt stand. Verflixt!

»Das wäre sehr freundlich.«

Sie legte auf und rief ihr Hausmädchen. »Lizzie. Ich muss vorzeigbar aussehen. Und wir haben nur zwanzig Minuten.«

Sie wollte eilig die Stufen erklimmen, aber schnelle Bewegungen verursachten ihr immer noch Schmerzen. Boss kläffte einmal kurz auf. Für ihn war das alles ein spannendes Spiel. An seinem Frauchen und dem Hausmädchen vorbei jagte er die Treppe hinauf. Dann schaute er den beiden mit blitzenden braunen Augen von oben entgegen. Offenbar freute er sich, dass er das Rennen gewonnen hatte.

Lizzie öffnete die Türen des Kleiderschranks. »Ein Kostüm, Madam?«

Ginger freute sich, dass ihr Hausmädchen wusste, was jetzt passend war. »Perfekt.«

Lizzie holte einen braunen mittellangen Wollrock aus dem Schrank, dazu eine langärmelige weiße Bluse aus Kunstseide mit einem zarten Blumenmuster und einen dazu passenden orangeroten Schal aus Feinstrick. Ginger stellte sich mit den Sachen vor ihren großen Spiegel. »Eine gute Wahl.«

An ihrem Schminktisch tuschte sie sich leicht die Wimpern und legte etwas Rouge auf. So wie immer, sagte sie sich. Ohne wenigstens einen Hauch von Make-up verließ sie selten das Haus. In ihrem Hinterkopf meldete sich eine kleine Stimme mit der Wahrheit zu Wort: All die Mühe machte sie sich, weil in wenigen Minuten ein ganz bestimmter Chief Inspector an ihre Tür klopfen würde. Doch Ginger ließ sich nicht beirren.

Zufrieden mit ihrem Make-up strich sie sich übers Haar und legte die Stirn in Falten. »Um an meiner Frisur noch etwas zu machen, fehlt uns die Zeit.«

»Zum Glück gibt es Hüte«, sagte Lizzie. Sie nahm eine hellbraune Cloche mit einem breiten schwarzen Band aus einer Hutschachtel. Ginger lächelte. »Gut gewählt!«

Kaum stand sie in der Eingangshalle, schon klopfte es an der Tür. Pippins erschien und war augenscheinlich überrascht über Gingers sehr frühen Aufbruch.

»In meinem Modesalon gab es einen Vorfall, um den ich mich kümmern muss«, erklärte sie ihm, während er die Haustür öffnete.

Reed trat ein und tippte grüßend an seinen Hut. »Lady Gold.«

»Ich bin fertig«, sagte sie. »Bossy, du musst leider hierbleiben. Wenn du brav bist, geht Lizzie vielleicht mit dir spazieren.«

Der Boston Terrier setzte sich. Er sah enttäuscht und ein wenig traurig aus.

»Komm, Boss«, sagte Lizzie, und schon war die Enttäuschung verflogen. Fröhlich trabte er hinter dem Hausmädchen her.

Jetzt vor Sonnenaufgang waren die Straßen Londons noch still. Unterwegs waren fast nur Bäcker und Lieferanten.

»Ich entschuldige mich für die frühe Störung«, brach Reed das Schweigen. »Besonders, weil doch Ihr Nacken ...«

»Dieser Kragen lässt es schlimmer aussehen, als es ist«, sagte Ginger. »Mir geht es schon viel besser.«

»Das freut mich sehr.«

Sie musterte ihn verstohlen. Reed sah müde aus und blass. Unter seinen Augen lagen dunkle Schatten. Sie drehte sich zu ihm.

»Warum sind Sie zur Polizei gegangen? Eigentlich müssten Sie doch gar nicht arbeiten.«

Er antwortete, ohne sie anzusehen. »Um den Ausgestoßenen und Unschuldigen zu Gerechtigkeit zu verhelfen.«

»Gerechtigkeit wünscht sich jeder. Aber was war Ihr wirklicher Grund?«

Reed fuhr langsamer und schaute ihr in die Augen. »In all den Jahren, in denen ich mit Emelia verheiratet bin, hat sie mir nie diese Frage gestellt.«

Ginger wandte sich ab. Dass Reed sie mit seiner Frau verglich, machte sie verlegen.

Die nächste Frage richtete sie an sein Spiegelbild in der Windschutzscheibe. »Möchten Sie mir antworten?«

»Ich hatte einen Adoptivbruder. Er wurde ermordet, als

ich fünf Jahre alt war. Am freien Abend des Kindermädchens in seinem Bett erstickt.«

Gingers behandschuhte Hand flog an ihren Mund. Ihr Herz zog sich vor Grauen zusammen. »Oh, Basil!« Sie starrte sein Profil an. An seinem Kiefer zuckte ein Muskel, aber er schaute geradeaus auf die Straße.

»Wie furchtbar«, sagte sie. »Wurde der Mörder gefasst?«

Reed schluckte und schüttelte den Kopf. »Nein. Man hat es nie ernsthaft versucht.«

»Aber warum denn nicht?«

»Wegen Elias' Hautfarbe. Mein Vater hat ihn nach dem zweiten Burenkrieg aus Südafrika mitgebracht. Der Junge hatte in einer Schlacht seine Eltern verloren.«

»Und Sie sind sicher, dass man deshalb nicht richtig nach dem Mörder gesucht hat?«

»Ich kenne die Gesetze, Ginger. Und ich weiß, dass Beweise unter den Teppich gekehrt wurden.«

»Wie schrecklich!«

»In den höheren Kreisen war es nicht gern gesehen, dass jemand einen schwarzen Sohn hatte«, sagte Reed. »Für diese Leute war das eine Ungeheuerlichkeit. Und das haben sie meine Eltern spüren lassen. Aber wir haben Elias geliebt. Er war ein herzensguter Junge.«

Überwältigt von der Schlechtigkeit der Menschen und voller Mitgefühl für Reed schloss Ginger einen Moment lang die Augen. »Das tut mir sehr leid.«

»Es ist lange her.«

Reed parkte vor dem Modesalon. Beim Anblick des zerbrochenen Schaufensters schnappte Ginger nach Luft. Auf dem Gehsteig vor dem Laden häuften sich Glasscherben. Ein Polizist hielt Wache und grüßte Reed. Bevor Ginger die Beifahrertür öffnen konnte, stand Reed schon bei ihr. Er bot ihr seine Hand an, und sie ließ sich von ihm helfen. Noch immer schmerzte ihr Nacken bei jeder kleinen Anstrengung.

Mit offenem Mund stand sie einen Augenblick später in ihrem Geschäft. Schaufensterpuppen lagen mit abgetrennten Gliedern und gebrochenen Hälsen auf den Marmorfliesen wie Tote. Kleiderständer waren umgerissen worden, Hüte aus den Schachteln geworfen und zertreten. Jetzt in der Dunkelheit vor Tagesanbruch warf die elektrische Beleuchtung ein viel zu grelles Licht auf das Chaos und sorgte zugleich für tiefe Schatten. Die Wirkung war geradezu unheimlich.

Ein schneller Blick ins Obergeschoss zeigte, dass der Eindringling auch hier alles verwüstet hatte.

»Ich bedaure diesen Vorfall wirklich sehr, Ginger.« Reeds Stimme klang sanft.

»Was in aller Welt wurde hier bloß gesucht?«

»Könnte das ein ganz normaler Einbruch gewesen sein?«, fragte Reed. Offenbar hoffte er wider jede Vernunft, dass es keinen Zusammenhang zwischen dem Mord und diesem Vorfall gab. Ginger glaubte das nicht.

Sie schaute sich um. »Die teuersten Kleider sind noch da. Die Kasse wurde nicht aufgebrochen. Um Geld kann es also nicht gegangen sein.« Wobei es hier sowieso nie viel zu holen gab. Madame Roux ließ immer nur etwas Wechselgeld in der Kasse und brachte die Tageseinnahmen abends auf ihrem Nachhauseweg direkt zur Bank.

Reed presste die Lippen zusammen. »Dann hat der Eindringling wohl nach der Geheimbotschaft gesucht.«

Ginger dachte sofort an Lord Whitmore. Dass Smithwick versichert hatte, der Lord hätte nichts mit der Sache zu tun, war ein Grund mehr, ihn zu verdächtigen. Sie senkte die

Stimme. »Könnte der Einbruch auf Lord Whitmores Konto gehen?«

»Der Mann, den man hat weglaufen sehen, wird als klein und untersetzt beschrieben. Lord Whitmore ist hochgewachsen und schlank.«

»Im Dunkeln kann man sich schon einmal täuschen. Oder?«

»Durchaus.«

»Immer wieder dieser Geheimdienst«, murmelte Ginger. »Ein Jammer, dass Scotland Yard und der MI5 nicht besser zusammenarbeiten.«

»Fingerabdrücke haben meine Leute bereits gesichert«, sagte Reed. »Aber vermutlich hat der Einbrecher Handschuhe getragen.«

Ginger nickte. Ohne verlässliche Zeugen würde es fast unmöglich sein, den Täter zu fassen. Es sei denn, er oder sie hatte eindeutige Spuren hinterlassen, was gar nicht so selten vorkam. »Irgendwo muss es doch Hinweise geben.« Der erste Schock hatte sich gelegt, und sie schaute sich eingehender um.

Reed unterstützte sie. Mit einer kleinen Taschenlampe leuchtete er in alle Winkel. Ginger trat hinter den Tisch mit der Kasse und sah sich die Regalfächer an. Irgendetwas war anders, doch noch konnte sie nicht sagen, was. Die Papierrollen für die Kasse lagen an ihrem Platz. Genau wie die Tüten und gefalteten Pappschachteln, in die die Einkäufe der Kundinnen verpackt wurden. Daneben ein paar vergessene oder verlorene Gegenstände, die darauf warteten, von ihren Besitzerinnen abgeholt zu werden. Ein Lederhandschuh. Eine kleine Börse für Münzgeld. Zwei Schals.

Das war es! Als Gräfin Balcescu ihren graublauen Wollschal verloren hatte, hatte Ginger ihn aufgehoben, zusammengefaltet und zu den beiden anderen gelegt. Jetzt war er weg!

»Chief Inspector?«

Reed trat näher. »Was gibt es denn?«

»Hier fehlt etwas.« Sie erzählte ihm vom Schal der Gräfin. »Könnte der Mann, den der Constable hat weglaufen sehen, in Wahrheit eine Frau in Hosen gewesen sein?« Ginger wusste aus eigener Erfahrung, wie schnell die Gräfin trotz ihrer Fülligkeit laufen konnte.

»Durchaus denkbar«, sagte Reed. »Glauben Sie, die Gräfin würde derartige Verwüstungen anrichten, nur um an den Schal zu kommen?«

Ginger zog die Nase kraus. »Vielleicht war der Schal selbst gar nicht so wichtig.«

»Sie meinen, sie war hinter dem Zigarettenpapier her?«

»Nun ja, bei ihrem letzten Besuch hier hat sie es nicht gefunden«, antwortete Ginger. »Das wäre zumindest ein gutes Motiv, um noch einmal wiederzukommen und alles zu durchwühlen.«

Reed kratzte sich an der Schläfe. In Gingers Augen ließ ihn das graue Haar an dieser Stelle sehr vornehm aussehen. Anziehend. Hatte sie bei ihrer ersten Begegnung tatsächlich gedacht, er wäre zu alt für sie?

Boss, Boss, Boss!

Um ihren Gedanken eine andere Richtung zu geben, schüttelte sie den Kopf. Sofort jagte der Schmerz wie ein Pfeil durch ihren Nacken. Sie griff an die Halskrause und verzog das Gesicht.

»Ist alles in Ordnung?«

»Ja. Ich vergesse nur manchmal meine Verletzung.«

Reeds warme Augen weiteten sich besorgt. »Ich kann Sie nach Hause bringen.«

»Nicht nötig. Es geht schon.«

Bald hatten Reed und die Constables alles getan, was sie im Augenblick tun konnten, und verabschiedeten sich. Nur ein einzelner Constable blieb zur Sicherheit zurück. Ginger ging davon aus, dass sie heute den ganzen Tag hierbleiben, die Aufräumarbeiten organisieren und retten würde, was zu retten war. Vieles musste sie wohl auch abschreiben.

Madame Roux, Dorothy und Emma erschienen zur Arbeit und wollten ihren Augen nicht trauen.

»C'est scandaleux!« Madame Roux griff sofort zum Telefon und bat die fleißigen Damen, die den Modesalon nach der Gala wieder auf Vordermann gebracht hatten, schnellstmöglich noch einmal herzukommen.

Wieder einmal war Ginger dankbar für ihre patente französische Angestellte, die auch in schwierigen Situationen einen kühlen Kopf behielt. Die Aufgaben waren schnell verteilt, und alle machten sich an die Arbeit.

Sogar Felicia kam und half mit. So selbstlos handelte sie selten, und Ginger nahm es als gutes Zeichen. Vielleicht wurde ihre Schwägerin ja doch langsam erwachsen. Ginger bestellte ein neues Fenster, bekam aber zu hören, dass es mindestens eine Woche dauern würde, es herzustellen und einzubauen. In der Zwischenzeit musste sie mit einer hässlichen Sperrholzplatte vorliebnehmen.

»Ich habe eine Idee«, sagte Felicia.

»Ach ja?«

Felicia schlüpfte in Mantel und Handschuhe und warf sich ihren Schal um. »Ich bin bald wieder da!« Damit verschwand sie durch die Tür.

Eine Stunde später kam sie mit einem Mann im Schlepptau zurück. Ginger hoffte, dass sie jetzt nicht einen weiteren Schwarm ihrer Schwägerin kennenlernen würde.

»Das ist Henri«, erklärte Felicia. »Er ist Maler.«

»Und Franzose«, sagte Madame Roux erfreut.

»Für unsere Theaterstücke malt er die Kulissen, und die sind ganz famos«, schwärmte Felicia. Der junge Mann errötete. »Er wird das Brett vor dem Fenster mit einem Gemälde verschönern.«

Ginger klatschte begeistert in die Hände. »Fabelhaft!«

KAPITEL SECHSUNDZWANZIG

*F*and der Wohltätigkeitstanz tatsächlich schon heute Abend statt? Ginger konnte es kaum glauben. Auf Haleys Drängen hin hatte sie sich tagsüber geschont, und ihr Nacken dankte es ihr. Sie freute sich auf ein paar Stunden ohne die Stützmanschette. Schon beim Gedanken an das lästige Ding juckte ihr der Hals.

Lizzie hatte ihr Hilfe angeboten, aber Ginger genoss es, sich selbst fertig zu machen. Sogar das Grammophon setzte sie in Gang und summte Bessie Smiths *Downhearted Blues* mit. In gewissem Sinn passte der Text recht gut zu ihrer derzeitigen Gefühlslage wegen Basil Reed. Die schweren warmen Töne füllten den Raum und weckten ein wenig Vorfreude auf den Tanzabend. Vielleicht konnte sie sich ja wenigstens einen langsamen Tanz gönnen.

Sie überlegte lange, was sie anziehen sollte. Schließlich entschied sie sich für ein Negligé-Kleid aus Chiffon und kombinierte es mit einem metallisch schimmernden Spitzenüberwurf. Die Violetttöne brachten ihre Haarfarbe und ihre grünen Augen zum Leuchten. Sie schlang sich die herrlich weiche neue Boa aus Straußenfedern aus ihrem Mode-salon um den Hals. Für einen Tanzabend in einem Gemeindesaal war ihre Aufmachung vielleicht ein wenig extravagant. Aber schließlich wurde von ihr erwartet, stets die neueste und exklusivste Mode vorzuführen.

Weil alle Welt ägyptische Akzente liebte, krönte sie ihre Auswahl mit einem eng anliegenden Turbanhut. Die Spitzen ihres roten Bobs drehte sie mit den Fingern an ihren Wangen zu perfekten Locken. Zuletzt schlüpfte sie in schwarze Schuhe aus Seidensatin mit strassbesetzten Schnallen.

Boss schaute von seinem Platz am Fuß des Betts aus zu, wie sie sich langsam vor dem Spiegel drehte. »Was meinst du, Boss? Gut genug?«

Der Terrier wedelte mit dem Stummelschwanz und bellte einmal kurz auf.

Ginger lachte. »Schön, dass es dir gefällt.«

Sie betonte ihre Augen mit dunklem Lidschatten und zwei Lagen Wimperntusche, zog mit einem spitzen Augen-brauenstift zwei ausdrucksvolle Bögen, trug großzügig Rouge auf ihre Wangenknochen auf und malte sich die Lippen dunkelrot an. Während sie sich schminkte, dachte sie über den rätselhaften Geheimcode auf dem Zigarettenpapier nach. Codes zu entschlüsseln, hatte während des Kriegs zu ihren Aufgaben gehört. Damals hatte sie sich ganz darauf konzentriert, kaum gegessen oder geschlafen, bis sie eine Aufgabe gelöst hatte. Aber dieser Tage war sie mit zu vielen verschiedenen Dingen gleichzeitig beschäftigt und hatte einfach nicht die nötige Zeit.

Sie legte ihre Smaragdohrringe an und hielt inne. Es musste sich um einen Austausch von Buchstaben und Ziffern handeln. Zwar hatte sie sich den Code gemerkt, aber wegen des Unfalls war sie sich nicht mehr sicher, ob sie ihn noch richtig im Kopf hatte. Sie wollte nach der Handtasche greifen, in die sie die Abschrift gesteckt hatte, doch sie fehlte. Ihr fiel ein, dass sie die Tasche im Arbeitszimmer hatte liegen lassen.

Boss sprang vom Bett und folgte ihr hinaus. In dem Flur, der zum Arbeitszimmer ihres verstorbenen Vaters führte, kam ihr Grace entgegen. Das Hausmädchen knickste. »Madam.«

Die Handtasche lag noch auf dem Schreibtisch. Ginger zog den kleinen zusammengefalteten Zettel heraus, breitete ihn aus und starrte darauf.

Boss sprang neugierig auf den Schreibtischstuhl. Die Hinterpfoten auf die Sitzfläche gestemmt, richtete er sich auf und stützte die Vorderpfoten auf der Tastatur der Schreibmaschine ab. Manche Hundebesitzerin hätte ihren Vierbeiner vielleicht zurechtgewiesen, doch Ginger starrte nur einen Moment lang auf die Hundepfoten. Dann breitete sich ein Lächeln über ihre Züge.

»Boss! Du bist ein Genie!«

Sie zeigte zu Boden. »Wenn es dir nichts ausmacht?« Der Terrier verließ seinen Platz und sprang stattdessen auf einen der Sessel auf der anderen Seite des Schreibtischs. Von dort aus beobachtete er sie gebannt.

Sie zog die Underwood-Schreibmaschine zu sich, legte die Fingerspitzen auf die Grundreihe der Tastatur, die Zeigefinger auf dem ›F‹ und dem ›J‹, und tippte den Code.

W533o 8h 849h 975 wt90 @$

Dann nahm sie die Finger eine Reihe tiefer, mit den Zeigefingern auf dem ›V‹ und dem ›M‹, und tippte den Code noch einmal so, als lägen ihre Finger noch immer auf der Grundreihe.

STEEK IN IRON OUT SGOP WR

Das ergab keinen Sinn. Oder war mit ›Iron‹ das Wort für ›bügeln‹ gemeint? Sollte irgendetwas ausgebügelt werden?

Wieder legte sie die Finger auf die Grundreihe, schob sie dann eine Reihe weiter nach oben und machte einen neuen Versuch.

STEEL IN IRON OUT STOP 24

»Steel in. Iron out. 24.« Sie schaute Boss an. »Weißt du, was das bedeutet?«

Begeistert, dass er das Spiel mitspielen durfte, vollführte Boss einen kleinen Freudentanz und bellte leise auf.

»Vielleicht hast du recht. Aber ich hoffe nicht«, sagte Ginger ernst. Falls sie mit ihrer Vermutung richtig lag, würde sich der MI5 dafür interessieren. Sie zog die Seite aus der Schreibmaschine, ging zum Telefon im Flur und wählte die Nummer von Scotland Yard.

Eine mürrische Stimme meldete sich.

»Chief Inspector Reed, bitte«, sagte Ginger. »Es ist wichtig.«

»Der Chief Inspector ist unterwegs. Wollen Sie eine Nachricht hinterlassen?«

»Bitte sagen Sie ihm, er soll mich so bald wie möglich anrufen.« Reed kannte zwar ihre Nummer, Mallowan 1355, doch für alle Fälle nannte sie sie dem Officer am Apparat.

Als Nächstes wählte sie Reeds Privatnummer. Bislang hatte sie diese nur ein einziges Mal benutzt, als sie sich zum Dinner verabredet hatten und sie hatte nachfragen wollen, was sie dazu anziehen sollte.

Nach dem zweiten Klingeln war *sie* am Telefon. »Mayfair 4459.«

»Könnte ich bitte den Chief Inspector sprechen?« Ginger

schob das Verlustgefühl beiseite, das sie beim Klang dieser Frauenstimme befiel. »Hier spricht Lady Gold.«

Obwohl sie sich beide benahmen, wie es sich für Damen gehörte, stand doch spürbar eine unsichtbare Mauer zwischen ihnen. Sie liebten denselben Mann, nur dass Ginger keinerlei Ansprüche auf ihn erheben durfte.

Du meine Güte. Hatte sie sich gerade eingestanden, verliebt zu sein? Sie schluckte.

Emelias Stimme unterbrach ihre Gedankengänge. »Tut mir leid, er ist noch bei der Arbeit.«

Wo war er? Trank er noch irgendwo ein Glas, anstatt direkt zu seiner Frau nach Hause zu fahren?

»Es geht um eine wichtige Angelegenheit. Bitte richten Sie ihm aus, ich bin in der City of London, in der St. George's Church.«

Emelia Reeds Stimme klang nun kühler. »Kann ich ihm sonst noch etwas sagen?«

»Ich fürchte nicht.« Solange sie annehmen musste, dass der Secret Service etwas mit der Sache zu tun hatte, musste sie schweigen. »Sagen Sie ihm nur, ich hätte die Nachricht verstanden. Er weiß, was das bedeutet. Bitte. Es ist dringend.«

»Ja, ist gut«, antwortete die Frau frostig. »Guten Abend, Lady Gold.«

Ginger hatte gerade die Treppe zum ersten Stock erklommen, als es an der Haustür klingelte. Einen Augenblick später klopfte Pippins an ihre Schlafzimmertür. »Reverend Hill ist hier, Madam.«

»Bringen Sie ihn bitte ins Wohnzimmer, Pips. Ich bin gleich da.«

Sie wählte eine goldbestickte Handtasche aus ihrer Sammlung. Vor der Kommode blieb sie einen Moment lang stehen, dann zog sie die obere Schublade auf. Zwar würde sie den Abend im Gemeindesaal einer Kirche verbringen, aber man konnte nie wissen. Vielleicht würde sie ja ein bisschen Hilfe brauchen. Zwischen ihrer Unterwäsche zog sie eine kleine Remington Derringer mit silbernem Griff hervor.

KAPITEL SIEBENUNDZWANZIG

*R*everend Hill trug neben dem schwarzen Hemd und der schwarzen Hose den unverkennbaren weißen Pastorenkragen. Als Ginger eintrat, errötete er leicht.

»Sie sehen wunderbar aus.« Er überreichte ihr einen kleinen Strauß Tigerlilien und nährte damit ihre Befürchtung, dass er den Abend als eine Art Verabredung betrachtete. Vielleicht fungierten Felicia und Ambrosia ja, ohne es zu wissen, als Anstandsdamen.

»Oliver, wie schön. Aber das wäre doch nicht nötig gewesen.«

»Eine Frau aus der Gemeinde hat das ganze Jahr über welche in ihrem Wintergarten. Sie sind hübsch, nicht wahr?«

»Oh ja.« Ginger rief Grace und bat sie, die Blumen ins Frühstückszimmer zu bringen. »Dort haben wir wegen der Glastüren jetzt im Winter das beste Licht«, erklärte sie Hill.

Dann ging sie zur Treppe und rief nach oben: »Felicia, Liebes! Reverend Hill ist da! Bitte sieh nach, wie weit Großmutter ist!«

Während sie zusammen mit dem Pastor wartete, dehnte sich das Schweigen unbehaglich zwischen ihnen aus.

»Schön, dass es aufgehört hat zu regnen«, sagte Hill schließlich.

»Dann brauche ich gar keinen Schirm.«

»Nein.« Er wedelte mit den Händen. »Nicht nötig.«

»Ich hoffe, heute kommen viele großzügige Spender.«

»Oh ja. Aber bitte glauben Sie niemals, Sie müssten Ihr Licht unter den Scheffel stellen. Ohne Sie müssten viele Kinder hungrig schlafen gehen.« Hill strahlte Ginger bewundernd an. Wäre sie für Schmeicheleien empfänglich gewesen, hätte sie jetzt wohl wie ein Pfau die Federn aufgestellt.

Endlich kamen Felicia und Ambrosia herunter. Felicia trug ein gelbes Chiffonkleid mit tief angesetzter Taille und fünfzehn Zentimeter langen Fransen am Saum, die es länger aussehen ließen, als es war. Ambrosia hatte sich für ein orangerotes Seidenkleid mit langen Glockenärmeln entschieden, dessen Saum tatsächlich ein wenig von ihren Knöcheln zeigte. Für die Dowager Lady fast so etwas wie ein wagemutiger Sprung ins neue Jahrhundert.

Die alte Dame begrüßte den Pastor wortreich. »Wie schön, dass Sie sich so für Ihre Gemeinde einsetzen, Reverend. Ich selbst besuche so oft wie möglich eine Kirche hier in der Nähe. Aber das kalte Wetter macht mir zu schaffen. Vielleicht kann Ginger mich, wenn der Frühling kommt, einmal zu St. George's fahren. Ich würde Sie sehr gerne predigen hören.«

»Sie sind uns jederzeit willkommen, Mylady.«

Pippins brachte die langen wollenen Wintermäntel, und er und der Pastor halfen den Damen höflich hinein.

»Deine Federboa ist absolut famos«, sagte Felicia zu Ginger. »Ist die neu?«

»Ja. Erst letzte Woche gekommen. Das sind Strau
ßenfedern.«

Hill war ein guter Fahrer. Ginger fiel auf, dass auf dem
ganzen Weg durch die Stadt kein einziger anderer Automobilist seinetwegen hupte. Beeindruckend.

Bei ihrer Ankunft im Gemeindesaal hatten sich bereits
viele Gäste eingefunden.

»Die Kapelle ist auch wirklich gut«, erklärte Hill. »Echter
amerikanischer Jazz. Nur schade, dass Sie gerade nicht
tanzen können, Lady Gold.«

»Meinem Nacken geht es schon viel besser. Ein oder zwei
Tänze kann ich vielleicht wagen. Allerdings nur langsame.«

»Das sind ja erfreuliche Neuigkeiten! Ich hoffe, Sie heben
einen für mich auf.«

»Mit Vergnügen.«

Der Gemeindesaal war mit einfachen Mitteln hübsch
dekoriert. Mit Bändern verzierte Banner wiesen auf das
Kinderhilfswerk hin, geschickt aufgestellte Kerzen verbreiteten ein goldenes Licht. Wie erwartet stammten die meisten
Gäste aus bürgerlichen Familien und wollten als Mitglieder
der Gemeinde einen Beitrag zum Wohl der Kinder leisten.
Zudem gab es eine Handvoll wohlhabende Besucher, die sich
wie Ginger aus Klassenunterschieden nicht viel machten.
Aber besonders freute sie sich, dass sich ihre Angestellten
ebenfalls für diese gute Sache erwärmten. Dorothy, Emma
und Madame Roux saßen gemeinsam an einem Tisch. Sogar
Lord und Lady Whitmore waren gekommen.

Lady Meredith Fitzhugh ebenfalls hier anzutreffen, überraschte Ginger. Irgendwie musste das arme Mädchen den
Fängen seiner Mutter entkommen sein. Ginger wünschte
der jungen Frau, dass viele Männer sie zum Tanzen
aufforderten.

»Ooh«, seufzte Felicia. »Schau nur! Sogar ein paar gut aussehende Gentlemen sind hier, die ganz sicher das Tanzbein schwingen möchten.«

Ginger lächelte über Felicias Begeisterung, doch die Bemerkung machte sie auch ein wenig stutzig. Ihre Schwägerin hatte in ihrem jungen Leben bereits schwere Schläge erlitten. Ginger hatte mit Daniel ihren Ehemann verloren, Felicia ihren Bruder. Sie war zwar sieben Jahre jünger gewesen als er, aber nachdem ihre Eltern mit einer Kutsche tödlich verunglückt waren, hatten sich die Geschwister aneinander festgehalten. Nach Daniels Tod hatte Felicia lange allein bei ihrer verwitweten Großmutter gelebt. Dass Felicia versuchte, ihren Schmerz zu vergessen, indem sie sich mit Haut und Haaren in den neuen, viel freieren Lebensstil warf, den die jungen Frauen heute genossen, konnte Ginger ihr nicht vorwerfen. Sie sorgte sich nur manchmal, ihre Schwägerin könnte zu sehr über die Stränge schlagen.

»Ich habe uns den Tisch da drüben reserviert.« Der Reverend deutete auf einen unbesetzten Tisch links vorn im Saal in der Nähe der Bühne. Er half Ginger aus dem Mantel und nahm Felicias und Ambrosias Mäntel ebenfalls entgegen. »Mrs Davies sitzt auch bei uns. Leider weiß ich nicht, wo sie jetzt gerade steckt.«

Ginger nahm an, dass die Sekretärin der Pfarrei gerade beschäftigt war und mit sicherer Hand für einen reibungslosen Ablauf der Veranstaltung sorgte. Sie musste daran denken, ihr ein Dankeschön zu schicken.

Die Kapelle spielte Hits aus der Zeit der Jahrhundertwende – Stücke von den New Orleans Rhythm Kings, den Savoy Orpheans und den Wolverines.

»Die sind richtig gut!«, rief Felicia über die Musik hinweg.

Ambrosia blies die Backen auf, als müsste sie Trompete spielen. »Viel zu hektisch und zu laut, wenn ihr mich fragt.«

Hinten im Saal stand ein Tisch mit Erfrischungen. Es gab Häppchen und Limonade.

»Siehst du einen Kellner, Ginger?«, fragte Ambrosia. »Ich komme fast um vor Durst.«

»Ich glaube, hier bedient man sich selbst.«

Ambrosia zog das Kinn ein und stützte sich vornüber auf ihren Gehstock. »Man bedient sich selbst? Hat man so was schon gehört?«

»Es ist eine Wohltätigkeitsveranstaltung, Großmutter.«

Felicia sprang auf. »Ich hole uns etwas.«

Ohne eine Antwort abzuwarten, wirbelte sie davon. Ambrosia schaute ihr mit offenem Mund hinterher. Dass sie keine Gelegenheit gehabt hatte, etwas zu erwidern, gefiel ihr gar nicht. »Ich wünschte, ich hätte nur einen Bruchteil der Energie dieses Mädchens.«

Ginger hatte den Grund für Felicias Hilfsbereitschaft bereits entdeckt. Ein gut aussehender Mann stand allein am Tisch mit den Erfrischungen. Im Nu hatte Felicia ein Gespräch mit ihm begonnen. Der Gentleman half ihr, die Getränke zu tragen, und stellte auch einen Teller mit Bonbons und Kuchen auf den Tisch.

»Danke, Felicia.« Ginger zwinkerte ihr wissend zu.

»Das ist Mr Rogers«, erklärte Felicia fröhlich. »Er wollte mich gerade zum Tanzen auffordern.«

Einen Moment lang schaute der junge Mann sie verdutzt an, dann lächelte er und bot ihr seinen Arm an.

Ambrosia konnte ihr Missfallen nicht verbergen. »Zu meiner Zeit hätte keine junge Dame je einen Mann dazu genötigt, sie um einen Tanz zu bitten.«

Ginger trank Limonade und ließ den Blick durch den

Raum schweifen. Sie freute sich über die große Besucher-
zahl, und noch mehr freute sie sich, Lady Meredith mit
einem Gentleman auf der Tanzfläche zu sehen. Obwohl er
ein wenig kleiner war als sie, machten die beiden eine gute
Figur. Schön für Lady Meredith! Sie sollte viel öfter ohne
ihre Mutter ausgehen.

Immer wieder ließ Ginger ihren Blick schweifen, aber
Reed war nirgends zu sehen. Offenbar hatte seine Frau ihm
noch nichts ausgerichtet. Die Abschrift des Codes und seine
Entschlüsselung hatte sie tief in die Tasche ihres Kleides
gesteckt. Hin und wieder tastete sie danach und vergewisserte sich, dass der Zettel noch da war.

Mit einem Glas in der Hand trat Dorothy West zu ihnen
an den Tisch. Sie wirkte recht nervös. »Hello, Lady Gold.«

»Hello, Dorothy. Schön, Sie hier zu sehen.«

»Ja. Ähm. Ist der Platz hier noch frei?« Sie zeigte auf
einen Stuhl.

»Ja. Bitte setzen Sie sich doch.«

Dorothy war kein sehr gesprächiger Mensch. Sie nippte
an ihrem Getränk und beobachtete stumm die Gäste.
Ginger folgte ihrem Blick und hob eine Augenbraue. Das
Interesse ihrer Angestellten galt keinem anderen als Oliver
Hill.

Dorothy merkte, dass Ginger sie ertappt hatte, und errötete. »Reverend Hill ist recht gut aussehend für einen Pastor.
Finden Sie nicht, Lady Gold?«

Ginger blinzelte. Schwärmte Dorothy etwa für ihn? Die
Vorstellung weckte zwiespältige Gefühle in ihr. Ein wenig
beschämt gestand sie sich ein, dass sie ihn gerne für sich
haben wollte, obwohl sie ihn doch nur als Freund sah.

»Das könnte man sagen«, antwortete sie.

Dorothy beugte sich näher. »Sie wohnen nicht in seiner

Pfarrei, oder? Sonntagmorgens habe ich Sie hier noch nie gesehen.«

»Wann immer es mir möglich ist, gehe ich in eine Kirche in meiner Nähe.« Ginger überlegte sich, ob es Zeit wurde, das zu ändern.

»Wie haben Sie Reverend Hill denn kennengelernt?«

Die Fragen ihrer Angestellten waren Ginger eindeutig zu persönlich. All das ging die junge Frau nun wahrlich nichts an. Doch sie hatte nicht vergessen, wie es war, jung zu sein und für jemanden zu schwärmen. So ganz naiv und unerfahren vergaß man vor lauter Gefühlen schon einmal, was sich gehörte.

»Wir haben einen gemeinsamen Freund«, antwortete sie. Beim Gedanken an den kleinen Scout lächelte sie. Sie hoffte, er war sicher und hatte es warm.

Hill kam bester Laune zurück und setzte sich. »Tut mir leid, dass es so lange gedauert hat. Den Saal zu durchqueren, wenn so viele Leute mit einem reden wollen, ist gar nicht so einfach.«

»Aber so geschätzt zu werden, ist doch wunderbar«, sagte Ginger.

Der Pastor gluckste leise. »Ich gebe zu, das ist schön.«

Ginger lächelte zurück. »Oh ja.«

Dorothy hatte den kurzen Austausch mit großen Augen und versteinerter Miene beobachtet. Oliver entdeckte die junge Frau, die steif auf der anderen Seite des Tisches saß. »Guten Abend, Miss West. Ich freue mich, dass Sie gekommen sind.«

Dorothys Miene hellte sich auf. »Ja, wirklich?«

»Selbstverständlich. Ich hoffe, Sie heben einen Tanz für mich auf.«

Hätte Dorothy einen Schwanz gehabt, dachte Ginger,

dann hätte sie jetzt damit gewedelt. »Aber gerne. Sehr gerne!«

»Großartig.« Er wandte sich wieder an Ginger, die vermutete, dass er keine Ahnung hatte, wie gründlich Dorothy West seine Freundlichkeit missinterpretierte.

Gingers Blick sprang von seinem Gesicht zu der Person, die gerade in den Saal trat. Eigentlich wartete sie auf Haley, die versprochen hatte zu kommen, sobald sie sich von ihren medizinischen Studien loseisen konnte. Doch nicht Haley stand am Eingang, sondern ein Unbekannter.

Sein schwarzes Haar trug er gescheitelt und aus dem Gesicht gekämmt, er hatte glattrasierte Wangen und eine sehr markante Nase. Seine blauen Augen blickten forschend, und nachdem er den vorgeschlagenen Obolus entrichtet hatte, marschierte er mit einem hintersinnigen Lächeln zum Rand der Tanzfläche. Einen Moment lang schweifte sein Blick durch den Raum, dann blieb er an Ginger haften. Sie schaute schnell beiseite.

»Kennen Sie diesen Mann?«, fragte sie Hill.

Er wandte sich um, um nachzusehen, von wem sie sprach. »Den mit den schwarzen Haaren?«

»Ja.«

Er schüttelte den Kopf. »Nein, nicht dass ich wüsste.«

Ginger entdeckte Felicia, die bereits wieder einen neuen Tanzpartner hatte. Er hatte sein Jackett ausgezogen und die Ärmel seines weißen Hemdes hochgekrempelt. Wie viele andere anwesende Männer trug er eine Fliege und Hosenträger. Seine Hosenbeine waren gerade kurz genug, um modische Karosocken in Lederschuhen zu zeigen. Die beiden warfen ausgelassen die Beine und schwangen sich gegenseitig übers Parkett.

»Sieht aus, als hätten die jungen Leute Spaß«, sagte Oliver.

»Ein bisschen zu sportlich für mich.« Ginger berührte ihren Nacken.

Die Band spielte nach den schnellen Nummern immer wieder auch ruhigere, damit die Tänzer zwischendurch ein bisschen zu Atem kamen. Ein langsamer Walzer sorgte für etwas mehr Ruhe auf der Tanzfläche.

Hill schaute Ginger erwartungsvoll an. »Wollen wir?«

Sie lächelte und stand auf, Oliver rückte ihren Stuhl beiseite. Er nahm ihre Hand – seine Haut war weich, sein Griff überraschend stark – und führte sie auf die Tanzfläche. Mit einer schneidigen Bewegung nahm er die Grundhaltung ein, hob den rechten Ellbogen und streckte die linke Hand aus. Ginger kicherte über seinen Eifer und ging einen Schritt auf ihn zu. Sie legte ihre eine Hand in seine, die andere auf seine Schulter, während er die Rechte sanft auf ihrer Taille platzierte.

Gekonnt führte er sie im Dreivierteltakt übers Parkett.

»Oliver, Sie verblüffen mich!«, sagte Ginger nach dem Walzer auf dem Weg zurück zum Tisch.

»Weil ich tanzen kann?«

»Weil Sie so gut tanzen. Sich ein bisschen hin- und herwiegen kann jeder.«

»Sie machen das aber auch nicht schlecht, Ginger. Wie geht es Ihrem Nacken? Ich hoffe, das war nicht zu anstrengend.«

»Danke. Alles bestens.«

Wenig später tauchte Haley auf, in Begleitung von Dr. Gupta. Ginger ließ sich ihre Verblüffung nicht anmerken.

»Ich habe ihm von der großartigen Arbeit vorgeschwärmt, die du zusammen mit dem Reverend hier leistest«, erklärte Haley, »und er wollte mitkommen.«

Ginger reichte ihm die Hand. »Schön, Sie wiederzusehen, Dr. Gupta.«

»Ihre Arbeit interessiert mich sehr. Vielleicht könnte ich kostenlose Behandlungen für die Kinder anbieten.«

»Das wäre fantastisch. Ich würde tatsächlich gerne mehr tun, als hungrige Mägen zu füllen. Aber am besten, ich stelle Ihnen erst einmal Reverend Hill vor.«

Hill freute sich über das Angebot des Arztes, und bald waren die beiden in ein angeregtes Gespräch vertieft. Offenbar verband sie der tiefe Wunsch, Bedürftigen zu helfen.

»Sieht aus, als hätten unsere Kavaliere uns vergessen«, stellte Haley mit schiefem Grinsen fest.

»Unsere Kavaliere? Dann ist euer Erscheinen hier eine Abendverabredung?«

Haley schnaubte. »Ganz und gar nicht. Das war bloß ein Scherz.«

Der Dunkelhaarige, der Ginger vor einer Weile aufgefallen war, durchquerte den Raum und kam auf sie zu. Im Grunde hatte sie schon damit gerechnet, denn er hatte immer wieder zu ihr herübergeschaut.

»Falls dieser Tanz noch nicht vergeben ist, Ma'am«, begann er. Er sprach mit einem amerikanischen Südstaatenakzent.

»Ist das in Ordnung?« Gingers Frage war an Haley gerichtet. Sie wollte ihre Freundin nicht einfach stehen und das Mauerblümchen spielen lassen, als das sie sich selbst gerne bezeichnete.

Haley scheuchte sie gutmütig mit einer Geste weg. »Ab mit dir!«

Der Mann, der nun Gingers Hand nahm und seine andere an ihre Taille legte, war ihr noch nie zuvor begegnet, und doch kam er ihr seltsam bekannt vor.

»Ich habe zwanzig Jahre lang in Boston gelebt«, sagte sie, während sie sich im Takt der Musik bewegten. »Meine Stiefmutter und meine Halbschwester wohnen immer noch dort.«

»Boston ist eine sehr schöne Stadt. Ich stamme aus einem kleinen Ort in der Nähe von Dallas.«

»Und was führt Sie nach London?«

Die Lippen des Fremden verzogen sich zu einem Lächeln, doch seine Augen blieben kühl. »Ich bin wegen Ihnen hier.«

Ginger erstarrte. War dieser Mann ihr gefolgt? Den ganzen Weg von den Staaten bis hierher? »Entschuldigen Sie, aber ich habe Ihren Namen nicht verstanden.«

Bislang hatte sich der Unbekannte mit ihr am Rand der Tanzfläche aufgehalten. Jetzt zog er sie enger zu sich und tanzte mit ihr in eine nur schwach beleuchtete Ecke. Er hielt sie so fest und kam ihr so nahe, dass sie unweigerlich sein Rasierwasser riechen musste. Ihr Pulsschlag stockte. Diesen Geruch kannte sie.

Der Mörder war die ganze Zeit zum Greifen nahe gewesen. »*Sie* waren das.«

»Wie bitte?«

Die Gräfin, Matthew Haines, der indische Hotelangestellte mit dem Wäschewagen und dieser Mann waren ein und dieselbe Person.

»Mr Haines? Sie sind ein wahrer Verwandlungskünstler.«

»Und Sie sind klüger, als Ihnen guttut, Lady Gold.«

Kein Wunder, dass Reed und seine Constables den Namen der Gräfin Balcescu in keinem Hotelregister finden konnten, und dass sie spurlos verschwunden war, nachdem sich die Türen der U-Bahn hinter ihr geschlossen hatten. Es gab sie gar nicht.

Haines umklammerte ihre Hand so fest, dass Ginger das Gesicht verzog. Sie schaute zu ihrer Handtasche, die zehn Schritte entfernt an ihrer Stuhllehne hing. Dort nützte der Revolver ihr nichts.

»Mein echter Name tut nichts zur Sache«, sagte der Mann. »Sie haben etwas, was ich will, und Sie werden es mir geben. Sonst sind Sie bald so tot wie Mary Parker.«

KAPITEL ACHTUNDZWANZIG

»Sie haben eine überzeugende Frau abgegeben, Mr Wer-immer-Sie-sind«, sagte Ginger spöttisch. »Wenn auch keine sehr attraktive.«

»Äußerlichkeiten zählen für mich nicht. Nur Ergebnisse.« Haines verzichtete auf den falschen amerikanischen Akzent. Seine Aussprache war jetzt russisch gefärbt.

»Und was habe ich Ihrer Meinung nach in meinem Besitz?«

»Eine verschlüsselte Botschaft. Olga Pawlowna, diese Verräterin, hat sie im oberen Stockwerk Ihres feinen Geschäfts für einen Agenten Ihres Landes hinterlassen. Mein Auftrag war es, die Verräterin zu beseitigen und die Nachricht an mich zu bringen.«

Mary Parker war mit etwas Verspätung bei der Gala im *Feathers & Flair* erschienen. Sie hatte sich unbemerkt ins Obergeschoss gestohlen, um ihren Schal dort zwischen die neue Ware zu hängen. Vermutlich während Lady Whitmore oder Prinzessin Sophia mit ihren Schwächeanfällen die

Aufmerksamkeit auf sich gezogen hatten. Nicht ein einziges Mal hatte Ginger Lord Whitmore und die falsche Grand Duchess zusammen gesehen. Sie hatten peinlich darauf geachtet, nicht miteinander in Verbindung gebracht zu werden. Wegen Lady Whitmores Unwohlsein war es Lord Whitmore unmöglich gewesen, die Nachricht zu holen, ohne Misstrauen zu erregen. Haines hatte wohl angenommen, Mary Parker hätte den Zettel noch bei sich, und hatte sie getötet, nur um dann festzustellen, dass sie ihn bereits irgendwo deponiert hatte.

Weshalb Lady Whitmore in der folgenden Woche im oberen Stockwerk des Modesalons herumgestöbert hatte, lag auf der Hand. Sie war im Auftrag ihres Gatten unterwegs gewesen, hatte aber unverrichteter Dinge wieder abziehen müssen. Kein Wunder, dass sie so aufgelöst gewesen war.

»Und wie kommen Sie darauf, dass ich diese Nachricht habe?«

»Weil ich über Sie informiert bin, Lady Gold. Ich bin sicher, Sie haben sie gefunden, gelesen und auch bereits entschlüsselt. Nur ob Sie Ihre Erkenntnisse weitergegeben haben, weiß ich nicht.«

»Das habe ich nicht getan. Sicher können Sie sich denken, dass ich niemals eine nahestehende Person in Gefahr bringen würde, indem ich ihr mein Wissen anvertraue.«

»Man hat Sie gut geschult.«

Gut genug, um zu wissen, dass der Russe sie nicht am Leben lassen würde, wenn er den Code erst einmal hatte.

»Ich habe die Botschaft nicht bei mir.«

»Das glaube ich Ihnen nicht.«

»Warum sollte ich so etwas mit hierhernehmen?«

»Weil Sie nicht riskieren würden, dass irgendwer es findet. Ein Einbrecher beispielsweise.«

Die Hände des Mannes tasteten sich an ihr entlang.

»Ich muss doch sehr bitten!« Ginger wollte sich losreißen.

Doch er packte sie nur fester. Seine freie Hand schob sich in die Tasche ihres Kleides. Sie wand sich, damit er nicht an den Zettel kam. Auf keinen Fall durfte er die Nachricht sehen und dann entkommen.

»Nicht so verschämt, Lady Gold. Und jetzt her mit der geheimen Botschaft. Verschwinden werde ich so oder so. Aber wenn ich mit leeren Händen gehe, könnte Ihrer anmutigen Schwägerin etwas Schreckliches zustoßen. Sie ist eine ganz passable Schauspielerin, muss ich sagen. Obwohl, wie ich fürchte, ihre beklagenswerte Zurschaustellung von Gefühlen für Green, diesen Trottel, nicht gespielt war.«

Über die Schulter des Mannes hinweg sah Ginger, wie sich Felicia und Haley am Tisch unterhielten, ohne etwas von der Gefahr in nächster Nähe zu ahnen.

Haines drängte die Hand in ihre Tasche. Ginger spannte alle Muskeln.

Dann lag der Mann plötzlich ächzend auf dem Boden und schlug die Hände vors Gesicht. »Dieser Hanswurst hat mir die Nase gebrochen!«

Ginger starrte seinen Angreifer fassungslos an. »Reverend!«

Reverend Hill vollführte einen kleinen Tanz und hielt sich mit schmerzverzerrtem Gesicht die Faust. »Autsch! Das hat wehgetan!«

Haines wand sich am Boden.

»Du lieber Himmel!« Hill riss die Augen auf. »Ich weiß nicht, was in mich gefahren ist.«

Als Haines die Hände vom Gesicht nahm, schnappte der

Reverend beim Anblick des Blutes nach Luft. »Ich habe ihm die Nase abgeschlagen!«

»Keine Sorge, das ist eine Attrappe«, sagte Ginger. »Allzu schwer ist er nicht verletzt.«

Während Haines sich stöhnend die künstliche Nase von der blutenden echten zog, stürzte Ginger zu ihrer Handtasche und riss die Remington heraus.

»Ginger?«, sagte Haley erschrocken.

Für Erklärungen hatte sie keine Zeit.

»Georgia! Was in aller Welt …«, rief Ambrosia erbost.

Mit seinem Hemdzipfel versuchte Haines die Blutung zu stillen und wollte sich hochrappeln.

»Unten bleiben!« Ginger stand breitbeinig vor ihm, die Ellbogen an die Seiten gedrückt.

»Was soll das denn werden?« Haines ließ sich auf den Boden zurückfallen und grinste. »Eine Pistole in den Händen einer Frau?«

»Ich bin in den Staaten aufgewachsen, Mr Haines. Wenn ich schieße, treffe ich auch.«

Haley und Dr. Gupta arbeiteten sich durch den Pulk Zuschauer, der sich bereits gebildet hatte.

»Was ist passiert?«, fragte Haley.

»Der Reverend hat ihm eins auf die Nase gegeben«, erklärte Ginger.

Haley schaute den Pastor fragend an, Hill zuckte die Achseln. »Er hatte seine Manieren vergessen.«

»Dr. Gupta, Ihre Krawatte«, sagte Ginger. »Dieser Mann wird polizeilich gesucht.«

Der Arzt zog die Krawatte von seinem Hals, Ginger befahl dem Russen, die Hände auf den Rücken zu nehmen, und Dr. Gupta fesselte ihm die Handgelenke aneinander.

»Ginger?«

Sie wandte sich um und sah, wie Reed sich zwischen den Schaulustigen hindurchschob. »Ich habe Ihre Nachricht gerade erst bekommen. Was ist hier los?«

»Hello, Chief Inspector.« Ginger ließ die Pistole sinken. »Das hier ist Ihr Mörder.«

KAPITEL NEUNUNDZWANZIG

ie Constables kamen und brachten den wütenden ›Matthew Haines‹ in eine Arrestzelle.

»Ziemlich viel Aufregung für einen Tanzabend in einem Gemeindesaal«, stellte Reverend Hill fest und klatschte in die Hände. »Und wie lauten in einem solchen Fall die Vorschriften? Muss ich jetzt alle nach Hause schicken?«

»Ich sehe keine Notwendigkeit, die Veranstaltung vorzeitig abzubrechen, Reverend«, antwortete Basil.

Hill lächelte. »Das ist erfreulich!«

Ginger rieb sich den Nacken. Haines war alles andere als sanft mit ihr umgesprungen. Die grobe Behandlung hatte die Schmerzen wieder verschlimmert. Von Dr. Longden würde sie sicher eine Standpauke zu hören bekommen.

»Wie geht es Ihnen?«, fragte Basil, der ihr Unbehagen bemerkte.

»Ich habe ziemlich üble Kopfschmerzen.«

»Bitte erlauben Sie mir, Sie nach Hause zu bringen.«

»Ich hatte für heute auch genügend Aufregung«, sagte

Ambrosia. »Würden Sie mir meinen Mantel holen, Reverend Hill?«

»Meinen bitte auch«, sagte Ginger. »Der Chief Inspector hat angeboten, die Dowager Lady und mich nach Hause zu fahren. Könnten Sie später Felicia und Haley zum Hartigan House bringen?«

Hills Blick flog zu Reed. Einen Moment lang sah er unsicher aus. »Mit dem größten Vergnügen«, sagte er nach kurzem Zögern.

»Du bist ziemlich blass, Ginger«, sagte Haley. »Vielleicht sollte ich lieber mitkommen und mich um dich kümmern.«

»Keine Sorge. Ins Bett schaffe ich es allein. Und Lizzie ist ja auch noch da.«

»Ja, richtig. Ich vergesse immer, dass du Personal hast.«

Ginger schnaubte. Haley vergaß nichts. Sie nutzte nur gern jede Gelegenheit, ihr ihre Meinung über die High Society unter die Nase zu reiben.

Ginger ertappte ihre Freundin dabei, wie sie zu Dr. Gupta hinüberschaute, dem wahren Grund, weshalb sie nicht darauf bestand, sie nach Hause zu begleiten. Dass Haley nicht bleiben wollte, weil sie leidenschaftlich gerne tanzte, stand jedenfalls fest.

Reverend Hill brachte Ginger und Ambrosia ihre Mäntel.

»Vielen Dank, dass Sie mir beigestanden haben, Oliver«, sagte Ginger. Sie umarmte ihn kurz, und sein Gesicht färbte sich dunkelrot.

»Und ich danke dem lieben Gott, dass nichts Schlimmeres passiert ist.«

∽

GINGERS SORGE, sie müsste bei der Heimfahrt in Reeds Wagen krampfhaft nach Gesprächsthemen suchen, erwies sich als unbegründet. Ambrosia stellte ihm zahllose Fragen zu seinem Beruf und setzte ihn ausführlich darüber in Kenntnis, was sie über die neuen Zeiten und die vielen Veränderungen dachte, die sie mit sich brachten. Als sie Hartigan House erreicht hatten, hielt Ginger es für ein Gebot der Höflichkeit, ihn auf eine Erfrischung hereinzubitten, damit er sich von der Inquisition erholen konnte.

»Auf ein Glas, um über die Ereignisse des Abends zu sprechen?«

Reed zögerte, und Ginger glaubte schon, er würde ablehnen.

Doch dann stellte er den Motor ab und schaute sie dabei an. »Gerne.«

Ginger war fest entschlossen, so zu tun, als handelte es sich tatsächlich nur um ein sachliches Gespräch über den Fall. Sie bat Lizzie, ihr ein Aspirin zu bringen, setzte sich ans Feuer und wartete, bis Pippins die Getränke eingeschenkt hatte.

»Danke, Pips. Das wäre dann alles für heute. Und bitte sagen Sie Lizzie, ich komme allein zurecht.«

»Dürfte ich bitte Ihr Telefon benutzen?«, fragte Reed.

Wollte er seine Frau anrufen? Und ihr was genau sagen? Dass er noch einen Schlummertrunk mit einer anderen Dame nahm?

Fragen wollte Ginger ihn das nicht. »Selbstverständlich. Sie wissen ja, wo Sie es finden.«

Boss hatte sie gehört, trabte ins Wohnzimmer und stupste sie mit der Schnauze an. Ginger klopfte auf ihren Schoß, und er sprang hinauf. Zufrieden rollte er sich zusammen und schloss die Augen, während sie seine weiche Stirn streichelte.

Reed kam zurück, setzte sich und nahm einen Schluck von seinem Gin and Tonic. »Ich habe die entschlüsselte Nachricht an Scotland Yard durchgegeben. Dort wird man die Verantwortlichen beim MI5 informieren.« Er hob sein Glas. »Sie haben den Code geknackt. Gute Arbeit.«

»Danke. Bedeutet er das, was ich vermute?«

Reed lehnte sich zurück und schlug die Beine übereinander. »Und was vermuten Sie?«

»›Steel in. Iron out. 24.‹ Stalin kommt. Lenin geht. Vierundzwanzig … Stunden? Für mich hört sich das an, als wollte Joseph Stalin Vladimir Lenin töten oder töten lassen und Russlands nächster starker Mann werden.«

»Seit dem Zeitpunkt, an dem die Nachricht ursprünglich übergeben werden sollte, sind schon weit mehr als vierundzwanzig Stunden vergangen.«

»Dann ist vielleicht der Vierundzwanzigste des Monats gemeint. Oder aber 1924, das noch junge Jahr.«

Reed wiegte nachdenklich den Kopf. »Lenin ist gesundheitlich sehr angeschlagen. Warum nicht einfach der Natur ihren Lauf lassen?«

»Vielleicht ist Stalin ungeduldig«, gab Ginger zu bedenken. »Außerdem gibt es noch andere, die auf ihre Gelegenheit warten. Trotzki zum Beispiel. Und den Gerüchten nach ist Lenin daran gelegen, dass Stalin nicht Generalsekretär bleibt. Womöglich will Stalin nicht riskieren, dass Lenin mit seinen Bemühungen Erfolg hat.«

»Durchaus denkbar. Aber das wäre schwer zu beweisen. Schon gar nicht von hier aus.«

»Ja, richtig.« Ginger musste ihm recht geben. »Die

Botschaft könnte natürlich auch etwas ganz anderes bedeuten. Und Lenin könnte sich durchaus noch einmal erholen. Er ist erst vierundfünfzig.«

»Was immer hinter der Nachricht steckt, Mary Parker sollte sie an den MI5 übermitteln.«

»Sie hat für die Briten gearbeitet?« Ginger wusste das zwar längst, doch davon durfte Reed nichts erfahren.

Reed nickte.

Eine Weile saßen sie schweigend da. Das Ticken der Uhr auf dem Kaminsims klang lauter als sonst.

Schließlich stand Reed auf und schürte mit fahrigen Bewegungen das Feuer. Dann drehte er sich abrupt zu Ginger um.

»Ich weiß nicht, ob ich das Richtige tue.« Sein Blick war gequält.

Der plötzliche Themawechsel versetzte Ginger in Anspannung. »Was wollen Sie damit sagen?« Die Frage war unnötig. Sie wusste genau, was er meinte. Mit klopfendem Herzen wartete sie auf seine Antwort.

»In Bezug auf Emelia ... Und Sie.«

»Basil.«

»Ihnen muss doch bewusst sein, was ich für Sie empfinde, Ginger. Seit unserer ersten Begegnung auf der *SS Rosa* gehen Sie mir nicht mehr aus dem Kopf. Ganz gleich, wie sehr ich mich bemühe, nicht an Sie zu denken, es gelingt mir nicht. Sagen Sie mir, dass es keine Chance für uns gibt, dann werde ich nie mehr ein Wort darüber verlieren.«

»Das ist nicht fair! Sie bürden mir die Verantwortung für Ihre Ehe auf!«

Reed fuhr sich mit den Fingern durchs Haar und krallte sie dann in seinen Nacken. »Sie haben recht. Ich entschuldige mich.«

Ginger senkte die Stimme. »Lieben Sie Ihre Frau?«

Dies war der Moment der Wahrheit. Der Moment, in dem er zugeben konnte, die Liebe zu seiner Frau sei gestorben, als sie ihn für einen anderen verlassen hatte. Dass er geglaubt hatte, er wäre stark genug, diese Liebe noch einmal anzufachen. Aber dass er jetzt wusste, dass er das gar nicht wollte. Er konnte sagen, ihm sei klar geworden, dass ein Festhalten an dieser Ehe ihm und seiner Frau nur Bitterkeit und Unglück bringen würde.

Doch Reed zögerte. »Ja. Ich glaube, ich liebe Emelia, und Sie liebe ich auch.«

Das war nicht die Art Liebeserklärung, die sich Ginger wünschte. Zu erfahren, was sie Basil bedeutete, zerriss ihr fast das Herz. Aber dass er seine Frau noch liebte, zerfetzte jede Hoffnung auf ein gemeinsames Glück.

»Bitte sagen Sie etwas«, bat er leise.

»Sie haben Ihre Frau zuerst geliebt und sie geheiratet. Eine Ehe ist ein heiliges Versprechen.«

»Aber Lord Gold hat …«

Mich nie betrogen.

»Er ist gestorben. Das ist viel schlimmer.«

ALS GINGER später in ihrem Zimmer allein war, öffnete sie die Nachttischschublade und nahm ein gerahmtes Foto heraus. Mit dem Ärmel ihres seidenen Morgenmantels wischte sie über das Glas. Vor zwei Monaten hatte sie geglaubt, sie könnte nun nach vorn schauen, sich von ihrem Lieutenant verabschieden. Von Daniel, Lord Gold. Aber sie hatte sich getäuscht. Es war zu schwer.

Sie küsste das Schwarz-Weiß-Foto.

»Geliebter. Du hast mir gefehlt.«

An ihre Kissen gelehnt drückte sie das Foto an ihre Brust, schloss die Augen und schlief ein.

KAPITEL DREISSIG

Ginger genoss das allwöchentliche ausgedehnte Samstagsfrühstück auf Hartigan House. Mrs Beasley übertraf sich jedes Mal selbst, brachte Eier mit Speck, Toast mit frischer Butter, eingemachte Pfirsiche, gebratene Bücklinge und Tee auf den Tisch. Dafür kämpfte sich selbst Felicia schon um zehn aus dem Bett.

»Ich kann noch immer nicht glauben, dass die Gräfin Balcescu in Wahrheit Matthew Haines war.« Felicia zog einen Schmollmund. In ihrem Morgenmantel aus Satin setzte sie sich an den Frühstückstisch. Ihr kurzes dunkles Haar hatte heute noch keine Bürste gesehen und stand ihr vom Hinterkopf ab. »Ich habe einfach kein Glück mit den Männern!«

»Nur gut, dass keiner von ihnen hier ist und dieser Darbietung beiwohnen muss«, kommentierte Ambrosia mit einer unwirschen Handbewegung. »Könntest du uns nicht wenigstens die Güte erweisen, dich anzukleiden?«

»Nach dem Frühstück gehe ich sowieso wieder ins Bett, Großmama.«

Ambrosia schnaubte, sagte aber weiter nichts. Manche Kämpfe lohnten den Aufwand nicht. Zumindest nicht, bevor man sich ausreichend gestärkt hatte.

»An Mr Haines' Schauspielkünsten gibt es nichts zu bemängeln«, stellte Haley fest. Das lockige lange Haar fiel ihr in einem lockeren Pferdeschwanz auf den Rücken. Noch hatte sie es nicht zu ihrem üblichen falschen Bob aufgesteckt, trug aber bereits einen schlichten robusten Wollrock und eine Baumwollbluse. »Bei dem Tanzabend hätte ich ihn nie im Leben erkannt.«

In Haines' Wohnung waren bergeweise Kostüme und Requisiten sichergestellt worden, unter anderem der falsche aschblonde Oberlippenbart – Teil seiner Verkleidung als Schauspieler –, und ein spezieller daunengefüllter Anzug, der ihm die weiblichen Formen der Gräfin verliehen hatte. In einem rein professionellen Anruf hatte Reed Ginger mitgeteilt, was die Ermittlungen bis jetzt ans Licht gebracht hatten. Haines hatte gestanden, für einen Stalin ergebenen Flügel der Roten Armee agiert zu haben. Der britischen Geheimagentin Mary Parker war es gelungen, in diese Kreise vorzudringen, wobei ihre Schönheit ihr sicher zugutegekommen war.

»Mich hat Haines auch getäuscht«, sagte Ginger. »Ohne Brille und Bart, mit der schwarzen Schuhwichse im Haar und der falschen Nase hat er völlig anders ausgesehen als der Schauspieler, den ich kannte. Und sich auch ganz anders verhalten.«

Haley gluckste. »Der arme Reverend dachte, er hätte ihm die Nase abgebrochen.«

»Der Reverend hat sich benommen wie ein wahrer Kavalier alter Schule«, sagte Ginger.

Felicia nickte. »Ich wünschte, mich würde einmal ein Mann so heldenhaft verteidigen.«

»Seine Stimme kann Haines ebenfalls meisterhaft verstellen«, fügte Haley hinzu. »Jammerschade, dass er seine Talente derart vergeudet hat.«

»Er hat zugegeben, Prinzessin Sophia und Lady Whitmore Chloralhydrat in die Gläser geschüttet zu haben, um für Ablenkung zu sorgen«, erklärte Ginger.

»Ein Schlafmittel!« Haley schüttelte den Kopf. »Kein Wunder, dass die Damen geglaubt haben, sie würden ohnmächtig.«

»Ja«, sagte Ginger. »Weil wir mit ihnen beschäftigt waren, hat niemand bemerkt, wie er mit Mary Parker hinter dem Vorhang vor den Anproberäumen verschwunden ist.«

»Was für ein Unhold!«, empörte sich Ambrosia.

»Ich bin nur froh, dass es jetzt vorbei ist«, sagte Ginger. »Der Mann, den wir als Matthew Haines kennen, wird für seine Verbrechen hängen.« Boss, der neben ihrem Stuhl saß, winselte leise, und sie hielt ihm unauffällig ein Stückchen Speck hin.

Lizzie brachte frischen Tee und schenkte ihnen nach.

»Soll ich mit Boss seinen Morgenspaziergang machen, Madam?«

»Sehr gerne. Ich habe gleich noch zu tun.«

Als Lizzie mit Boss hinausging, brachte Pippins die Samstagszeitung herein.

»Neuigkeiten aus Russland, Madam. Ich dachte, das könnte Sie interessieren.«

»Danke, Pips.« Ginger schlug die Zeitung auf.

. . .

LENIN MIT 54 JAHREN GESTORBEN. Feierliche Aufbahrung in Moskau.
  Rote Militärdiktatur möglich.

GINGER STARRTE INS LEERE. War Wladimir Lenin tatsächlich an einem Schlaganfall gestorben, wie in dem Bericht behauptet wurde? Oder war er, wie die von ihr entschlüsselte Botschaft es nahelegte, ermordet worden?

Sie tauschte einen Blick mit Haley, die den Artikel jetzt ebenfalls las. Außer Reed war sie die Einzige, der Ginger alle Details über die Geheimnachricht anvertraut hatte.

Scotland Yard hatte das Zigarettenpapier mitsamt Gingers Entschlüsselung an den MI5 weitergeleitet. Mary Parker hatte allem Anschein nach von den Mordplänen der Stalin freundlich gesonnenen Kräfte in der Roten Armee Wind bekommen. Offenbar wollten sie Stalin schnellstmöglich an der Macht sehen. Welchen Nutzen Mary Parkers Nachricht für Großbritannien hätte haben sollen, konnte Ginger schwer einschätzen. War sie mehr als eine Ankündigung vieler neuer Flüchtlinge aus Russland? Ginger hoffte von Herzen, dass Europa kein weiterer Krieg bevorstand.

»Weiß man eigentlich inzwischen, wem der *Blue Desire* gehört hat?«, fragte Felicia.

»Ja.« Ginger schenkte sich Tee nach. »Einer Baroness aus Litauen. Dort wurde er bei einem Juwelenraub aus ihrem Banktresor gestohlen. Zuvor hatte er schon mehrmals den Besitzer gewechselt, und im Zusammenhang mit dem Stein gab es wohl auch immer wieder Todesfälle. Wie er in den Besitz von Prinzessin Sophia von Altenhofen gelangt ist, ist nicht bekannt, und sie kann es uns leider auch nicht mehr verraten. Weil der Diamant schon mehrfach zur Diebesbeute geworden war und in dem Ruf stand, Unglück zu bringen, hat sie vorsichtshalber eine Kopie anfertigen lassen. Und die wurde ihr dann ja auch prompt gestohlen.«

Laut Haines' Geständnis hatte Prinzessin Sophia ihm in seiner Verkleidung als rumänische Gräfin dieses kleine Geheimnis anvertraut – nach einem Glas Champagner zu viel auf Gingers Gala.

»Mr Haines war ein umtriebiger Bursche«, stellte Haley fest.

»Oh ja. Als er den *Blue Desire* einmal ins Auge gefasst hatte, war ihm sein eigentlicher Auftrag nicht mehr so wichtig. Er hat sich als Hotelangestellter verkleidet und war mit einem Wäschewagen unterwegs, um den blauen Diamanten zu stehlen. Prinzessin Sophia hat ihn in ihrem Zimmer überrascht, und er hat sie getötet.«

»Dieser Stein bringt tatsächlich nur Unglück«, stellte Haley trocken fest.

»Aber wie ist Mary Parker an die Kopie des Diamanten gekommen?«, wollte Felicia wissen.

»Die gestohlene Kopie ist auf verschlungenen Pfaden nach Russland gelangt und dort in Mary Parkers Hände«, sagte Ginger. »Sogar die Fälschung hat niemandem Glück gebracht.«

»Du meine Güte«, seufzte Ambrosia. »Was für eine verworrene Geschichte.«

»Ob ich mir wohl auch Kopien von meinen exquisiten Stücken machen lassen soll?« Felicia stand auf.

Ambrosia erhob sich ebenfalls. »Von deinen exquisiten Stücken? Sag jetzt nicht, du lässt dir von den jungen Männern, mit denen du dich zeigst, teure Geschenke machen.«

»Ach, Großmama, das war ein Scherz.«

Als die beiden das Zimmer verlassen hatten, prustete Ginger los. »Was für ein Gespann.«

Haley nickte. »Das kannst du laut sagen.« Sie stand auf. »Ich muss ins Institut.« Sie fischte ein paar Haarnadeln aus ihrer Rocktasche und steckte ihren Pferdeschwanz mit geübten Fingern zu einem falschen Bob auf. Nicht einmal einen Spiegel brauchte sie noch dafür. Ginger war beeindruckt.

»An einem Samstag?«, fragte sie.

»Heute kommen ein paar neue Leichen.«

Ginger lächelte über das freudige Blitzen in Haleys Augen. Nur ihre Freundin konnte sich so für etwas derart Makabres begeistern.

»Na dann viel Vergnügen«, sagte Ginger, trank ihren Tee aus und ging ins Arbeitszimmer. Wegen der vielen Aufregung in den letzten Tagen war sie noch nicht dazu gekommen, sich um all die Schriftstücke zu kümmern, die sich dort stapelten. Auf einem silbernen Tablett lag ein harmlos aussehender Brief. Sie schlitzte den Umschlag mit dem Brieföffner auf und zog ein einzelnes gefaltetes Blatt Papier heraus.

Beste Mrs Gold,

das war spannend, nicht wahr? Ich habe die Übergabe in Ihrem Geschäft arrangiert, um Sie noch einmal auf den Geschmack zu bringen. Geben Sie es ruhig zu: Sie wollen gerne wieder bei uns mitmischen.

Hochachtungsvoll

Captain Francis Smithwick

. . .

GINGER SCHNAUBTE WÜTEND AUF. Ausgerechnet ihre Gala hatte sich Smithwick für seine schmutzige Arbeit ausgesucht. Niemals wieder würde sie sich der Befehlsgewalt einer anderen Person unterstellen. Schon gar nicht diesem abscheulichen Mann. Zornig zündete sie eines der Streichhölzer an, die noch von ihrem Vater stammten, hielt die Flamme an den Brief und warf ihn in den offenen Kamin.

»Genug«, schimpfte sie laut. »Ich werde keinen weiteren Gedanken an diesen Mann verschwenden.«

Damit wandte sie sich den Rechnungen und anderen Schreiben zu. Sie schlug das Wirtschaftsbuch auf, das sie aus dem Modesalon mit nach Hause genommen hatte, und verglich Einnahmen und Ausgaben. Zufrieden stellte sie fest, dass sich die Umsätze in der vergangenen Woche trotz des scheußlichen Mordes gut entwickelt hatten. Das freute sie für die Kinder, die sie mit einem großen Teil ihres Gewinns unterstützte. Heute Nachmittag würde sie sich mit Reverend Hill treffen. Er wollte mit ihr über das Hilfswerk und ihr weiteres Vorgehen sprechen. Ginger hoffte, dass das wirklich alles war. Sie glaubte, sie hätte ihren Standpunkt, was ihn und sie betraf, absolut deutlich gemacht. Doch aus Erfahrung wusste sie, dass manche Botschaften nicht gleich beim ersten Mal verstanden wurden.

Von Zeit zu Zeit musste sie ihrem Kopf ein wenig Ruhe gönnen. Dr. Longden hatte ihr geraten, sich weiter zu schonen. Warme Bäder und viel Schlaf halfen. Aber bis sich ihr Nacken wieder ganz erholt hatte, würden noch Wochen vergehen.

Pippins klopfte an die Tür und Ginger bat ihn herein.

»Miss Higgins ist am Telefon. Sie möchte Sie sprechen, Madam.«

Ginger nahm sich vor, endlich auch hier im Arbeitszimmer ein Telefon installieren zu lassen, und stand auf. Gleich nach dem Gespräch mit Haley würde sie die Telefongesellschaft anrufen.

»Hello, Haley.«

»Ich muss dir etwas sagen, aber leider nichts Gutes.«

Ginger hielt einen Moment lang die Luft an. »Was gibt es?«

»Dr. Watts hat für die medizinische Fakultät zwei Leichen angefordert. Sie sind gestern Abend noch gebracht worden. Aber heute Morgen waren drei im Kühlraum. Eine mehr, als wir haben sollten. Eine, die nirgends registriert ist.«

»Sehr seltsam.« Ginger fragte sich, was das mit ihr zu tun haben konnte.

»Ich glaube, ich habe euren Vermissten gefunden.«

»Unseren Vermissten?«

»Felicias Freund. Den Schauspieler.«

»Angus Green?« Bei all der Aufregung wegen der Morde an Mary Parker und Prinzessin Sophia hatte Ginger den Vermissten beinahe vergessen. »Er ist tot?«

»Ja. Er wurde umgebracht.«

Ginger griff nach der Perlenkette an ihrem Hals.

Du liebe Güte.

ENDE

ÜBER DIE AUTORIN

Die USA-Today-Bestsellerautorin Lee Strauss hat bereits mehrere Reihen historischer Cosy-Krimis veröffentlicht, darunter auch die viel gepriesene Krimireihe um Ginger Gold. Wenn sie nicht gerade schreibt oder liest, fährt Lee am liebsten Rad oder wandert und schaut hinaus aufs Meer. Sie trinkt gerne Caffè Latte und Rotwein an außergewöhnlichen Orten, dunkle Schokolade mag sie überall. Lee lebt mit ihrem Mann Norm Strauss und einer trägen Katze in Kanada.

Weitere Informationen zu den Büchern von Lee Strauss sowie Links zu ihren Social-Media-Accounts findest du unter leestraussbooks.com.

leestraussbooks@gmail.com
Facebook ~ Ein Fall für Ginger Gold
Instagram ~ Lee Strauss Autorin

MEHR VON LEE STRAUSS

Shoppen Sie bei leestraussbooks.com

Ein Fall für Ginger Gold (Ein 1920er-Jahre cosy-krimi)

Mord auf der SS Rosa
Mord auf Hartigan House
Mord auf Bray Manor
Mord auf Feathers & Flair

GEFÄHRLICHE ZETTEL:
Vom Jungen zum Mann im Dritten Reich

AUF ENGLISCH

Ginger Gold Mystery series (cozy 1920s historical)

Cozy. Charming. Filled with Bright Young Things. This Jazz Age murder mystery will entertain and delight you with its 1920s flair and pizzazz!

Murder on the SS Rosa
Murder at Hartigan House
Murder at Bray Manor
Murder at Feathers & Flair
Murder at the Mortuary
Murder at Kensington Gardens

Murder at St. George's Church

The Wedding of Ginger & Basil

Murder Aboard the Flying Scotsman

Murder at the Boat Club

Murder on Eaton Square

Murder by Plum Pudding

Murder on Fleet Street

Murder at Brighton Beach

Murder in Hyde Park

Murder at the Royal Albert Hall

Murder in Belgravia

Murder on Mallowan Court

Murder at the Savoy

Murder at the Circus

LADY GOLD INVESTIGATES (Ginger Gold companion short stories)

Volume 1

Volume 2

Volume 3

Volume 4

HIGGINS & HAWKE MYSTERY SERIES (cozy 1930s historical)

The 1930s meets Rizzoli & Isles in this friendship depression era cozy mystery series.

Death at the Tavern

Death on the Tower

Death on Hanover

Death by Dancing

THE ROSA REED MYSTERIES

(1950s cozy historical)

Murder at High Tide

Murder on the Boardwalk

Murder at the Bomb Shelter

Murder on Location

Murder and Rock 'n Roll

Murder at the Races

Murder at the Dude Ranch

Murder in London

Murder at the Fiesta

Murder at the Weddings

A NURSERY RHYME MYSTERY SERIES(mystery/sci fi)

Marlow finds himself teamed up with intelligent and savvy Sage Farrell, a girl so far out of his league he feels blinded in her presence - literally - damned glasses! Together they work to find the identity of @gingerbreadman. Can they stop the killer before he strikes again?

Gingerbread Man

Life Is but a Dream

Hickory Dickory Dock

Twinkle Little Star

LIGHT & LOVE (sweet romance)

Set in the dazzling charm of Europe, follow Katja, Gabriella, Eva, Anna and Belle as they find strength, hope and love.

Love Song

Your Love is Sweet

In Light of Us

Lying in Starlight

PLAYING WITH MATCHES (WW2 history/romance)

A sobering but hopeful journey about how one young German boy copes with the war and propaganda. Based on true events.

A Piece of Blue String (companion short story)

THE CLOCKWISE COLLECTION (YA time travel romance)

Casey Donovan has issues: hair, height and uncontrollable trips to the 19th century! And now this ~ she's accidentally taken Nate Mackenzie, the cutest boy in the school, back in time. Awkward.

Clockwise

Clockwiser

Like Clockwork

Counter Clockwise

Clockwork Crazy

Clocked (companion novella)

Standalones

Seaweed

Love, Tink

DANKSAGUNG

Ein sehr herzliches Dankeschön geht an die wachsende Zahl von Fans, die sich in Ginger Gold verliebt haben! Für Sie lohnen sich all die Anstrengungen und das Herzblut.

Wieder einmal hat mein Lektorats- und Verlagsteam ganze Arbeit geleistet: Angelika Offenwanger, Robbi Bryant, Heather Belleguelle und Shadi Bleiken – ich danke euch! Ganz besonders dankbar bin ich Heather, die mir geholfen hat, dieses Buch zu etwas zu machen, das eine Veröffentlichung wert ist. Manche Bücher schreiben sich wie von selbst – dieses leider nicht!

Mit besonderer Wärme denke ich an Heathers Mutter Daphne Finch, eine meiner ersten Leserinnen und ein Fan der Ginger-Gold-Serie, die während der Entstehung dieses Buches gestorben ist. Ginger hatte auf sie abgefärbt, und man konnte sie öfter »Du meine Güte« sagen hören, was mich sehr rührt.

Wie immer gehört mein Herz meiner Familie – meinem Ehemann Norm Strauss und meinen Kindern Joel und Shadi, Levi, Jordan, Tasia. Ein besonders lieber Dank geht an meine Eltern Gene und Lucille Franke und an Donna, Shawn, Noreen und Lori, meinen Kreis. Ich bin so dankbar für eure Gebete und eure tatkräftige Unterstützung.

Ein Dankeschön geht auch an Lisa Lockwood, der der

Name *Feathers & Flair* für Gingers Modesalon eingefallen ist, und an Mark und Coreen Biech für den rumänischen Namen Andreea Balcescu.

Und allezeit dankbar bin ich Jesus, der mir Kraft und Klarheit schenkt.